The Mystery Collection

REAP THE WIND

風のペガサス㊤

アイリス・ジョハンセン／大倉貴子 訳

JN285165

二見文庫

REAP THE WIND (vol. 1)

by

Iris Johansen

風のペガサス——上巻

主要登場人物

ケイトリン・ヴァサロ……………ヴァサロ農園の経営者
アレックス・カラゾフ……………元CIA職員
ジョナサン・アンドリアス………ヴァサロ家の親戚
チェルシー・ベネディクト………映画女優
マリッサ・ベネディクト…………チェルシーの娘
カトリン・ヴァサロ………………ケイトリンの母
ピーター・マスコヴェル…………ジョナサンの個人秘書
ジャーク・ダブレール……………ヴァサロ農園の監督官
ブライアン・レッドフォード……アレックスの昔の同僚
ハンス・ブラッカー………………レッドフォードの仲間
ラルス・クラコウ…………………フランスの要人
ラウル・ダルプレ…………………インターポールの本部長
ケマル・ネミッド…………………トルコ人の青年

プロローグ

フランス　ヴァサロ
一九七八年六月十二日

「ずいぶん探しましたよ。こんな夜中に畑で何をなさっとるんです？」ジャーク・ダブレールが少女のそばにひざをついた。「寝ないとだめですよ、おちびさん《マ・ペティート》」

「ペンダントがないの」ケイトリンは消え入りそうな声で言った。「パパが持ってっちゃったのかもしれない」

　たこのできたジャークの手が彼女の髪を優しく撫《な》でた。「今度、返してくれますよ」

「そんなの、無理よ。パパの乗った車を追いかけていったけど、振り向いてもくれなかった。パパはもうわたしたちのことを愛してないんだって、ママが言ってたわ」ケイトリンはジャークの肩に顔を埋めた。「ヴァサロには二度と帰ってこないって」

「屋敷へもどりましょう」ジャークは起き上がり、彼女の手を引っ張って立たせた。

「ねえ、ママの言ったことはほんと？」

「たぶん、ほんとでしょうな。お帰りにはならんと思います」

「じゃあ、どうしてわたしのペガサスを持ってってたの？　気に入ってたのに……。そもそもあれはパパがくれたのよ、ジャーク」

「そうでしたな」

「あのペンダントをわたしの首にかけて、ママに負けないくらいきれいだって言ってくれたわ。うそだってわかってたけど、でも――」嗚咽《おえつ》が漏れて、先を続けることができなかった。

「ごめんなさい。わたしったら赤ちゃんみたいね」

「十二歳はまだまだ子どもです。いいんですよ」

「いつか本物の〝風の踊り子《ウィンドダンサー》〟を見に連れていくって約束してくれたから、わたし……」

「ほらほら、泣かないで。今はつらくても、すぐに忘れますよ。そうだ、あすの朝、畑で花を摘ませてあげます。いい考えでしょう？」

「あしたは学校があるもの」ケイトリンは気乗りしない口調で答えた。

「休ませてもらえるよう、わしから奥さまに話しておきます」

「あのペンダント、すごくきれいだったのよ、ジャーク」

「花だってきれいですよ。それに、花なら消えてなくなることはありません。誰もお嬢さんから取りあげることはできんのです」

「ぜったいに？」

「大切に守って育ててやるかぎり、花はずっとお嬢さんのそばにいます」ジャークはケイトリンの手を握った。「さあ、帰りましょう」

ケイトリンはジャークと連れだって歩きはじめた。「パパには最初からウインドダンサーを見に連れていってくれる気なんてなかったのね。うそついたんだわ。みんなうそだったのよ」

ジャークの返事はなかった。

ふいに蟬《せみ》の鳴き声が耳に届き、豊かな土の香りと北の畑に植えられたラベンダーの匂いが鼻をくすぐった。大地を踏みしめるようにかたわらを歩くジャークは、周囲のオリーブの木と同様にたくましく、頼もしかった。ケイトリンは安堵《あんど》感に包まれ、胸の痛みと悲しみがやわらいでいくのをおぼえた。ジャークの言うとおりだ。ヴァサロはいつもここにある。わたしを裏切ることはない。ケイトリンは手の甲で涙をぬぐった。「あした、ほんとにラベンダーを摘ませてくれる?」

「ええ、ぜひとも手伝ってもらいますよ」ケイトリンの手を握るジャークの指に力がこもった。「あんなろくでな——おっと失礼、あんな人のことは忘れるんです。あの男がいなくたって、ヴァサロはちゃんとやっていける。お嬢さんだって、そうです」

やっていくしかない。父親は二度ともどってこないのだから。

あの美しい金色のペガサスも二度ともどってこない。

「ペンダントをもらったとき、とても高価なものだって言われたけど、そんなことはどうでもいいの。ウインドダンサーにそっくりだったから、わたし……もうだいじょうぶだと思ったのよ、ジャーク。これをくれたということは、その……」

「なんです？」

自分は愛されているのだと思った。二度と父親にないがしろにされることはない、これでヴァサロの生活は変わるのだ、と。「なんでもないわ」

「ウインドダンサーは魔法の道具じゃないんですぞ、お嬢さん」

「そんなこと言ってないわ」しかし、ケイトリンはウインドダンサーに魔法の力があると信じていた。最近はついていないことばかりだが、それはウインドダンサーを持っていないからだ。

ウインドダンサーがあれば、どんな願いもかなうはずだ。

1

スイス　サンバジール
一九九一年六月十四日

白黒写真に写る、宝石を埋めこんだウインドダンサーの瞳が、アレックス・カラゾフを見上げていた。神秘的で謎めき、何ごとかにじっと耐えているような瞳だ。
その像が意思を持っているような、薄気味悪い思いにとらわれたのは、レンズがとらえた光のいたずらのせいだろう。アレックスはかぶりを振った。そんなことはありえない。しかし、写真を見て初めて、ウインドダンサーが神秘的な崇拝の対象とされ、さまざまな逸話を生んだ理由が腑《ふ》に落ちた。とはいえ、今、手にしている本は六十年以上前に出版されたもので、ウインドダンサーの魅力を十二分に写し取っているとは思えない。アレックスは写真の下の解説に視線を走らせた。

ウインドダンサー。世界有数の貴重な美術品。有名な〝ウインドダンサーの瞳〟はそれぞれ六五・五カラットのアーモンド型のエメラルドで、寸分たがわぬ大きさだ。翼を広げたペガサスの台座には、四百四十七個のダイアモンドがちりばめられている。

リリー・アンドリアスが一九二三年に上梓した『ウインドダンサーにまつわる事実と伝説』によると、紀元前三二三年、ペルシャ帝国を滅亡させたアレクサンドロス大王がウインドダンサーを所有していたことは記録に残る史実であり、西ローマ皇帝時代のカール大帝もウインドダンサーを所有していたという。この本は大いなる物議を醸した。著者のアンドリアスは、ウインドダンサーは何世紀にもわたり、各時代の権力者の所有下にあっただけでなく、その成功や失敗の鍵を握っていたと主張している。同像の制作時期、およびその後の経緯については、ロンドンやカイロの美術館から疑問の声があがっている。

パーヴィルがデスクの上にさらに五冊の本を載せると、アレックスは『世界の美術の至宝』という本をもどかしげに閉じてわきに寄せた。リリー・アンドリアスの本の内容なら読まなくても知っている。元同僚のレッドフォードがその文章を聖句のように唱えていたからだ。

パーヴィルの黒く太い眉が片方吊り上がった。「収穫はなかったか?」

アレックスはうなずいた。「時代が古すぎる。わたしが知りたいのは事実だ。伝説じゃない」書物の山からいちばん上の一冊を取って目次を開き、章題を順に指でなぞって〝ウインドダンサー〟の文字を見つけると、そのページを開いた。「ウインドダンサーは地球上から消えたんじゃないかという気すらするよ」彼はページにすばやく目を走らせて続けた。「少なくとも、この本には狂乱の二〇年代以降のことが書いてある。ウインドダンサーは一九三九年にドイツ軍に奪われ、第二次世界大戦後、ヒットラーの山荘で発見されたそうだ」本を閉じて、「これじゃ、埒《らち》があかない。ルーヴル美術館のキュレーターに電話してくれ。彼に――」

「ウインドダンサーのありかをきけってのか?」パーヴィルが彼の言葉を先取りして、頭を振った。いかついあごをした浅黒い顔にしわが寄り、愉快そうな笑みが浮かんだ。「言っとくが、電話を逆探知されて、インターポールに通報されるのがおちだぞ。なんせ、きのう《モナリザ》をくすねられたばかりだから、ルーヴルの連中、神経をおったてるに違いない」

「それはそうだが……」アレックスは思案顔で立ち上がり、新聞の切り抜きがジグソーパズルのピースのように並べられた、長テーブルへと歩いていった。

ミケランジェロ《ダビデ像》　フィレンツェの美術館より消える
テロ組織〝ブラック・メディナ〟　ローマ教皇庁へ登庁途中の枢機卿を暗殺
アムステルダム美術館のレンブラント《夜警》盗難さる　警察は困惑を隠せず
シャルル・ドゴール空港で爆弾テロ　ブラック・メディナの犯行　死者三名

切り抜きは翡翠《ひすい》の文鎮の下にもあった。アレックスはそれに視線を落として、わざわざ首を突っこむだけの価値があるだろうかと、あらためて自問した。予感が的中すれば、ルーヴルへの電話はパーヴィルの想像をはるかに越えた騒動を引き起こすことになる。

それでも、かまいはしない。こんな山頂でじっと手をこまぬいて、脳みそが腐るのを待つわけにはいかない。

「いいから、電話してくれ。わたしの名前を出して、小説執筆のための取材だと言え。ウインドダンサーが今どこにあるかを知りたい。リリー・アンドリアスの子孫はアメリカに住んでいるが、新聞に載っていた数年前の世論調査によると、一般的なフランス人はウインドダンサーをフランスの国宝と考えている。できれば、もっとくわしいことが知りたい。キュレーターの名前はエミール・デイロージだ」

パーヴィルはアレックスの真剣な表情に、黒い瞳をきらめかせてうなずいた。「ルーヴルに電話して、あんたのパズルのピースをもうひとつふやしてやるよ」と言って、聞こえよがしに溜め息をついた。「ウインドダンサーが盗まれたら、警察は誰の家のドアをノックすると思う?」グレーのセーターに包まれた厚い胸をたたいて、「パーヴィル・ルバンスキーの家のドアだ。あんたはいつも面倒ごとしか持ちこまない。おれに分別ってもんがあれば、あんたとはおさらばして、給料は減っても、もっと安全な仕事につくんだがな」

「死ぬほど退屈するぞ」アレックスはにやりとして椅子に腰を下ろし、最新の新聞記事を手もとに引き寄せた。「わたしのようにな」

ドアに向かいかけたパーヴィルが足を止め、驚き顔で振り返った。「やったぞ、ついに退屈してることを認めたな。これで益体《やくたい》もないパズルのための情報集めから解放される。いくら金があっても、使わなけりゃ意味がない。ルーヴルのかわりに旅行代理店に電話して、太陽の燦々《さんさん》と照り輝くマルティニク島での楽しい休暇を手配するよ。あんたはこの時期のマルティニク島が好きだったろ」パーヴィルはなだめるような口調で続けた。「でなきゃ、この週末、アンジェラに友人をひとり連れてきてもらって、ささやかな乱交パーティーとしゃれこんでもいい。旅行もいいが、セックスも悪くないぞ」

その期待に満ちた表情に、アレックスは笑いを噛《か》み殺した。「ウインドダンサーのことを忘れさせようと必死だな」

パーヴィルがうなずいた。「インターポールが介入してきても、あんたにはＫＧＢとＣＩＡの後ろ盾があるが、おれはどっちのご寵愛も受けてないからな。平和主義者のおれとしては、日光浴とセックスをたまに楽しみ、ごくたまにごちそうにありつければ――」

「ごくたまにだと？」アレックスは愛情のこもった笑みを浮かべた。「最近、体重計に乗っていないんじゃないのか」

「これは脂肪じゃない。筋肉だ。これぐらい恰幅がいいと、そのぶん燃料が要る。だいたい、こんな山奥で食べる以外にすることがあるか？　マルティニク島なら、ピナ・コラーダを飲みながら砂浜に寝そべって、雪や氷の心配をすることもなければ、インターポールに厄介な質問をされるんじゃないかとおびえることもない」

「連中だって暇じゃない。手がかりが見つかるたびに藁《わら》にもすがる思いで調べを進めて、きみを煩わせたりはしないよ」アレックスはさっき読んだ新聞記事の見出しを思い返し、眉間にしわを寄せた。「ひょっとすると、今回の事件、あるいは……」

「なんだ？」

アレックスはそれには答えず、頭の中ですばやく情報を整理して結論を導き出すと、やはり違うと思い直して情報を並べ替え、別の結論を下すという作業を繰り返し、満足のいく絵が完成するまで手持ちのピースを動かしつづけた。

「もういい」パーヴィルがうなるように言った。「あんたの相手をするくらいなら、こんな山奥のど田舎でも、ひとりでいたほうがましだ。パズルに取りかかったあんたに何を言おうが、聞こえやしない。もうそんなことしなくたって食っていけるだろ。まったく救いがたいパズル中毒だぜ」パーヴィルが廊下に出て、ドアを閉めた。

パズル中毒？　そうかもしれない。アレックスはパズルを解読する仕事に長すぎるほど長いあいだ従事してきたし、完成したときの快感を知りすぎるほど知っていた。アフガニスタン事件以後は二度と手を染めないつもりだったが、長年の習慣はそう簡単に改められない。サンバジールに移ってからも、いつのまにかもとの生活に舞いもどり、ニューヨークの株式市場の動向からオリンピックの次期開催国に至るまで、幅広い事柄に関する情報を趣味で収集し、予想を立てていた。

しかし今回のパズルには、過去に手がけたどんなものよりもはるかに興味をそそられた。興奮でアドレナリンが血管の中を駆けめぐる。ひさしぶりに頭脳を酷使すると、生きているという実感がわいた。

一時間後、パーヴィルが書斎にもどり、デスクの上に法律用箋を一枚投げ出した。

「電話してきたぜ。現在の所有者はジョナサン・アンドリアスだ」

「ウインドダンサーは今、どこにある？」

「サウス・カロライナ州ポート・アンドリアスのアンドリアス家の中だ。ジョナサンはアメリカで一、二を争う資産家で、敷地内には用心棒や警備員がうようよしてる。屋敷には美術品盗難防止装置が取りつけてあるそうだ」

「ルーヴルも同じだった」アレックスは辛辣《しんらつ》な口調で言った。「それでも、《モナリザ》の盗難は防げなかった」黄色い法律用箋に視線を落として、「ここに書いてあるヴァサロというのはなんだ？」

「フランスのグラース近くにある農園の名前で、香水の原料となる花を栽培している。アンドリアス家の親戚が経営してて、一九三九年にジョナサンの父親を説得し、ドイツ軍の捕虜となった十一人のユダヤ人画家の保釈金を用立てるため、ウインドダンサーをルーヴル美術館に貸し出すよう説得したのが、このヴァサロ家のいとこたちってわけだ。五年前、当時ソルボンヌ大学に在籍中のヴァサロ家の娘、ケイトリンがウインドダンサーの歴史への影響力について論文を書き、アンドレ・ボジョーリ博士論文集に掲載されてる」

「ヴァサロ家にウインドダンサーの所有権があるということか?」

パーヴィルが首を振った。「一八七六年、フランス政府はアンドリアス家を相手取って訴訟を起こし、マリー・アントワネットが革命集会の場で贈ったものには法的な所有権が認められないと主張した。敗訴したがね」彼はひと呼吸置いてから続けた。「次に盗まれるのはウインドダンサーだと踏んでるのか?」

「そういうわけじゃない」

「だったら、疑心暗鬼になってるキュレーターとなんでまるまる一時間も話をさせた?」

「これまで盗まれたのは、ヨーロッパにとって文化的に重要な美術品ばかりだ。イタリアの《ダビデ像》、オランダの《夜警》、フランスの《モナリザ》。ウインドダンサーが今もヨーロッパにあれば、まっ先に目をつけられただろう」アレックスは肩をすくめた。「だが、アメリカ国内にあるかぎり、狙われることはない。残念ながらな」

「ジョナサンはそうは思ってなさそうだぞ」

アレックスは含み笑いを漏らした。日焼けした顔の中でブルーの瞳が輝いた。「なぜふてくされているんだ?」

「あんたがご機嫌だからだよ。潑剌《はつらつ》として、興奮しきってる。何かつかんだな。おれには隠せんぞ」

アレックスは無邪気な顔を向けた。

「ゴールドバウムか、いつもの新聞社のつてを使えばわかることを、なんでわざわざルーヴルに電話してきかせたんだ？」

「きみがインターポールに追われることはないよ、パーヴィル」

「あの電話で誰かの出方をうかがおうって魂胆だな」

アレックスはうなずいた。「そうすれば手間が省けると思ったんだ。心配はいらない。きみに危険が及ぶことはない」

「心配なんかしてないぜ。危険にさらされるのは初めてじゃないからな」パーヴィルが微笑を浮かべた。「ディラネヴの例の捕虜をおぼえてるか？　殺されると思った瞬間、あんたが現れてあいつを切り刻んでくれた」

「きみには金を貸していただろう。死なれたら、返してもらえなくなる」

「おいおい、前には崇高な魂のなせるわざだと言ってたじゃないか」

「〝崇高〟という言葉の意味も知らないのに、そんなこと言うはずないだろう」

「だが、〝友情〟という言葉の意味は知ってるはずだ」その口調は穏やかだった。

アレックスはあわてて目を伏せた。「おいおい、老いぼれて感傷的になったんじゃないのか」

「いや、巧みに同情を引いて、願いをかなえてもらおうと思ってな」

「なんだ、その願いってのは」

「マルティニク島だ。この雪には耐えられん。ディラネヴを思い出しちまう。あんたがどうしてスイスに家を買ったのか、いまだにわからんよ」

「お役所主義に煩わされることなく暮らせる、地球上で数少ない国だからだ」

「この氷と雪の世界から脱出できるなら、多少のお役所主義には目をつぶる」パーヴィルが哀願するような目を向けた。「マルティニク島へ行こうぜ」

ぎりぎりで届かない骨をもの欲しそうにながめる子犬のようだと思い、アレックスは情にほだされた。「わかった。マルティニク島だな。これがかたづいたら――」

「よく言うぜ。かたづくころには、地球が次の氷河期に入ってる」パーヴィルは背中を向けてドアへと歩き出した。「黙ってアンジェラを迎えにやるんだった。体を使ってるときのあんたは、脳みそを使ってるときより、はるかに融通がきく」

「パーヴィル」

「なんだ」

「わたし宛てに電話がかかってくるはずだ。そのときはすぐにつないでくれ」

「誰から?」

「レッドフォード」

パーヴィルの目が驚きに見開かれた。「そんなばかな」

「あいつはばかじゃない」アレックスは皮肉っぽく唇をゆがめた。「われらが友人、レッドフォードは悪魔だよ」

「こいつがみんな、やつのしわざだというのか?」パーヴィルが新聞の切り抜きのほうにあごをしゃくった。

「あいつとおぼしき手口がいくつか見受けられる。昔から派手なことが好きな男だったし、CIAでわたしと組む前は、美術品がらみの任務を指揮していた」

「そういえばそうだ」パーヴィルは眉根を寄せて、記憶をたぐった。「ブラジルでポルトガルの外交官が人質に取られたとき、デル・サルトの絵を身代金代わりに使ったが、あれを秘密裡に取り返したのはやつだったな」

「あいつが盗んだものはほかにも山ほどある」

「全部、任務か?」

「当時はそう思っていた。だが、今は考えが変わった」

「任務でなきゃ、なんなんだ?」

アレックスは肩をすくめた。「電話がかかってくればわかるさ」

パーヴィルの目が鋭さを帯びた。「ルーヴルに電話させたのは、そのためか。あんたはウインドダンサーが次の標的だと思ったわけじゃない。招待状を送ったんだ」

「招待状というより、召喚状だ」アレックスはにやりとした。「レッドフォードは昔からウインドダンサーに惚《ほ》れこんでいる。熱に浮かされたようにその話ばかりだ。わたしがあの像のことをなぜ問い合わせたのか、あいつにはわかるはずだ」

「あのキュレーターもぐるか?」

「《モナリザ》を盗んだのがレッドフォードであれ、ほかの人物であれ、キュレーターが一枚嚙んでいることは間違いない。ルーヴルの警備は万全だ。あの警備網をかいくぐれる者はほかにいない」

「鼻薬をきかされたってことか？」

「目玉が飛び出るほどのな。ざっと見積もって数百万フランだろう」

「それじゃ、わりが合わんぞ。売ることもできん絵を盗むために、なんでそんな大金を払うんだ？　いくら隠れコレクターでも、危険を承知であれほど有名な絵を買うはずがない」

「穿《うが》ったことを言うな」アレックスは椅子の背にもたれかかった。「それは一考の余地がある」

「やつが電話でこんな話をすると思うか？　直接ここに来るぜ」

「たぶんな」

「しくじったな、アレックス。実際にやつのしわざだとしたら、見抜いたってことを知らせたのは間違いだ」

「だいじょうぶだ。あいつの扱い方なら心得ている」

「だが、当時は味方だったろ」

「レッドフォードはげす野郎だが、ひとを手にかけるような器量はない」

「やつが昔のままとはかぎらん」パーヴィルが顔をしかめた。「あの男はあんたとは違う。みくびらんほうがいいぞ」彼はそう言って、書斎を出ていった。

　アレックスは目の前の法律用箋を見下ろして手すさびにペンを動かし、〝ヴァサロ〟という言葉を丸で囲み、〝ウインドダンサー〟の下に線を引いて、〝ジョナサン・アンドリアス〟の名前のあとにクエスチョンマークを四つ書いた。パーヴィルの言うとおり、危険な賭《か》けかもしれない。レッドフォードがこのパズルにからんでいる可能性に思い当たったとき、好奇心を抑えられなくなったのだ。彼への恨みはいまだ消えず、この悪魔を出し抜ける機会をずっと待ち望んでいたのはたしかだが、耐えがたいほどの退屈な暮らしが判断力を鈍らせたのだろう。いつもならけっして手を出すはずのない賭けに出てしまった。

ともかく、賽《さい》は投げられた。レッドフォードがかかわっているのなら、すでに電話の件を聞き及んでいるはずだ。向こうの出方を待つしかない。

アレックスはいらだたしげにペンをわきに置いて立ち上がり、窓辺へ近づいて、雪を冠したアルプス山脈をながめた。その上には鈍色《にびいろ》の空が広がり、北の方角から黒い雲が流れている。嵐が近づいているのだ。今は六月の半ばで、嵐の季節は終わったはずなのに、ヨーロッパ全土で異常気象が続いていた。先月も、イタリアと南フランスで着氷性暴風雨と豪雨が吹き荒れ、ドイツとスイスが吹雪に見舞われたばかりだった。数時間もすれば、サンバジールの町はまた嵐に襲われるだろう。それで困るわけではない。この山荘には、じゅうぶんな食料の蓄えがあり、自家発電機も備えつけてあるし、雪の壁で外界から隔絶された状態も嫌いではない。アレックスは必要とあらば社会に適応することもできるが、ひとりでいるほうを好んだ。パーヴィルとは長いつきあいだが、いまだになぜアレックスが彼のような社交性を持たず、他人といるのをいとうのか、理解してはもらえなかった。

また嵐が来ようが、自分にはなんの関係もない。アレックスはそう思った。

「うそでしょう！」ケイトリン・ヴァサロは暗くなってゆく北の空をぞっとしたように見上げて、落胆の声を漏らした。天気予報がはずれることを祈っていたのに。ああ、神さま、ちゃんと祈ったじゃないの。「よりによって、こんなときに……。お願いだから、あと一日待ってちょうだい」

「ケイトリン？　なんのお話？」背後のテーブルから、母親の心配そうな声が聞こえた。

「どうかしたの？」

「どうかしたのですって？　嵐が近づいてるのよ。このままじゃ、薔薇《ばら》が……」ケイトリンは窓に背を向けて、キッチンのドアへと駆け出した。「あと一日でいいのに。たった一日すら待てないというの？」

「昼食をすませてからになさい。二時間もかけて用意したのよ。三十分くらい、いいでしょう」カトリン・ヴァサロのなめらかな肌に小さなしわが寄り、きれいに口紅を塗った唇が不満そうにすぼめられた。「あなたは痩《や》せすぎよ。このうえ、食事を抜くなんて許しません」カトリンは明るい表情でつけ加えた。「嵐なら、ここを避けて通ってくれるかもしれないわよ」

ケイトリンは信じられないという目を向けた。「わたしがお昼を抜くのを心配してるの？　わかるでしょう。薔薇が危ないのよ。まだ花びらが開ききってないけど、いまいましい嵐に全滅させられる前に収穫してしまわないと。今がどういうときか……」

どうしてわかってくれないのだろうと、ケイトリンはいらだちに駆られた。薔薇はヴァサロ農園の稼ぎ頭ではないものの、人気はずば抜けて高い。今年の初めにはほかの作物が被害を受けており、二ヵ月前にヴァサロが抵当流れにならなかったのは奇跡としかいいようがなかった。薔薇の収穫はもう少し先に延ばしても問題ないと思っていたのだが……。ケイトリンは皮肉を言おうと口を開いたが、やめておいた。何を言ってもむだだ。母親はヴァサロになんの思い入れもない。ヴァサロは単なるビジネスにすぎず、カンヌかモンテカルロに住めたら幸せだと思っている。ケイトリンはドアをあけ、つとめて落ち着いた声を出した。「悪いけど、のんびり昼食をとってる余裕はないわ」

そう言うと、屋敷を飛び出し、丘を駆け下りて道路へ向かった。その道路の向こうは見渡すかぎりの薔薇畑で、五分咲きの深紅の花が日差しに輝いている。ベルベットを思わせるその美しい色合いがケイトリンの心を揺さぶった。

剣の影で奪える愛などない

この詩はどこで読んだのだろう？　ケイトリンはヴァサロを心から愛していた。ふいに、この豊かでなだらかな畑がいとしくてたまらなくなった。オレンジの木、オリーブの木、葡《ぶ》萄《どう》畑。いつもは匂いなど気にも留めないが、蒸し暑い風に運ばれて、あたりはむせかえるほどの芳香に包まれている。

剣の影で……

太陽はまぶしく輝き、空は抜けるように青いが、地平線上には不気味な黒雲がたなびいていた。

農園の監督官、ジャーク・ダブレールはすでに従業員を薔薇畑へ送りこみ、作業に当たらせていた。午前中、彼もケイトリンに負けないくらい心配そうに空模様をうかがっており、地平線に雲が現れたとたん、行動を起こしたのだ。ケイトリンが薔薇畑に着いたとき、ジャークは旧式のピックアップ・トラックの荷台で足を踏んばり、従業員全員に大きな籐《とう》製の籠《かご》を渡しては、舵《かじ》をとる船長のように矢継ぎ早に指示を出していた。

「最悪ですな」ジャークが穏やかな口調で言った。

「そんなこと言わないで。損害は出ないわ。ぜったいに出さない」ケイトリンは灰緑色の瞳に真摯《しんし》な色を浮かべてジャークを見上げた。それから、道路わきの畝《うね》で作業をしているジャン・バプティスト・ダルマに声をかけた。「マーネイ農園へ行って、従業員を二時間貸してもらってきて。二時間でいいわ」ジャンに向かって車のキーを投げ、「二倍の報酬を払うと言うのよ。さあ、早く行って！」

ジャン・バプティストが丘を駆け上がり、車回しへ向かった。

ジャークが首を振った。「貸してくれるはずありません」

「きいてみなきゃ、わからないわ。向こうは薔薇を扱ってないし、こっちは人手が必要なの。どうしても必要なのよ。うちの従業員は四十二人。二十人回してもらえれば、間に合うかもしれない」

「その報酬はどっから捻出《ねんしゅつ》するんです？」

「なんとかするわ。村の学校に子どもたちを呼びにやってくれた？」

「むろん、やりましたよ」ジャークは、親と並んで薔薇を収穫する子どもたちを手で示した。

「ごめんなさい」ケイトリンはくたびれたように頭を振った。「あなたがいつだってできるかぎりのことをしてくれてるのはわかってるのに」

「天気予報がはずれるよう、願っとったんですが」

「わたしもよ」その顔に弱々しい笑みが浮かんだ。「今年は、母なる自然に目のかたきにされてるみたい」ケイトリンはますます暗くなる空を見上げた。「残り時間はあとどのくらいだと思う？」

ジャークが肩をすくめた。「雲の動きが遅いですからね。ざっと二時間ですかな……運がよければ」

「いいわけないわ。一時間のつもりでいたほうがいいわね」ケイトリンは作業にいそしむ老若男女の姿をながめた。熟練した指が深紅の薔薇を次々に摘んで、籠の中へ放りこんでいく。ケイトリンは誇らしさに胸を突かれた。「この調子なら、一時間で終わるかもしれないわね」

「薔薇が収穫できんかったら、お嬢さんがどんな目にあうか、知っとるからです。みんな、お嬢さんのために働いとるんですよ」

「わかってるわ」ケイトリンは畑を見渡した。ギエーム・ポワレ、ピエール・ラデュークス、ルネ・ブワソン、マリアン・ジュニエを初め、大半の従業員と家族同然に育ってきた。ともに遊び、家を訪ねたり、夜中にこっそりオレンジ畑で落ち合って蛍を捕まえたりしたものだ。またケイトリンは、母親について作業を進める子どもたちの多くの名づけ親でもあった。

「わたしも作業に取りかかったほうがよさそうね」ケイトリンは荷台にある籐の籠をつかんだ。「マーネイ農園の従業員が着いたら、十八人には摘み取りを頼んで、残りのふたりは荷台であなたといっしょに籠の中身をあける作業に当たらせてちょうだい。一本も残すことのないようにね」彼女は畑に踏みこみ、ルネ・ブワソンのかたわらに籠を置いて、薔薇を摘みはじめた。

　六歳のガストンが籠を持って、彼女のわきを駆け抜けた。小さな顔が興奮に輝いている。

「ケイトリン、ぼくたち学校を抜けてきたんだよ!」

「ありがとう、ガストン。おとなになったつもりで、しばらくお手伝いをしてね。とても大切なお仕事なの」

「まかせて《ウィ》よ。誰よりもたくさん摘んでみせるから」ガストンは畝のあいだを抜けて、母親のアドリエン・キジューのもとへ向かった。

「案外、ダメージは少なそうね」ルネがケイトリンのほうを見もせずに一角の薔薇をすべて摘み終えると、先にふたたび作業に取りかかった。「一日くらい収穫が早まっても、たいした違いはないわ」

「あしたなら香り高い薔薇を大量に収穫できたのに、きょうじゃ、月並みな香りの薔薇が少ししかとれないのよ」ケイトリンは花を次々に籠の中へ放りこみながら返した。「それくらい、あなただってわかってるでしょう。しかも、午後に収穫してるのよ。香りがもっとも強いのは午前中なのに。もし運がよければ――」と言いかけてから、笑い声をあげた。「わたしったら、また運なんか持ち出して。あてにならないとジャークに言ったばかりなのに」ケイトリンは心配そうに空を仰いだ。雲の動きが速くなったような気がした。「でも、今は運に頼るしかなさそうだわ」

ルネが同情するような目を向けてから、次の場所に移動した。

ケイトリンは次に摘む花のことだけを考えようと努め、すばやく作業を進めた。心臓は高鳴り、口の中はからからに渇いている。気温が上がり、湿度が高くなって、よけいに息苦しい。周囲の従業員もいつになく寡黙だった。ふだんの収穫時にはおしゃべりや噂《うわさ》話が絶えず、ときには哲学的な議論も飛び交ったが、きょうは子どもたちまで静かだった。

マーネイ農園の従業員たちはいったい何をしているのだろう?

ジャークは畝のあいだを縫うようにして歩きながら、空の籠と花の詰まった籠を交換してトラックに運び、大きな桶《おけ》に中身をあけていた。

「ケイトリン」

彼女が顔を上げると、かたわらに母親が立ち、ためらいがちに微笑んでいた。「あなたが母さんに腹を立てているのは知っているけど、手伝わせてちょうだい。たいして速くはないけど、それなりの働きはできると思うわ」カトリンが唇を湿らせてから続けた。「あなたの籠をいっしょに使ってもいいかしら」

ケイトリンは驚きに目を見開き、嵐雲に気づいて以来、初めて笑い出しそうになった。カトリンはディオールの白のパンツとシルクのブラウスという完璧な装いで、シニヨンに結った褐色の髪にはひとすじの乱れもなく、きれいに手入れされた爪は流行のモカ色に塗られて、その表情は、子どもがお菓子をねだるときのように真剣そのものだった。

勘弁してよ、とケイトリンは憂鬱《ゆううつ》な思いに沈んだ。母親は罪悪感に駆り立てられてここまで足を運び、和解を要求しているのだ。いっそはねつけて、屋敷へ送り返してやろうかという考えが、一瞬、頭をよぎった。

「子どものころはよく摘んだものよ」カトリンがおぼつかない微笑を浮かべて、ふたたび申し出た。「手伝わせてちょうだい」

ケイトリンはためらったあと、観念したように吐息を漏らした。「どうぞ、この籠を使って。人手はいくらあっても困らないわ」

カトリンは幸せそうに顔を輝かせ、迷いのない手つきで作業に取りかかった。「畑にいると、気持ちがいいわね。よく父に肩車してもらって、このあたりを散歩したものよ。あなたは父を知らないんだったわね。背が高くて、よく笑う人だった。もう少し長生きしてくれれば——」

ケイトリンは冷たい風が頬を撫でるのを感じて顔を上げ、地平線に目をやった。カトリンの言葉はもう耳に入らなかった。雲が渦を巻いて、うねっている。

ジャークがあふれんばかりに花の入った籠を持って、ケイトリンのもとにやってきた。

「ジャン・バプティストがもどりました」

ケイトリンは期待に胸をはずませて、ジャークの顔を見上げた。

ジャークが首を振った。「融通してはもらえませんでした。ラベンダーが満開で、それを摘まなきゃならんそうです」

「そんな……」と言って、ケイトリンは不安げに空を仰いだ。

「風が出てきました」ジャークも同じように空に目をやった。「かなり強いですな。いやな嵐になりそうだ」

ケイトリンは下唇を噛んだ。「あと十五分?」

「十分でしょう」そう言うと、ジャークは畝のあいだを進んで、トラックにもどっていった。

十分。かろうじて四分の一の収穫をすませたところだというのに……。ケイトリンは焦りに駆られ、無我夢中で目の前に手をのばして摘みはじめた。時間が飛ぶように過ぎていき、作業のペースが乱れる。

速さを増した風がケイトリンの短い鳶《とび》色の巻き毛を揺らし、雨と薔薇の匂いを運んだ。

雲が太陽を隠すと、嵐の前特有の奇妙な金色の光があたりを満たした。

従業員たちが作業を速めつつも、不安げなつぶやきを漏らし、ケイトリンにはそれが枯れ葉のこすれあう音のように聞こえた。

最初の低い雷鳴が響いた。

まるで花を摘んだことがないかのように、ケイトリンの指に無駄な動きがふえた。

気づくと、母親が何か話しかけていたが、聞き取ることはできなかった。

ジャークが籠をトラックに運ぶよう、大声で指示している。

ケイトリンは一心に作業を続けた。

大きな雨粒がひとつ頬に落ち、首すじをつたいながら肌をくすぐった。

「ケイトリン」耳もとでジャークのかぎりなく優しい声が聞こえた。「嵐が来ました。その籠をください」

ケイトリンは瞳に激しい抵抗をこめて、ジャークを見上げた。

金色の靄《もや》は消え、薄闇が垂れこめていた。風がジャークの白髪混じりの短髪をなびかせ、白いシャンブレー地のシャツを筋肉質の胸に貼りつけた。「そろそろ切り上げましょう。お嬢さんが作業をやめないと、みんなもやめられんことくらい、わかっておられるはずだ」

視線をめぐらせると、従業員が無言でたたずみ、こちらを見つめていた。ケイトリンがここにいるかぎり、たとえどしゃ降りになろうと畑に残って、風でゆがみ、雨になぎ倒された花を摘みつづけるだろう。

その献身的な姿に涙が込み上げ、それを強い風がたちまちさらっていった。

ケイトリンは立ち上がって、ジーンズの腿《もも》で両手をぬぐった。「籠を運んでちょうだい」言葉が震えた。なんとか気持ちを落ち着かせてから、雷鳴に負けないよう声を張り上げた。「終わりにしましょう。できるかぎりのことはやったわ。ほんとうにありがとう。急いで帰ってちょうだい」

男も女も子どもたちも、トラックに駆け寄って最後の荷を積むと、急ぎ足で丘を越え、村へもどっていった。

「みんな、よくがんばったと思わない？」カトリンがトラックに向かいながら、満足げに尋ねた。

これではがんばったとは言えない。ケイトリンは打ちひしがれて、母親のあとをのろのろとついていった。まったく話にならない。

「急ぎましょう、ケイトリン」雨が本降りになり、カトリンが足を速めた。「どうして傘を持ってくることを思いつかなかったのかしら。あしたにもカンヌへ行って、髪をセットしてもらわなくちゃ」

ケイトリンは、ジャークがトラックの荷台に防水シートをかぶせるのをながめた。「先にもどっててちょうだい。ジャークといっしょに蒸留所へ行ってくる」

「よくそんな気になるわね」カトリンが小さく体を震わせた。「あたしは濡れるのが嫌いなの。まるで猫みたいでしょ。前から、生まれ変わったら白いペルシャ猫になりたいと思っていたの。大きな絹のクッションに寝そべって、瞳と同じ色のトパーズがはめこまれた首輪をして……」そこでだしぬけに振り返った。「母さんも少しはお役に立った？」

ケイトリンは苦労して笑みをつくった。「ええ、とても助かったわ。家へもどって、服を着替えたほうがいいわよ。母さんに風邪をひかれたら困るわ」

カトリンがうなずいた。「温かくて栄養たっぷりの食事を用意しておくわね。得意のラム料理にしましょう」そう言うと、彼女はさっき引き合いに出したペルシャ猫のように優雅な足取りで屋敷へ帰っていった。

ジャークはすでに防水シートを固定し終えており、ケイトリンが近づくと、荷台から飛び下りた。「最悪の事態は避けられましたな」

ケイトリンは風が吹き荒れ、雨が容赦なく打ちつける畑を振り返った。喪失感に胸がふさがれたが、それは収穫がふいになったせいではない。はかなく美しいものが、彼女の故郷であり、心の一部であり、思い出でもあるものが、目の前で蹂躙《じゅうりん》されているからだ。

「行きますか？」ジャークがトラックの運転席に乗りこみながらきいた。

「わたしがいなくても作業はできるでしょう。あとで顔を出すわ」

ジャークは雨の中に立ちつくすケイトリンをしげしげとながめた。ジーンズとTシャツが背の高い痩せた体に貼りつき、その目は苦痛に満ちている。止めはしなかった。何を言ってもむだなのはわかっている。「これくらい、香水を売り出せばすぐに挽回できます」しわだらけの褐色の顔に温かい笑みが浮かび、ふぞろいの白い歯がのぞいた。「それに、次のシーズンには、かならずまた新しい芽が出ます」

だが、この春の数回の嵐で根が弱っているところへ、またもやすさまじい嵐に見舞われて、一部の木がもちこたえられないことは、どちらも承知していた。そもそも、農園の維持に汲々としている状態で、どうすれば香水が売り出せるのか。しかし、ジャークは希望を捨てきれなかったし、それはケイトリンも同じだった。彼女が苦い経験から学んだことがあるとすれば、どうしても欲しいものがあれば、手に入るまでブルドッグのようにしぶとく粘るしかないということだ。この数年間、彼らは多くの負け戦《いくさ》や勝ち戦を重ねてきた。これも新たな闘いにすぎない。ケイトリンはうなずいた。「そうね、香水を売り出せばだいじょうぶね」

彼女はうしろに下がり、出発するようジャークに手で合図した。ジャークがエンジンをかけると、トラックは曲がりくねった砂利道をのぼって、母屋の裏にある石造りの細長い建物へ向かった。

ケイトリンは丘の斜面の小屋まで走っていった。濡れた草の上に座り、両脚を引き寄せてひざをかかえた。従業員とはくらべものにならない残酷さで、嵐が薔薇をもぎ取っていく。風でなぎ倒されて根があらわになったものもあり、深紅の花びらがあたり一面に散って、一部は泥に埋まり、一部は畝のあいだを流れる雨水に呑みこまれて畑を下り、道路まで運ばれていった。

嵐はそれから一時間続き、ケイトリンはじっと座ったまま、畑が荒らされるさまをながめ、嵐が去るのを待った。

夕方になって、ようやく雨があがり、レモン色の弱々しい太陽が雲の陰から現れた。ケイトリンは立ち上がって、ゆっくりと丘を下りはじめた。すくなくとも薔薇の木の半分は二度と花を咲かせないだろう。

しかし、彼女は通夜の参列客のように嘆き悲しむために、ここに残ったわけではない。どんなに過酷な自然や状況に見舞われようとも、ヴァサロはかならず復活することを確かめるためだ。ヴァサロの土壌は養分を与えられて甦《よみがえ》る瞬間をつねに待っている。

ケイトリンはしゃがみこみ、ぬかるんだ土を片手ですくった。ひんやりと湿った土は、ヴァサロ同様、生きている。安堵が温かい川となって全身を流れ、傷ついた心を癒《いや》した。だいじょうぶだ。きっと今回も乗り越えられる。ヴァサロのように強くならなければ……。もっと働いてもっと知恵をつけ、ヴァサロが抵当流れにするには惜しい農園であることを銀行に思い知らせる方法を見つけるのだ。

土を握るケイトリンの手に力がこもった。

これは生命そのものだ。

「やつのお出ましだぞ、アレックス」パーヴィルがアレックスの書斎のドアをあけ、わきへ寄ってブライアン・レッドフォードを中へ通した。「おれも同席したほうがいいか？」

「いいわけないだろう」レッドフォードがビーバーの毛皮を襟にあしらったコートを脱いで、書斎に入った。

パーヴィルはその言葉を無視した。「どうだ、アレックス」

アレックスが首を振った。

パーヴィルは逡巡《しゅんじゅん》し、不満げに眉間にしわを寄せて、レッドフォードをにらみつけた。やがて、いかつい肩をすくめると、ドアを閉めた。

「疑り深い男だ。あいつがいつもそばで目を光らせてることを忘れてたぜ」レッドフォードは茶色の革張りのソファにコートを投げ出した。「おそろしく寒いところだな。こんな天気のなか、わざわざ出向いてやったんだから感謝しろ」

レッドフォードはロンドンの一流の仕立屋であつらえたと思われる、グレーのツイードのスーツ姿だった。イタリア製の銀灰色の革手袋を脱ぎ、がっしりした太い首から水色のカシミアのマフラーをはずす。服装が上品になったことをのぞけば、五年前とほとんど変わっていない。短くて縮れた濃いブロンドヘアには白いものがふえ、背が高く胸の厚い体は多少肉づきがよくなったようだが、幅の広い骨張った顔立ちは前と同じで、血色のいい肌と明るいはしばみ色の瞳から受ける、底抜けに陽気な印象も同じだった。

レッドフォードの太い声が部屋じゅうに響いた。「それはともかく、またおまえに会えてうれしいよ。ゆうべ電話で話したときにはたしかに少々いらついたが、こんなことでふたりの友情に水を差すのはばかばかしいと思い直してな」彼は笑みを浮かべて、アレックスが立っている窓辺の向かいの、クッションのきいた布張りの椅子に腰掛けた。手袋をひざの上に置いて、筋肉質の脚を投げ出し、足首のところで組む。「ヴァージニアにいたころがなつかしいぜ。おまえとチェスをやったことまでなつかしい」渋面をつくって、「一度も勝てなかったがな。おかげで、すっかりマゾになっちまった。なにしろおれは楽天家だから、相手がCIA《カンパニー》のスーパーマンでも希望を捨てなかったんだよな」

一瞬、アレックスは以前のように、快活なレッドフォードの雰囲気に呑まれそうになった。しかし、当時のことを思い返すと、醒《さ》めた目で見直すことができた。アレックスは疲れたように首を振った。「わたしは、あんたのことも、当時のことも、なつかしいとは思わない」

レッドフォードが水色のマフラーをわきに置いた。「社交辞令を交わす気分じゃなさそうだな。だったら、単刀直入にきく。どこまで知ってる?」

「あんたはある組織に属して美術品を盗んでいる。厳選されたメンバーと潤沢《じゅんたく》な資金を誇る組織だ」アレックスの顔に薄い笑みが浮かんだ。「しかし、美術品の盗難はさらに大規模な犯罪の前哨戦《ぜんしょうせん》にすぎない」

レッドフォードが満足げにうなずいた。「ほかには?」

アレックスは何食わぬ顔で憶測を口にした。「ブラック・メディナ」

レッドフォードが頭をのけぞらせて笑い声をあげた。「活動を始めたとき、いつかおまえに勘づかれるだろうと思って、危険な男がいると仲間に警告したんだ」首を振って、「信じちゃもらえなかったがな。まったくおまえときたら、ときどき信じられないことをやってのける」

アレックスは興奮が波のように押し寄せてくるのをおぼえた。思ったとおりだ。やはりレッドフォードがからんでいたのだ。「仲間? カンパニーのことじゃないだろうな」

「おまえが派手にご退陣あそばせたあと、おれもやめたよ。今はあそこよりはるかに実入りのいい仕事をしてる」レッドフォードは書斎の中を値踏みするようにながめた。「豪勢な住まいだな。いい趣味をしてる。とくに玄関広間のヴァン・ゴッホの絵が気に入った。まったくもって、おまえらしい家だ。人里離れた場所にあり、耽美《たんび》的で、それでいて、色や生地の使い方が官能的だ。昔から、おまえにはルネッサンス人みたいなところがあった」そこでデスクの上の本の山に視線を移した。「蔵書も充実してるんだろ？」

「もちろんだ」

レッドフォードがうなずいた。「きくまでもないか。その知りたがりの脳みそにはつねにえさを与える必要がある。アメリカに亡命したてのころ、おまえは目につく本を片っ端からむさぼり読んでた。おれは図書館へ駆けこんでは、おまえのために次の本を借りてきてやったものだ」彼はアレックスの目を正面から見据えた。「おれたちはいい友だちだった。なあ、アレックス」

「友だちというほどの仲じゃない」

「おれにあこがれてたくせに」レッドフォードがにやりとした。「認めろよ。マーク・トウェインのような古き良きアメリカ人だと思ってたんだろ」

「図に乗るな。当時のわたしがくみしやすかっただけだ。何かや誰かを信じずにいられない状態にあった」アレックスは首を縦に振って、彼の言葉を認めた。「だが、あんたが一流の諜報員だったのはたしかだ」

レッドフォードがうなずいた。「ああ、そうだ。いちばんの腕ききだった。おまえと離れてから、その腕をさらに磨いた。CIA時代は基礎訓練だったと思ってる。今じゃ、自分の能力をフルに活用してるぜ」

「腕を磨いたのなら、ここにはいないはずだ。あんたのすることはいまだにすべてお見通しだ」

「見抜けるのはおまえだけだろ。誰にでも天敵はいる。おれの場合、それがおまえだ」レッドフォードはひと呼吸置いてから続けた。「そしておまえの天敵はおれだ、アレックス」顔に笑みが浮かんだ。「酒を一杯もらえないか?」

「断る」

レッドフォードが指を鳴らした。「そう言うと思ったよ。おまえのすることだってお見通しだ。おまえは自宅で敵に酒をふるまったりはしない。中世の人間かと思うような古くさいところがあるからな」

アレックスは肩をすくめた。「さっきはルネッサンス人、今度は中世の人間。どちらかに決めてくれ」

「どっちもはずれちゃいない。頭が切れて、メディチ家にも負けないほど冷酷でありながら、自分なりの流儀を揺るがせない」レッドフォードがかぶりを振った。「その手の流儀は野望の妨げになる。おまえが厄介な枷《かせ》をはめたまま、どうやってそこまでのぼりつめたのかが謎だよ」彼は眉をしかめて、アレックスを見つめた。「昔からおまえには世渡りのこつがわかっていない」

「本日は、そのこつだかなんだかを懇切ていねいにご教授くださるのか？」

レッドフォードが舌打ちをした。「皮肉は結構。おれはあんたとなごやかに楽しく話がしたくて来たんだ」彼は椅子の上で背すじをのばした。「さっき言ったこつとは周囲への適応だ。まわりに合わせて自分の色を変えるんだよ」

「それを偽善と呼ぶ者もいる」

「そんなやつはばかだ。おまえはばかじゃない。たとえ間違いをおかすことがあってもな」

「なんのことだ？」

「パーヴィルを使って、デイロージに電話をかけたことだ。あんなことせずに、口笛を吹いて手を振ってくれりゃよかったんだ。初めはむかついたが、そのうち、おまえが首を突っこんできたのを喜ぶ気持ちになったよ。昔からおまえには相反する感情をいだいていてね」レッドフォードは首をかしげてアレックスをながめた。「つくづく美しい男だ。一時期、おれはおまえに惚《ほ》れていた。カンパニーで四六時中行動をともにしてたころは、押し倒したくてうずうずしたよ」アレックスの顔に驚きの色が浮かぶのを見て、彼はひざをたたいて笑いころげた。「なんだ、その動揺した顔は。気づいてなかったのか？」

「ああ」

レッドフォードが肩をすくめた。「あそこはマッチョ集団だ。ひとつでもそぐわないことをすると、弾き出される。周囲に適応したんだよ」

「なるほど」

「だが、おまえにはそそられた。肉体的には欲求不満に陥らされ、知的な面でもかなわなかった」その顔から笑みが消えた。「おまえを憎みはじめたのはそのせいかもしれない」

アレックスは窓の下枠にもたれかかった。「チェスで負かされたせいじゃないのか?」

「それもある。おれは負けるのが嫌いだ。何ごともいちばんでないと、プライドが許さない。おまえみたいな天才にかなうわけないんだが……」レッドフォードは人差し指でぼんやりと椅子の革のひじ掛けをこすった。「だから、おれは適応した。おまえの相棒になった」

「そして、わたしを利用した」アレックスは無表情で返した。

「誰かがそうするしかなかった。あれだけの才能が手つかずで放り出されていたんだから……」レッドフォードが残念そうに頭を振った。「おまえが良心ってやつに目覚めるまで、おれは出世街道をまっしぐらに駆けていた。アフガニスタン作戦の結果はおまえの耳には入らないはずだった」その顔に怒りの表情がよぎった。「おまえは烈火のごとく腹を立て、おれの顔にべったり泥を塗りやがった。あのことを話したのはパーヴィルだな?」

「ああ」

「おまえらふたりが入局を希望したとき、パーヴィルは採用しないほうがいいと進言したのに。あのとき引き離しておくべきだった」

「彼がいたからこそ、わたしは亡命したんだ」

「ふん。友情ってやつか……うるわしいことだな」レッドフォードが唇をゆがめた。「やつとは何年来のつきあいだ？」

「十三年だ。スペッツナズ時代の同僚だよ。そのことはあんたもよく知っているはずだ」アレックスは窓から向き直って、レッドフォードに目をやった。「友情のすばらしさをたたえるためにここに来たわけじゃないだろう」

「ああ、おれが来たのは、手を引けと言うためだ。これはおまえが夢にも思わないほどの大きな仕事だ」レッドフォードはしなやかな動きでおもむろに立ち上がった。「おまえはお山のてっぺんで、パズルでも解いてりゃいい。現実の世界はそれと向き合う覚悟のある人間にまかせとけ」

「それがあんたの〝仲間〟の望みか？」

微笑は消えなかったが、レッドフォードの顔はこわばっていた。「おれたちの意見が割れてることもお見通しというわけか。実は、おれの仲間はおまえをチームに加えたがってる。貴重な人材だからってな」声が低くなり、絹のようにやわらかい響きを帯びた。「しかし、おれには耐えられない。誰かの二番手に甘んじるのはもうごめんだ」

「耐えられない？」アレックスはわざとちゃかすような言い方をした。「それはあいにくだな。はまり役だったがね」

「わからないのか？　おれが十五年かけて積み上げてきたものが、おまえのせいでみんな水の泡になったのさ。二年後にはマクミランの後釜に座り、このおれにふさわしいトップへの階段をのぼりはじめるはずだった」レッドフォードの頰が紅潮した。「おれはカンパニーをやめたわけじゃない。おまえがマクミランを出し抜こうとしてるのにも気づかないぼんくらだったから、首を切られたんだ。しばらくははらわたが煮えくり返る思いだったよ。おまえから何もかも奪って、おれと同じ目にあわせてやりたかった。怒りを抑えて、今までおまえを無視してきたのは自制心が勝ったからにすぎない」目をすぼめて、アレックスの顔を見つめ、「おれがどうしてこんなにウインドダンサーに入れ上げてるのか、その理由がわかるか？」

「珠玉の芸術品だからだろう」

「おまけに、権力の究極のシンボルでもある。初めて目にした瞬間、これはおれが進むべき道を照らし出してくれる光明だと思った」

「栄光が手に入るという妄想をいだいたわけか」

「妄想じゃない。真実だ。おまえは欲しいものをすべて手に入れた。金も、権力に守られた生活も、女も……。なのに、なんで得にもならないものに手を出そうとする？」

「興味深い謎だと思ったからだ。わたしが謎を解かずにいられない性分なのは知っているだろう。その弱みにつけこんだことがあるじゃないか」なぜあおってしまうのだろう。アレックスはわれながらうんざりした。レッドフォードへの幻滅も敵意も過去のものだと思っていたが、彼を愚弄《ぐろう》するのは快感だった。がらがら蛇に威嚇《いかく》されたくて、いじめているようなものだ。「それに、山の上の生活はときに少々退屈でね」

レッドフォードがわけ知り顔で即座にうなずいた。「おまえは昔から退屈に弱いからな。

退屈すると、好奇心がうずきはじめる。好奇心は猫をも殺すということわざを忘れるな」彼は腕時計に視線を落とし、笑みを浮かべた。「さてと、そろそろ失礼するか。ひさしぶりに顔を合わせて、昔話ができて楽しかったよ」

突然のいとまごいに、アレックスは身を固くした。「帰るのか？」

「運転手とふたりの部下をリビングルームに待たせてある。天気が崩れる前に空港に着きたい」レッドフォードはコートを手に取り、スーツの上に着た。「何を言ってもむだなのは最初からわかっていた。おまえはひとの言葉に耳を傾けるような人間じゃないし、おれも暇じゃない」

「次の《モナリザ》を盗みに行くのか？」

「《モナリザ》がこの世にひとつしかないのは知ってるだろう」と言って革の手袋をはめる。「アレックス・カラゾフがこの世にひとりしかいないのと同じだ」

アレックスは頭を縮こめるまねをした。「それは皮肉か？」

「そうじゃない。おまえには複雑な感情をいだいていると言っただろう」レッドフォードは大きな手を握ったり開いたりした。やわらかい革の感触を楽しんでいるのだろう。「だが、同じ舞台で競い合うことは避けたいから、おまえがおれの仲間の誘いを受ける気にならないよう、釘を刺しておく必要がある」

「どういう意味だ？」

「おまえと組むくらいなら、敵同士で戦ったほうがましだってことだ。いや、今のおまえに手出しできないのはわかってるぜ。ほんとに知恵のまわる男だよ。CIAとKGBの両方を後ろ盾にするとはな。ここで連中に介入されると困る」レッドフォードは満面に笑みを浮かべて、善意に満ちた顔をつくった。「ところで、あんたが乳繰り合ってる、あの色っぽいイタリア人モデルがKGBの女スパイだって知ってたか？」

「そうじゃないかとは思っていた。KGBかCIAかはわからなかったが」アレックスは淡々とした口調で答えた。「アンジェラがスパイだったとしても、ふたりの関係にはなんの影響も及ぼさない」

レッドフォードがうなずいた。「昔から女のこととなると、さめたやつだぜ。おまえみたいに経験豊富なお方は、KGBで最高のテクニックを誇る娼婦にも執着しないだろうと思ったよ」彼はカシミアのマフラーを取って、ドアへ向かった。「それでも、少しは愛着があるかもしれない。電話してみたらどうだ？」

アレックスの体がこわばった。「それは脅しか？」

「単なる提案だ」レッドフォードはアレックスを見つめた。「おまえはいまだにほんとのおれを見ようとしない。おれが五年前から変わってないと思ってる。基礎訓練は卒業したと言っただろう。最近じゃ、見せしめのために手を下すことをためらいはしない。嬉々としてそれを行なうこともある。じゃあな、アレックス。話ができてよかった。二度とここに来るはめにならないことを願うぜ」

アレックスはドアが閉まるのをながめながら、背すじに寒けをおぼえた。最後の言葉は間違いなく脅しで、アンジェラの名前が出たことにはなんらかの意味があるはずだ。パーヴィルの言ったとおり、レッドフォードをみくびったのは間違いだった。

間に合えばいいが。

アレックスはすばやくデスクへ向かい、受話器を取り上げて、アンジェラ・ディ・マルコのローマの自宅の電話番号を押した。

応答はない。

アレックスは呼び出し音を聞きながら、焦りに駆られた。彼女の身に何かあったとはかぎらない。まだ夜の十二時だ。遊びに出かけているのかもしれないし、例のごとく情事にふけり、電話に出ようとしないだけかもしれない。

「もしもし」アンジェラの迷惑そうな声が聞こえた。

アレックスは胸を撫で下ろした。「アンジェラ、部屋から一歩も出るんじゃないぞ。ドアに鍵をかけるんだ。男といっしょなら、いますぐそいつをたたき出せ」

「アレックス？」

「何もきかずに言われたとおりにしろ」アレックスはひと呼吸置いてから続けた。「KGBのきみの上司に連絡して、任地をヨーロッパ以外の国に変えてもらったほうがいい。そこにいるのは危険だ」

しばらく答えが返ってこなかった。「知ってたの？　命令されてしかたなくやったことなの。あなたのことはほんとうに好きなのよ」

「ああ、わかっている」

アレックスは受話器を置いた。安堵の思いはたちまち消えて、罪悪感と自己嫌悪が込み上げてきた。くだらないパズルをもてあそぶのも、レッドフォードをからかって退屈をまぎらわせるのも、みな自己満足にすぎなかった。今や、ゲームは深刻な様相を呈してきた。レッドフォードの仲間の誘いを確実に断らせるために、ひとりの女の命が奪われていたかもしれないのだ。レッドフォードをあなどっていた。あれは、アレックス本人に代償を払わせようとするような甘い男ではない。

しかし、アンジェラは無事だった。なぜだ？

アレックスは目を閉じて、パズルのピースを並べはじめた。

彼女を殺さなかったのは、それがたいした打撃にならないのを知っていたからだ。

だとすれば、なぜ口先だけの脅しをかけたのだろう？　なぜすぐにローマに電話させたのか？

——運転手とふたりの部下をリビングルームに待たせてある

その三人はレッドフォードが書斎で話をするあいだ、何をしていたのか？　なぜレッドフォードはわたしを書斎に引き留め、帰りを見送らせなかったのか？

ふいに胃の底から激しい吐き気が込み上げた。

自分にとって、この世で唯一かけがえのない相手……。

アンジェラは煙幕だ。

「しまった！」アレックスははっと目をあけた。「パーヴィル！」くるりと向きを変えて、ドアへと駆け出す。「パーヴィル？　おい――」

最初に目に入ったのは、パーヴィルの首に巻きついた水色のカシミアのマフラーだった。

パーヴィルは書斎のほうを向いて、白いスエード張りの安楽椅子に縛りつけられ、革のさるぐつわをかまされていた。黒い目が眼窩《がんか》から飛び出し、ふっくらした顔は苦悶の表情を浮かべたまま、凍りついている。

生殖器が切断されていた。その後、肉切り包丁は腹部から胸骨までを切り裂き、今も胸に突き刺さっていた。

2

「ケイトリン、お客さまです」ジャークがケイトリンのかたわらにしゃがみこみ、彼女が植えたばかりの薔薇の苗木を支えた。ケイトリンが根の周囲の土をていねいにならすと、ジャークは言葉を継いだ。「丘の上でお待ちです」

ケイトリンの体がこわばり、肩の筋肉に力がこもった。彼女はなんとか緊張を解いて、さらに根もとの土をならした。「銀行の人？」

「たぶん違うでしょう。銀行員というより――」ジャークはそこで言葉を切り、肩をすくめた。「どうたとえればいいのかわかりませんな。類型に当てはまらない男です」

ケイトリンは丘の上に目をやったが、男は沈みかけた太陽を背にしており、黒い輪郭しか見えなかった。「きっと肥料の売り込みよ」手を上げ、ブルーの綿シャツの袖でひたいの汗をぬぐった。「追い返してくれない？」

ジャークが首を振った。「やってみたんですが、頑として帰ろうとせんのですよ」にやりとして、「それに、母屋の前に駐まっとるあのランボルギーニで肥料を運んどるとは思えませんな」

「じゃあ、やっぱり銀行員よ」

「だとすれば、監査役が黙っとらんでしょう」ジャークがそっけない口調で言った。「行って、なんの用かきいてみたらどうです。ここはわしが代わります。どっちにしろ、少しお休みになったほうがいい」

「あなたのほうこそ休んでちょうだい」ケイトリンは立ち上がって、背中をのばした。ああ《メルド》、疲れた。夜明け前から働きづめだというのに、まだ二列ぶん残っている。「すぐにもどるわ」

「もうじき日が暮れます。話がすんだら、屋敷へもどってください。続きはあしたにしましょう」

ケイトリンは首を振って、ジーンズで両手をぬぐった。「あしたはやらなきゃいけないことが山積みなの。ふた手に分かれて、あなたたちには北の畑のローズマリーの収穫をすませてもらって、わたしたちはラベンダーに取りかからないと……。ここは今夜のうちにかたづける必要があるわ」植えたばかりの薔薇の苗木に沿って歩きながら、丘の頂上からこちらをながめる男に目をやった。「あの人、名前は?」

「アレックス・カラゾフです」

ケイトリンは眉間にしわを寄せた。「聞きおぼえのない名前ね。会ったことはないと思うわ」

「会ったことがあれば、お忘れにはならんでしょう」

アレックス・カラゾフを見た瞬間、ケイトリンはその言葉の意味を理解した。三十代半ばの男で、たぐいまれな容姿と、鍛え抜かれた、しなやかな体の持ち主だ。サンモリッツのスキー場かアンティーブの浜辺で休暇を過ごしたのか、小麦色に日焼けしており、彼女が近づいてくるのを見ると、気さくな笑みを浮かべた。ケイトリンは若き日の父親の姿を見ているような気がして、緊張した。父親の髪には白いものが混じっていたが、アレックス・カラゾフと同じ褐色で、思わず魅入られそうになる笑顔も、優雅でさりげない着こなしも似ていた。さらに近づくと、薄青色の瞳に深い知性がたたえられ、全身に情熱と自信がみなぎっているのが感じられた。自信満々なのも当然だとケイトリンの気持ちは沈んだ。自分の持っている服の値段をすべて足しても、彼のスポーツコートにも及ばないだろう。

しかし、父親とはまったく違うタイプなのはたしかだった。デニス・リアドンは深遠さとは縁がなく、見たままの男だ。一方、アレックス・カラゾフの洗練された微笑の陰には底知れぬ深みが感じられた。まるで今にも咲かんとしている美しいジャスミン、花びらを固くぴったりと閉じた、神秘的で、期待をはらんだつぼみだ。思わずケイトリンの頬がゆるんだ。彼のようにいかにもマッチョな男性が花にたとえられたと知ったら、どんなに侮辱に感じるだろう。

ケイトリンは笑みを浮かべたまま、アレックスの前で足を止めた。「ケイトリン・ヴァサロです」手を差し出しかけてやめ、土まみれのてのひらを見下ろして顔をしかめた。「握手しませんが、お許しください、ムッシュー・カラゾフ。作業中だったから、汚れてるんです。わたしにお話があるとうかがいましたが」

アレックスはそれには答えず、ケイトリンの顔をまじまじとながめた。「一般の労働者と同じように畑仕事をなさるんですか？」

「ヴァサロの労働者は一般の労働者とは違います。善良で優秀な職人です」ケイトリンは彼の視線をまっすぐに受け止めた。「それに、畑仕事なら毎日してます」

「気を悪くされたのなら謝ります。純粋に疑問に感じただけなんです。好奇心が抑えられないたちでしてね」アレックスが畑に目をやった。「なんの作業をなさっていたんですか？」

完璧なフランス語だが、訛《なま》りがあった。アメリカ人のように抑揚がなく、イギリス人のように歯切れのいい話し方だ。ケイトリンは英語に切り替えた。「薔薇の苗木を植えてたんです。先月の嵐で半分枯れたので、植え替えるはめになりまして」

「薔薇は春に植えるものじゃないんですか？」

イギリス人でもアメリカ人でもなさそうだが、英語のほうがしゃべりやすいようだ。「ふつうは十一月か一月です。でも、ここは一年の大半が理想的な気候なので、今でも――」ケイトリンは言葉を切り、もどかしげに言った。「ヴァサロの種まきの時期になんか興味をお持ちじゃないですよね。ご用件をおきかせください」

「どうすればあなたと助け合えるかを話し合うのがわたしの用件です。お言葉ですが、ヴァサロに関することなら、なんにでも興味があります。こちらの作物のひとつに大規模な投資をしたいと思いましてね」

ケイトリンは身を固くした。「どういうことです？」

「単純な話です。わたしには投資するだけの金がある。あなたには資金が必要な事業計画がある」

彼女の眉間にいぶかしげにしわが寄った。「事業計画？」

「香水ですよ。カンヌの複数の銀行に香水を売り出すための融資を申しこみましたね」

「すべて断られましたが」

「香水事業にリスクがつきものなのはご存じでしょう」

「この業界におくわしいようですね」

「多少なら知っています。一週間かけて、パリの香水瓶製造工場を数ヵ所、見学してきました。その前には〃オブセッション〃の広告代理店に二日間通いましたし、この南にある、シャネルの五番向けの薔薇とジャスミンを栽培している農園にも一週間、滞在しました。もちろん、それでこの分野の専門家を自任できないことは承知しています」アレックスはひと息にまくしたてた。「しかし、呑み込みは早いほうだし、さまざまな可能性を秤《はかり》にかけるのには慣れている。以前、それを仕事にしていたことがあるんです」

「株ですか？」

「株もたまにやります」片方の眉を吊り上げて、「もっと喜んでいただけると思ったのですが」

ケイトリンは呆然《ぼうぜん》として、かぶりを振った。「トラックにひかれたような気分です。頭が働かなくて……だって、おかしいわ。こんなことが起こるはずがない。ランボルギーニに乗った男性がある日突然現れて、出し抜けにわたしに——なんでしたっけ？」

「あなたは香水を市場に出そうとしている。そして、そのために銀行に四十万ドルの融資を申しこんだ」アレックスが首を振った。「よけいなお世話ですが、それではなんの足しにもなりませんよ」

「それくらい知ってます。最初はささやかに始めて、事業が軌道に乗ったら、その数字を銀行側に見せて、融資の増額をお願いするつもりです。わたしの差し出せる担保では四十万ドルが限度なんです。うちの取引銀行の職員とそれほど懇意にしてらっしゃるのなら、ヴァサロが抵当に入ってることもご存じでしょう」

「ええ。ですが、こちらの取引先を初めとして、カンヌの銀行の職員はみな口が堅い。情報はすべて別ルートから仕入れました。返済が遅れていることも聞いています」アレックスの口もとがほころんだ。「昔のメロドラマみたいだ」

「ドラマにする価値があるとは思えませんが」ケイトリンは疲労困憊《こんぱい》していることが口惜しかった。頭の靄を振り払い、落ち着いて考えなければ。「で、あなたはそのドラマに出てくる悪役ですか？」

「自分のことを本気で悪役だと考える人間はいませんよ」アレックスは下の畑で働くジャークをながめてから、ケイトリンのほうに向き直った。「それに、具体的な話もせずに契約をせきたてるつもりはありません。あなたは実業家として目の配れる方のようですから、そんなことをするのは愚かだ」

「ええ、そのとおりです」

「では、本題に入って、わたしが何を提供し、その見返りに何を求めているかをお話ししましょう。わたしはふところの許すかぎり、あなたの香水を市場に売り出す資金を提供します。そのかわり、最初の一年間はこの事業の全権を委任してもらいます。また、五年間は売上の二五パーセントをいただきます。いかがでしょう」

「待ってください」ケイトリンは誰かに胸を蹴《け》られて肺の中の酸素がなくなったような気がした。「しばらく考えさせてください。頭が混乱して……。あまりにありがたいお話で、現実のこととは思えないんです。こんなことがあるはずないわ」

「なぜです？　わたしは自分の金を元手に稼ぎたいだけで、何かよこせと言っているわけじゃない。考えすぎですよ」

ケイトリンは唯一考えうる可能性に飛びついた。「あなたはこのあたりの人でもないのに、ヴァサロの内情にくわしすぎる。怖いんですよ、ムッシュー。違法行為に手を染めている方としか思えません。ドラッグの売上金ですか？　それを洗濯したいのね」

アレックスが笑い出した。「金を洗濯したければ、香水を売り出すようなリスクの高い事業より、もっといい方法がある。もっと安全で確実な方法がね」

「ずいぶんおくわしいんですね」

「ドラッグの売上金じゃありません。わたしは推理作家です」アレックスは上着の内ポケットから名刺を取り出した。「今回の資金はジュネーヴ銀行の口座から引き出す予定です」と言って、金色のモンブランを手に取り、その名刺に電話番号を書いた。「ここに電話して、ムッシュー・ギャノールにきいてください。彼はこの銀行の副頭取で、わたしの口座が存在することと、その金がニューヨークの出版社から振り込まれていることを裏づけてくれるでしょう」

ケイトリンは震える手で名刺を受け取った。興奮のあまり、吐き気がするのも無理はない。どうやら、ほんとうに投資家らしいのだ。とはいえ、あまり期待をふくらませてはいけない。どういう素性の人間かわからないし、動機があいまいだ。たちの悪いいたずらかもしれない。はやる気持ちを抑えて、黙っていたほうがいい。それでも、ケイトリンは言わずにいられなかった。「二五パーセントは多すぎます」

「でしたら、この話はなかったことにしてください。失敗を承知のうえで一〇〇パーセントひとり占めにするより、成功した場合の七五パーセントで手を打ったほうがいいと思いますがね。この申し出を断れば、香水を売り出す可能性だけでなく、ヴァサロも失うことになりかねない」アレックスはいったん言葉を切ってから続けた。「では、少し色をつけて、それとは別に二十万ドル融通しましょう。ローンの完済は無理でしょうが、香水の売上金が入るまで、借金で頭を悩ませることはなくなります」

これで抵当流れの可能性は消え、ヴァサロはまた自分のものになる。そう思うと、ケイトリンの中にふたたび興奮が込み上げた。「本気でおっしゃってるんですか?」声がかすれた。

アレックスがうなずき、ケイトリンの顔に視線をそそいだ。「銀行に連絡して、確認をとってください。続きはそのあとにしましょう」

「わかりました」心臓が激しく高鳴り、ケイトリンはやっとの思いで言葉を継いだ。「母に紹介しますので、屋敷へどうぞ。ヴァサロの所有者は母ですから、契約書も母が署名することになります」

「そのことは存じています。しかし、実際に経営しているのはあなたでしょう?」

ケイトリンはうなずいた。「母は事業に興味がありませんから。さあ、どうぞ」数百メートル先にある二階建ての石造りの屋敷へ急ぎ足で案内する。「でも、どんな契約を結ぼうが、反対される心配はありません。ヴァサロのためになることなら喜んでくれます」あまりに無愛想な態度を取りすぎただろうか。もし彼がまっとうな投資家で……気が変わったと言われたらどうしよう? ヴァサロを救える寸前まできて、ふいになったら、生きていけない。

「母が育ったころとは、事情も変わりました。母にはそれがわからなくて……でも、いろいろと協力してくれてます」ケイトリンは石段を三段上がり、マホガニーの観音開きのドアをあけた。「だから、問題は何も――」ふいに猜疑心《さいぎしん》が甦り、うしろを振り返った。「それにしても、いったいどうしてこんなことを?」とたたみかけるようにきく。「あなたが犯罪にかかわってるような言い方をするのは失礼ですが……」

「ほんとうに失礼だ」アレックスの唇に笑みが浮かんだ。「ランボルギーニのせいですね」

笑われているのはわかったが、怒っているのでなければ、かまわなかった。ヴァサロが救われる可能性がごくわずかでもあるのなら、怒らせるわけにはいかない。「なぜ香水に投資を？　どうしてヴァサロのことを調べたりしたんですか？」

アレックスはためらい、一瞬、警戒の色をよぎらせたが、すぐに笑顔にもどって答えた。

「別にヴァサロのことを調べていたわけではありません。初めは投資する気などありませんでした。ヴァサロのような場所を舞台にした小説を書こうと思い、取材していたんです。しかし、香水について調べれば調べるほど、将来性のある産業だとわかった。成功すれば、天文学的な利益が上がる」

「成功すればの話ですが」

アレックスがうなずいた。「わたしがなぜここに来たと思います？　成功するかどうかは別として、あなたの香水がこの業界の複数の人間を唸《うな》らせたと聞いたからです。あなたはプロヴァンスでもっとも豊饒《ほうじょう》な土地を持ち、現在、破産の瀬戸際にいる。実は、この土地の買収をすすめられたんですが、そんなことをしている時間はないし、その気もない。わたしは作家であって、農夫ではない」そこでひと呼吸置いた。「信じてください。わたしは収穫だのなんだのに興味はない。欲しいのはただ、あなたの香水の生み出す利益です。一攫千金《いっかくせんきん》を狙いつつ、小説執筆のための取材をするのは、法に反した行為ではないはずですよ」

「それはそうですけど」ケイトリンはひとまず胸を撫で下ろした。彼の論理にも動機にも妙なところは見受けられない。「でも、〝ヴァサロのような場所〟なんてありません。ヴァサロはここひとつきりです」彼の話はすじが通っているものの、一抹の不安がぬぐいきれなかった。「変わった発音ですね。アメリカの方ですか？」

アレックスがふたたびうなずいた。「国籍はアメリカですが、育ったのはルーマニアです。父はロシア人で、母はルーマニア人でした。今はスイスに住んでいます」

「どういうジャンルの本を書いてらっしゃるんでしたっけ」

「推理小説です。ペンネームはアレックス・カラン」

ケイトリンは首を振った。「きいたことないわ」

「それは残念。わたしの小説は抜群におもしろいですよ」

「本を読む時間がなくて」

アレックスがかすかに頰をゆるめた。「薔薇の木を植えるのに忙しいんでしょう。わかりますよ」彼は板石を張った玄関広間に足を踏み入れた。「さいわい、世の中にはあなたほど多忙でない読者が結構いましてね」広々とした涼しい玄関広間を感心したように見まわし、銅製のシャンデリアや、白い化粧漆喰の壁に飾られた小さな風景画をながめた。「すばらしい」と言って二階につながる階段に向かい、磨きこまれたオーク材の手すりに触れる。「かなりの年代物だ。十六世紀初めの建築ですか?」

「一五〇九年です」ケイトリンの唇がほころんだ。「離れの一部はのちに造ったものですが、それでも一八一五年の建築です。家具のほとんどは三百年以上前のものなんですよ」彼女は声を張り上げ、母親を呼んだ。「母さん」

「ここよ、ケイトリン」陽気で明るいカトリンの声が右側の客間から聞こえた。「仕事を早めに切り上げてくれてよかったわ。あなたは働きすぎ――」カトリンは玄関広間に入ってアレックス・カラゾフの姿に気づき、あとの言葉を呑みこんだ。その顔がぱっと輝いた。「あら、お客さま?」

アレックスの相手はカトリンにゆだねて、自分は心おきなく電話ができると思うと、ケイトリンは気持ちが軽くなった。客をもてなすことにかけては、こまやかな気づかいといい、ほがらかさといい、カトリンの右に出る者はいない。「母のカトリン・ヴァサロです。こちらはムッシュー・カラゾフよ、母さん。小説家で、ヴァサロに投資したいとおっしゃってるの」

「まあ、そうなんですの?」カトリンの微笑がいちだんと輝いた。「それはうれしいお話ですわ、ムッシュー・カラゾフ。ケイトリンがさぞ喜びましたことでしょう。このところ、資金繰りに悩んでおりましたから。あたしはきっとうまくいくと――」

「ムッシュー・カラゾフにワインをふるまってさしあげて。わたしは電話しなきゃいけないところがあるの」ケイトリンは母親の言葉をすばやくさえぎり、落ち着かなげに名刺をいじった。「すぐにもどります」

「どうぞごゆっくり」アレックスはまばゆいばかりの笑みを浮かべて、カトリンのほうに向き直った。「お会いできて光栄です、マダム・ヴァサロ」

彼がケイトリンに会ったときと同様、屈託のないようすで魅力をふりまくと、カトリンがその微笑に顔をほてらせた。とはいえ、カトリンは相手の年齢を問わず、美形には弱いのだが……。

アレックスがカトリンの手を取り、肩越しにケイトリンに向かって言った。「お母さんと楽しくやっていますので、ご心配なく。気になることはなんでもきいてください。どんな質問にも包み隠さず答えるようにと、ギャノールには言ってあります」

「わかりました」何も隠し立てしないところを見ると、まっとうな人間らしい。「あなたを信用しないわけではありませんが――」

「信用しないほうがいい」玄関広間のほの暗い照明の下でアレックスの目が光り、その口調からカトリンに向けた愛想よさが消えて、鋭さを帯びた。「突然現れて、問題をすべて解決してやるなどという男を信用してはいけません。この世は私利私欲で動いている。ヴァサロの救済がわたしの得になることを証明できたら、信用すればいい。でなければ、さっさと追い返すことです」

「ムッシュー・カラゾフは冗談がお上手だわ」カトリンが心もとない微笑を浮かべた。

しかしケイトリンは、それがアレックスの口にした初めての本音だと確信していた。彼と見つめ合ったまま、不安で体が震えた。今まで隠されていた底知れぬ力を感じ、これこそがアレックス・カラゾフの真の姿であり、父親のような優男とは違うことを思い知らされた。傲岸不遜《ごうがんふそん》で、狡猾《こうかい》で、冷酷で……そして正直だ。仕事相手としては二の足を踏みたくなる性格だが、正直ならかろうじてやっていける。正直でさえあれば、薄情だろうが、ひねくれ者だろうが、かまわない。ヴァサロを救ってくれるのなら、どんなことも問題にはならない。

「ききたいことをすべてきいて、納得できなければ、さっさと追い返します」ケイトリンは冷笑を浮かべた。「でも、結論が出るまでのあいだ、ワインの一杯くらいごちそうするわ」アレックスの顔におもしろがるような表情がよぎったが、それを無視し、手振りで客間を示した。「では、のちほど」

書斎のドアを後ろ手に閉めると、光沢のある扉板にぐったりと寄りかかった。ひざが震え、めまいがする。ああ、どうしよう《モン・デュー》。ケイトリンはおびえていた。アレックス・カラゾフのせいではない、と自分に言い聞かせる。ヴァサロのことを思うと、怖いのだ。もし彼が言葉どおりの人物ではなかったら、もしヴァサロを救うチャンスが、訪れたときと同様、またたく間に消え去ってしまったら……。そう思うと、怖かった。

その恐怖をしずめる方法はひとつしかない。

ケイトリンは背すじをのばしてドアから離れ、電話機ののったルイ十四世時代のデスクへゆっくりと近づいていった。

二十分後、客間に現れたケイトリン・ヴァサロの顔は興奮で輝いていた。

アレックスは驚いて手を止め、紛れもない欲望が込み上げるのをおぼえた。予想外の反応だった。薄汚れたジーンズと汗まみれのシャツ姿で畑にしゃがみこみ、疲労に背中を丸めた姿を見たときには、地味な女性だと思った。その後、繊細な顔立ちと、髪と同じ色合いの小麦色に輝く肌を見て、なかなか魅力的な女性だと評価を訂正した。そして今、潑剌《はつらつ》とした表情と生気のみなぎる灰緑色のきらめく瞳を前にすると、美しいとさえ思った。

アレックスは椅子のわきのテーブルにグラスを置いて、立ち上がった。「ドラッグの売人ではないと納得していただけたようですね」

ケイトリンが熱をこめてうなずいた。「ムッシュー・ギャノールはあなたの本を読んだことがあるとおっしゃってました」

「当然でしょう。趣味のいい男ですから。でなければ、資産の管理をまかせたりはしません」

「これまでに小説を二冊出版していて、どちらもすばらしい出来だそうですね」

「筋立ては悪くないが、人物造形が苦手でしてね」

ケイトリンが声をたてて笑った。「さっきは抜群におもしろいとおっしゃったじゃないですか」

「ほかにほめてくれる人が現れたから、いつもの謙虚な性格にもどっただけです」

ケイトリンはもどかしげなそぶりでうながした。「それより、香水の話に入りましょう」

アレックスの片方の眉が吊り上がった。「では、申し出を受け入れてくれるんですね」

「もちろんです。こんないいお話を断るようなばかに見えます？」

「いいえ」アレックスはケイトリンをじっと見つめた。「だが、あなたがごまかすことをしない、まれな人種であることはたしかなようだ」

「いけませんか？」

「そんなことはない。とまどっただけです」

カトリンが自分のグラスを口もとに運んだ。「愛想のない子でごめんなさいね。この子は幼いころから思ったことをそのまま口に出すんですよ」

「銀行に支払うお金はいつ貸してもらえます？」とケイトリン。

なんとも、子どものように率直で無防備な女性だ。さっきまでの警戒心は跡形もなく消え失せ、すっかり気を許しているのが、なぜか癪《しゃく》にさわった。「あす、いっしょにカンヌへ行って、あなたの口座に金を移しましょう。ただし、契約は今夜のうちにすませておきたい」

アレックスはジャケットの内ポケットに手を入れて書類を取り出した。「先ほどお話しした条件を明記した契約書です。全ページに署名をお願いします、マダム・ヴァサロ。最初の四枚はわたしが保管し、あとの四枚はそちらで保管してください」テーブルの上に契約書を置き、自分の座っていた椅子をケイトリンにすすめる。「わかりやすく書いてありますが、お母さんに署名をいただく前に目を通したいでしょう」

ケイトリンが驚きのまなざしを向けた。「ずいぶん手まわしがいいんですね」

「万全を期さないと気のすまないたちなんです。今夜のうちに契約をすませたくない理由でも？」

「そんなものないわ」ケイトリンはおもむろに椅子に座って契約書を手に取り、熱心に目を通しはじめた。

すくなくとも契約書を見もせずに母親に署名させたりはしないようだ、とアレックスは思った。あっけない展開だった。あっけなく手玉に取れる女だった。

「問題なさそうですね」ケイトリンが書類から顔を上げた。「おっしゃったとおり、すべてわかりやすくはっきりと書いてありました」そう言って、カトリンの前に契約書を置いた。「母さん、サインをお願い」

アレックスはカトリンに金色のペンを渡した。「どのページも、いちばん下の行の左側に署名してください」

カトリンはうなずき、全ページにきちょうめんな筆跡で自分の名前を記した。

「次はあなたです」アレックスは書類の向きを変えて、ケイトリンに差し出した。「お母さんのサインの下の、連署人の欄にお願いします」

ケイトリンは一瞬ためらったあと、すばやく走り書きのサインをした。「すんだわ」安堵の吐息をついて、契約書をわきに寄せる。「これで、わたしたちはパートナーね」

「ああ、そうだ」アレックスは書類を手に取った。「では、ここでわたしのパートナーとしての心得を教えよう」契約書をふたつに分け、そのうちの四枚をケイトリンに渡した。「弁護士に虫眼鏡を持たせて子細に検討させたあとでないかぎり、食品の買いもののリストにもサインしないこと。決断を急がされても応じないこと。とりわけ、二流の詐欺師でもでっち上げられるような電話一本で、ビジネスに関する判断を下さないこと」

ケイトリンの笑みが消えた。「あれはでっち上げだったんですか?」

「違うが、そんなことは関係ない。なぜもっと慎重に行動しないんだ?」

「捨て鉢だったから」ケイトリンはあっさりと答えた。「気を変えられたら困るもの」

その答えは彼のいらだちをあおっただけだった。「捨て鉢だったなんて、わたしの前で口にするんじゃない。とにかく、もっと毅然《きぜん》とした態度をとってくれ」

「どうして？　もう契約しちゃったのよ。こうなったら、あなたのことを信用するしかないわ」ケイトリンはアレックスの目をのぞきこんだ。「それに、あなたは詐欺師じゃないんでしょう」

「その言葉を信じるのか？」

「信じるわ。ひとを見る目はあるの。でなきゃ、ここまでやってこられなかった。この四年間、ひとりでヴァサロを切り盛りしてきたんだから」アレックスをしげしげとながめて、「あなたは抜け目のない人だけど、詐欺師じゃない」

「この方が詐欺師のはずないでしょう」カトリンが虚を衝かれたような声を出した。「この子ったら、なんてことを言い出すの。ムッシュー・カラゾフはどこから見てもりっぱな紳士でいらっしゃるわ」

アレックスはふざけて、ふたりにおじぎをした。「信任投票をいただいて光栄です」

「信任したわけじゃないわ」ケイトリンはまじめな口調で言った。「怖いし、神経は昂ぶってるし、あなたが何を求めてるのか、さっぱりわからない」

「わたしの求めるものは契約書に記載されている。細大漏らさずね」

ケイトリンの眉間にしわが寄った。「わたしは捨て鉢だったかもしれないけど、ばかじゃなかったというわけね。きっとあなたは子どものころから、単純だとか、くだらないと思われそうなことはしたことがないんでしょうね」

「ひどい言われようだな。たった今、感動的な信任声明をもらったところなのに」

「詐欺師だとは思わないと言っただけよ。あなたは自分の考えや動機を他人にけっして悟らせない。わたしが契約書にサインしたのを快く思ってないのはわかったけど」ケイトリンは肩をすくめた。「花の育て方なら知ってるし、香水を作るのは好きよ。でも、簿記や計算は大の苦手なの」

「だったら、会計士に相談すべきだった」

頬がかすかに紅潮したかと思うと、ケイトリンは強がるように胸を張った。「いいわ。本音を教えてあげる。たとえ経理が苦手でも、必要とあらば、ヴァサロの経営者としてずるくもなれるの。契約について法廷で争われることがあるのは知ってるし、そのことはあなたも知ってるはずよ」冷静で淡々とした口調だった。「それにご存じでしょうけど、自営業の無力な女性が外国人投資家に利用されたりしたら、フランスの陪審員はひどく感情的になるわ。だから、ひとまず安全だと思った。あすの朝、この契約書を弁護士に、もちろん会計士にも見てもらうわ。問題があれば、付加条項を作成してもらう。それがいやなら、法廷へ行きましょう」

アレックスの表情に突然、熱がこもった。「このままでは通用しないと思いながら、なぜサインした？」

「あなたが契約書を用意したのと同じ理由からよ。裁判は面倒だから、ふつうは避けたい。

契約を結んでしまえば、おたがいこの事業から手を引きにくくなる。それに、さっきわたしが書斎で電話した相手はムッシュー・ギャノールだけじゃないわ。うちの取引銀行のアンリ・ルファーブル貸付担当部長に電話して、あなたがくれた番号がジュネーヴ銀行のもので、ムッシュー・ギャノールがほんとうに副頭取かどうか、確かめたの」ケイトリンはアレックスを正面から見据えて、冷めた口調で続けた。「銀行への返済金を貸してもらえるのなら、あなたがこの契約になにを求めていようとかまわない。ずっとひとりでヴァサロを守ってきたんだから、あなたからも守ってみせるわ。サインを急がせてくれて感謝してるの。これであなたはヴァサロの一員、わたしたちは運命共同体よ」

ケイトリンは生き生きとしていた。さっきまでの事務的な態度はなりをひそめて、全身に激しい情熱をたぎらせており、アレックスにはその熱が感じられるような気がした。だまされやすくて頼りない女性かと思えば、一瞬にして精力家に変貌する。

アレックスはしばらくケイトリンを見つめたあと、頭をのけぞらせて笑い出した。「子羊のように純朴な女性かと思ったら、ひとを罠にかけようとするとはな」

「わたしは罠にかかったふりをしただけ。さっきあなたが言ったとおり、ごまかしはきらいよ。でも、ヴァサロのために必要なことはなんでもするわ」ケイトリンは、狼狽《ろうばい》したようすでこちらをながめている母親のほうに向き直った。「ムッシュー・カラゾフは夕食をごいっしょなさるそうよ。今夜はソフィアがしたくするの？」

カトリンが即座に首を振った。「とんでもない。ほかの人にはまかせられないわ。母さんが用意します。おめでたい席ですもの」

「母の料理はほんとうにおいしいのよ。ごちそうするわ。そろそろ用意を始めたほうがいいんじゃないの、母さん」

「ええ、そうね。そうしましょう」

「素直な人だな」カトリンが視界から消えたとたん、アレックスが言った。「これなら、きみもやりやすいだろう」

「ええ、まあ」ケイトリンは何げなくそう答えてから、その言葉の意味に気づき、血相を変えた。「わたしが母を思いのままにあやつってるとでも言いたいの？　あなたにはわからないわ。母はいつも楽しく過ごしていたいの。悩むのがきらいで——」われながらくだらないと思い、途中で話題を変えた。「勝手に決めつけてしまったけど、夕食を食べていくわよね」

「喜んで」

「どこに泊まってるの？　カンヌ？」

アレックスがうなずいた。

「どのホテル？」

「マジェスティックだ」

「ほんとうにヴァサロの取材がしたいのなら、部屋を提供するわよ」

「それはありがたい」

「契約書にサインしたからには、そこに記された条項だけでなく、その精神も守らないとね」

「今どき、そういう考え方で仕事をする人は珍しい。〝精神〟なんて言葉は死んだかと思っていたよ」

「ヴァサロでは死んでないわ。こっちに移ってくる？」

アレックスはふたたびうなずいた。「では、しばらく世話になるとするか。企画を詰めるには、ここにいたほうが好都合だし」

「企画？」

「香水を売り出すための企画だよ。ところで、香水の名前は決まっているのか？」

「〝ヴァサロ〟よ」

「農園と同じ名前？　ふつうはもっと人目を引く名前をつけるものだろう？」

「これはわたしの香水で、ヴァサロの香水よ」ケイトリンの顔がにわかに輝いた。「わからない？　ヴァサロ家は以前にも香水を売り出したことがあるけど、この農園の名前をつけたものはなかった。この香水作りには四年を費やしたから、何か意味のある名前をつけたかったの」そこで不安に目を見開いた。「まさか名前を変えろとは言わないわよね」

「どんな名前をつけようが、かまわない。毒《プワゾン》という名の香水が売れたくらいだから、ヴァサロでも問題ないだろう」

「あなたって変な人ね。自分の要求がすんなり通るよう、完璧なお膳立てをしておいて、わたしが応じると、怒るんだから」

「怒ってはいない。ただ――」それはうそだった。アレックスはケイトリンが自己紹介した瞬間から、いらだちと胸騒ぎに悩まされていた。この天真爛漫《てんしんらんまん》で率直な女性を前にすると、妙なことに守ってやらねばという気にさせられるのだ。ほんとうに妙だ、とアレックスは皮肉な思いに駆られた。ルーマニアのブカレストで生まれ育ったころから、女性に対してはもっとも基本的な性的欲求しかいだいたことがないし、今は優しい感情になど用はない。「何が気に入らないのか、自分でもわからない。きみは自分の面倒ぐらい自分でみられる人のようだし」

「わたしの作った香水なんだから、ヴァサロに迷惑がかからないかぎり、賭けてみる権利があるわ」ケイトリンはアレックスの視線をまっすぐに受け止めた。「言っておくけど、一か八かの賭けだってことは承知のうえよ」

そう、彼女は詭弁《きべん》や不正から目をそらしたわけではない。アレックスの存在が不都合を及ぼす可能性、いや事実を受け入れたうえで、かけがえのないヴァサロのために耐えることにしたのだ。自分がこれほど何かに打ちこんだのはいつのことだったろうと、アレックスは感慨にふけった。

ケイトリンは契約書を手に取った。「失礼して、夕食の前にシャワーを浴びて服を着替えてくるわ。よかったら、ワインをもう一杯どうぞ。うちでつくったワインなの」

「なかなかうまいな」

「でしょ」ケイトリンはドアへと向かった。「ジャンパーニュ地方にある有名な葡萄園のワインほど口当たりはよくないけど、葡萄づくりはただの副業だから。本業は花の栽培よ」

「じゃあ、葡萄づくりに全精力を傾けたら？」

「世界一のワインができるわ」当然という口振りだった。「今、世界一の花を育ててるのと同じようにね」

アレックスは含み笑いを漏らした。「よっぽどヴァサロが自慢のようだな」

「わたしの故郷だから。ヴァサロは――」と言いかけてやめ、ケイトリンの顔からきらめくような微笑が消えた。「わたしのヴァサロへの思いなんて聞きたくないわよね」

アレックスの心にまたなぜか温かいものが広がり、彼はわざとおどけた声を出した。「そんなことはない。さっき言ったとおり、わたしは飽くなき好奇心の持ち主だからな」

「ええ……そうだったわね」ケイトリンは肩越しに微笑んでみせた。「なるべく早くもどるわ。くつろいでてちょうだい」

そう言うなり、彼女は出ていき、アレックスはゆっくりと椅子に座った。ケイトリン・ヴァサロの生気にあふれた姿が消えると、部屋の中が寒々しく感じられた。全身に燃え立つようなエネルギーをみなぎらせているくせに、事務的な態度をとろうとする女性……。アレックスはもどかしげに頭の中から彼女の姿を振り払い、ワイングラスに手をのばした。ケイトリンや彼女の大事なヴァサロがどうなろうと知ったことではないし、その姿勢を変えるつもりもない。すべてパズルのピースにすぎない。自分が何か感じたとすれば、それは単なる生物学的な欲望であって、それ以外の何ものでもない。アレックスは、さっきケイトリンが客間に入ってきたときに感じたうずきをあえて思い返した。あれには驚いたが、無理もない。彼の好みのタイプとはかけ離れているからだ。胸は目をみはるほど豊かだが、すらりとした長身は官能的というには痩せすぎ、筋肉がつきすぎている。しばらく女から遠ざかっていたせいで、雄猫のようにさかりがついているのだろう。とはいえ、火遊びを楽しむのも悪くない。相手は子どもではなく、二十代半ばのおとなだし、彼女がヴァサロに傾けている情熱を男にも注げるのかどうか、試してみてもいい。

アレックスは今後に思いを馳せながら、ワインを口に運んだ。

ケイトリンが一階にもどって食卓につくと、アレックスの態度が一変していた。

彼女は食事のあいだじゅう、微妙な違いを感じたが、それが何かはわからなかった。アレックスはカトリンには愛想よく、ケイトリンには礼儀正しく接し、差しさわりのない会話がなごやかに交わされた。それでも、どこかがおかしかった。

アレックスの視線がふとこちらに向けられたとき、ケイトリンは自分が性的対象として見られていることに気づいた。体の中を動揺が走り抜け、驚きに目を見開いてから、あわてて何げない顔を取りつくろった。

アレックスは微笑をつくり、カトリンに視線をもどして、テーブルに飾られた花をほめた。

食事がすむと、アレックスはすぐにいとまごいをし、カトリンに別れのあいさつをしたあと、車までの道すがら、あすの銀行での待ち合わせについて話したいとケイトリンに申し出た。

　車回しに駐められた白いスポーツカーが月明かりにきらめいていた。尊大で、華美で……場違いな代物だった。

「どうしてランボルギーニなの？」ケイトリンは石段を下りながらきいた。

「これのどこが悪い？」

「あなたがこういう車を買うとは思えないわ。派手すぎるもの」

「わたしの中にも目立ちたがり屋の面があるということかな」

「そうかしら」ケイトリンは思いをめぐらせた。「自分をひけらかすためのおもちゃが必要な男性には見えないけど」

「鋭いな」アレックスが車のドアをあけながら言った。「これは逆上して買ったんだよ」

　ケイトリンはけげんそうに彼を見上げた。

「思わぬ金がふところにころがりこんだから、これ見よがしに買ってやったんだ」

「わかるわ」

　アレックスの顔にひややかな笑みが浮かんだ。「そんなはずがない。きみにわたしの気持ちがわかるわけがない。恨みを晴らすために人の鼻面にきたない金を押しつけたくなる気持ちなど、理解できないだろう」

「そうかもしれないわね。復讐なんてむだだと思ってるから」

　アレックスが首を振った。「それは違う。誰だって侮辱されたら黙ってはいられない。相手にも同じ思いを味わわせてやりたくなる」

「目には目をってこと?」

アレックスがケイトリンの顔をのぞきこんだ。「ああ、そうだ」

ケイトリンはその瞳の冷たさに思わず一歩あとずさった。ああ、悪魔《デュー》アレックス・カラゾフはいったいどういう人間なのだろうか。「復讐すれば気持ちが楽になると思う?」

「そう思わない者はいない」

「わたしは違うわ。つらい過去は忘れて、自分なりの人生を歩む努力をすべきだと思う」

「ごりっぱなことだ」アレックスの唇がゆがんだ。「だが、現実的とは言えない。きみはナイフで深く刺された経験がないから、それを引き抜いて刺し返してやりたいと思わないだけだ」

「あなたはあるの?」

答えが返ってくるまでに間があった。「ああ」

しばらく沈黙が続き、ケイトリンは何か言うべきことを探した。今まで以上に彼のことを意識した。かたわらに寄り添う、たくましい体のぬくもりや、目をすぼめてこちらを見つめる、熱い視線が気になってしかたない。ケイトリンはふと手をのばし、ランボルギーニのなめらかで冷たい車体に触れて、最初に思いついたことを口にした。「父なら、この車が気に入ったでしょうね」

「へえ、たしか骨董品の鑑定家だったな。今はロンドンにいるのか?」

ケイトリンの体がこわばった。「ヴァサロの経済状態だけでなく、わたしや母についても調べたみたいね」

「あらゆる可能性を考慮に入れる必要があった。感情が激しく揺り動かされると、このうえなく理性的な人間でも、このうえなく非理性的な行動を取りうる。契約書はきみの母親がサインすることになっていたから、彼女についても調べる必要があった」アレックスが肩をすくめた。「くわしく知っているわけじゃない。デニス・リアドンというアイルランド人と結婚して、十三年前に離婚したということだけだ」

「離婚したんじゃなくて、させられたのよ」

「さっきの質問に答えてもらっていない。父親はロンドンにいるのか?」

「たぶん」固い口調だった。「二年前のクリスマスにカードをもらったわ。定期的に連絡をとってるわけじゃないの。ふたりが離婚したとき、わたしはまだ十二歳だった」

「そうらしいな」アレックスはこの話題を打ち切るべきかどうか探るような目を向けて、すげなく言い放った。「彼はきみの母親の財産を食いつぶして、ヴァサロを破産寸前に追いこんだそうだな。このすばらしき父親にナイフを向けたくなったことがないとは言わせないぞ」

「ないわ」

「一度も?」

「そんなことをしてなんになるの? 父がああなのは本人のせいじゃないわ」

くてね」


「ドラッグ浸りのジゴロでも？」

「父がどういう人でも、あなたには関係ないでしょ」ケイトリンは語気を強めた。

「右の頬を打たれたら左の頬を出すというきみの哲学がどこまで徹底しているのか、知りたくてね」


ケイトリンは驚いたように彼を見つめた。「わたしを傷つけるためにわざと父の悪口を……」

「そうじゃない。きみの目を覚まさせるためだ」

「よけいなお世話よ。あなたにそんなことをしてもらう義理はないわ」

「われわれはビジネス・パートナーだ」アレックスが冷笑を浮かべると、暗闇の中で瞳が光った。「パートナーには口うるさいたちでね。つねに明晰な頭脳を保ち、わたしが必要とする分野でしっかり役立ってもらいたい」


直截《ちょくせつ》な表現とは裏腹に、もの柔らかな深みのある声だった。一見、相容れないその組み合わせがケイトリンの意表を衝いた。「そんなふうにたきつけられなくても、ちゃんとお役に立てることを証明してあげる」彼女はランボルギーニのフェンダーから手を離した。「そろそろ失礼して、家へもどって作業着に着替えてくるわ」


アレックスの顔から笑みが消えた。「仕事にもどる気か？　もう十時近いぞ」

「薔薇の苗木の植えつけが終わってないから」

「おいおい、一日じゅう働く必要はないだろう。ローンの返済ならさっきの契約で――」

「あしたにはラベンダーの収穫を始めなきゃいけない。となると、今夜じゅうに薔薇を植えてしまう必要があるの」アレックスが理解できないという顔をしているのに気づいて、ケイトリンは言葉を添えた。「お金はまだ受け取ったわけじゃない。わたしにとってはないも同然なの。それに、たとえそのお金が入っても、借金を払い終わって、また今年のような目に見舞われても平気なよう、多少のたくわえができるまで、仕事量を減らすわけにはいかないわ。わたしにはヴァサロを守る義務があるの」

「きみはヴァサロの虜《とりこ》だな」アレックスがぼやいた。

「あなたにわかってもらおうとは思わないわ」

「わかるよ」アレックスが唇をゆがめた。「わたしだって、何かの虜になることはある」そう言うと、彼は運転席に乗りこんだ。「昼の十二時にきみの取引銀行へ行く。できたら時間をつくって、カンヌまで金を受け取りに来てほしい」

ケイトリンは顔をしかめた。「二時にしてもらえると助かるわ。それでも、早めに仕事を切り上げないと。収穫はいつも一時に終えるんだけど、着替えと移動の時間を考えると――」

「二時でいい」アレックスがエンジンをかけると、車が官能的なうなりを上げて息を吹き返した。「きみのスケジュールを狂わせる気はない」

つややかな車が滑るようにドライブウェイから出ていくのを、ケイトリンは見送った。

「何も問題はないの、ケイトリン」屋敷の戸口から母親の声が聞こえた。玄関広間から漏れる明かりに照らされて、カトリンのターコイズ・ブルーのゆったりとした絹のワンピースが宝石のようにまぶしく輝いた。その視線が、舗装道路に出てカンヌに続くわき道へ向かうスポーツカーに注がれた。「まあ、高級車に乗ってらっしゃるのね。いつか運転させてもらえないかしら」

「頼んでみれば？」ケイトリンは屋敷の前の石段を上がった。「あの人、母さんのことが気に入ったようだから」

「それは母さんも同じよ。あれほどすてきな男性にはなかなかお目にかかれないわ。オーストラリア出身の俳優に似ているわね。ああいう瞳をした……」

「目なら、オーストラリア出身の俳優のほとんどについてると思うけど」

「母さんが何を言いたいのか、わかっているくせに」カトリンが指を鳴らした。「《マッドマックス》よ」

「メル・ギブソンね」

カトリンの顔が輝いた。「そうそう。完璧なまでに整った顔立ちね。きっと何もかもうまくいくわよ、ケイトリン」

ケイトリンは母親の頬にキスをしてそのわきを通りすぎ、屋敷に入った。「そうなるといいわね。おやすみなさい、母さん」と言って、階段に向かう。「あしたカンヌへ行くから、車を借りるわよ」

カトリンが眉根を寄せた。「あしたはミニョン・サラノとニースで昼食をごいっしょする約束なの」彼女はあわててつけ加えた。「いいわ、お断りするから」

「その必要はないわよ。ピックアップ・トラックで行ってくるわ」

カトリンが不愉快そうに鼻の上にしわを寄せた。「銀行の近くに停めてはだめよ。あんなおんぼろ、恥ずかしいったら」

ケイトリンはにっこりした。「あら、わたしは好きよ。味があるもの」階段を上がりながら、「それに、わたしには似合ってるわ。どちらも地味で、お世辞にもきれいとは言えない」

「あなたは地味なんかじゃありませんよ。だいたい、きれいになる努力をしていないんじゃないの。今着ている服は捨ててしまいなさい。すくなくとも五年は着ているし、丈が三センチは長すぎるわ」叱責するような口調で言う。「美しくなる努力をするのは、女としての義務ですよ」

ケイトリンは愉快そうに頭を振り、優しい声で言った。「母さんとわたしは違う世界に生きてるみたいね」

カトリンが溜め息をついて、あきらめたように肩をすくめた。「おやすみなさい、ケイトリン」

着替えに行くだけだとは言わなかった。母親を思いわずらわせそうなことは口にしないにかぎるというのが、この数年で学んだ教訓だった。「母さんもそろそろ寝るつもり？」

「もう少ししたらね。《エル》の最新号を読んでから眠るわ。ムッシュー・カラゾフがあれほど気前のいい方なら、ドレスを二、三着買ってもいいかしら」

「そのことは借金を払い終えてから考えましょう」
「今回の契約のことだけど、気が進まないの？ 初めは乗り気だと思ったけど、なんだか——」

「乗り気に決まってるじゃない」ケイトリンはすばやく答えを返した。不安げな渋面が安堵の表情に変わった。「ときどき、あなたの考えていることがわからなくなるわ。母さんはいつもあなたの幸せだけを願っているのよ」

カトリンはいつでもみんなの幸せだけを願っている。ケイトリンは悲しい思いに包まれた。幸せがときには苦労や犠牲を伴うことが、母親にはわからないのだ。違う世界に住んでいるという表現はけっして誇張ではない。カトリンの理想の娘は、自分同様、ファッション雑誌が大好きで、昼食をとりながら噂話に花を咲かせ、新しいドレスが買える可能性に胸を躍らせる女性だろう。さまざまな意味で、カトリンの人生はケイトリンの人生より苛酷で、孤独だ。すくなくともケイトリンには、彼女の目標と問題を理解してくれるジャークや、友人がいる。ケイトリンは階段の踊り場で足を止め、母親に笑みを向けた。「一着くらいなら問題ないと思うわ。あしたニースへ行くのなら、お店をのぞいてみて、気に入るものがないか探してみれば？」

カトリンの表情が明るくなった。「あまりぜいたくなものは選ばないよう気をつけるわね。ネグレスコ・ホテルの先にすてきなブティックがあって、とっても上品な服をうそのような値段で売っているのよ」カトリンは急ぎ足で客間へ向かった。「たしかローウエストのドレスがあったわね。先月号の《ヴォーグ》に載っていたはず……」声がしだいに遠のいたかと思うと、カトリンは大事なお店を雑誌で確認するために、客間に消えた。

階段をふたたびのぼりはじめるころには、ケイトリンの顔から笑みが消えていた。ほんとうはドレスを買う余裕などないが、請求書が届くころにはヴァサロの経済状態も少しはましになっているだろう。それに、母親のドレスは大海の一滴にすぎない。あす借りる金で抵当流れは避けられるが、そのほかにも実際にヴァサロを運営していく費用が要る。

アレックス……。車の前にふたりでたたずんでいたときのことを思い出すと、心が乱れた。彼に欲望をかきたてられたことは否定できない。アレックス本人と同様、強烈で激しい磁力がケイトリンを引き寄せたのだ。

しかし、だからといって、それに応える必要はない。自分は世間知らずな子どもではないし、男の人に性的魅力を感じるのはこれが初めてではない。もちろん、ここ数年、そんな経験は皆無だったが……。大学を卒業してヴァサロの経営をまかされて以来、忙しすぎて、男性のことなど考える暇がなかった。最後につきあったのはクロード・ジャンリエという男で、大学時代のぎこちない情事は激しい情熱に裏打ちされていたとは言えない。それでも、情事であることはたしかだ。

わたしは自分をごまかそうとしている。ケイトリンはふいにいらだちに駆られた。たとえ情事にふけりたくても、アレックス・カラゾフのように女性の扱いに慣れた相手と対等につきあえるほど経験豊富ではない。友情以上の思いはいだかないにかぎる。性的な関係はふたりのパートナーシップに暗い影を投げかける。それだけは避けたい。ヴァサロ存続の障害になるような失態は演じられないのだ。

3

真っ暗な部屋の中で卓上の像が輝き、エメラルドの瞳が人智を超えた知性をたたえていた。

ケイトリンはそれをながめながら椅子をずらしてデスクの前に移動すると、ノートを開いた。

「ウインドダンサーじゃないか！」入り口から声があがった。

ケイトリンは体をこわばらせて、ノートを握りしめた。ここはわたしの城だ。勝手に踏みこんでこられては困る。「ムッシュー・カラゾフ？」彼女は立ち上がり、明かりのスイッチのほうへ歩いていった。「どうしてここへ？」

「そんなことより、なぜウインドダンサーがここに――」ケイトリンが明かりをつけ、手にしているリモコンのボタンを押すと、言葉がとぎれた。

黒い大理石の台の上から、ウインドダンサーが消えた。

ケイトリンはアレックスの表情を見て、口もとをほころばせた。「アブラカダブラ」

アレックスの視線がテーブルの周囲のプロジェクター三台にすばやく向けられた。「ホログラフィーか？」

ケイトリンはうなずいた。「3Dフィルムよ」

「なるほど」アレックスが部屋の中に入ってきた。きょうの午後、カンヌの銀行で会ったときの上品な濃紺のビジネススーツから、色褪《いろあ》せたジーンズと白いスウェットシャツに着替えている。「ここにいることはカトリンから聞いていたが、夕食の席に顔も出さずにプロジェクターで遊んでいるとは思いもしなかった」苦笑いを浮かべて、「礼儀を知らないようだな。金は欲しいが、わたしの相手はごめんだという意味か？」

「調べたいことがあったし、母が丁重にもてなしてくれてると思ったから」

アレックスの視線がテーブルに移った。「調べるってウインドダンサーをか？」

「ウインドダンサーを知ってるの？」

「知らない者はいない」

「そうは思うけど、ウインドダンサーのこととなると、冷静な判断ができないの。ソルボンヌにいたころ、研究論文で取りあげたことがあるのよ」

「つい最近、本で写真を見たばかりなんだ。大学では古代文明の研究を？」

「専攻は農業で、副専攻が古代文明よ」

「変わった組み合わせだな」

「そうでもないわ。ヴァサロはわたしの血、わたしの人生だもの」

「では、ウインドダンサーは？」

「そうね、わたしの情熱といったところかしら」

アレックスが目をすぼめた。「なぜだい？」

「四百年以上前から、ヴァサロ家はウインドダンサーとふしぎな縁で結ばれてるの。当然、わたしもあの像に魅せられて――」ケイトリンはそこで口をつぐみ、頭を振った。「あなたにはわからないわ」

「いいから、聞かせてくれ」

「このホログラフィーは、論文を執筆しているときにニューヨークのメトロポリタン美術館で買ったの。アンドリアス家の資金提供で製作されたオリジナルのフィルムもあるけど、それをコピーしてもらうのには莫大な費用がかかるわ。ホログラフィーはまだ実験段階で、ヴァサロの運営費からその代金を出すことにひどく罪悪感をおぼえたものよ」

「それでも、手に入れたんだろう」

「わたしの情熱だから。それに、当時はまだ、ヴァサロの経営がこれほど逼迫《ひっぱく》してるとは知らなかったのよ。時間があくたびにこっそりここに来て、ホログラフィーをながめてるの」

「すくなくとも、畑の奴隷ではないということか」アレックスが後ろ手にドアを閉めた。

「じゃまをした非礼を詫びたほうがよさそうだな」

ケイトリンはにっこりした。「ええ、詫びてほしいわ」

「すまなかった」アレックスはしかめ面で言った。「さてと、謝罪はすんだから、しばらくここにいてもかまわないか？　どうも寝つけなくてね」

彼の全身から緊張の波が漂っているのが、はっきりと感じられた。ケイトリンはデスクにもどって椅子に座り、ノートの横にリモコンを置いた。「ここには、あなたを楽しませてあげられるようなものは何もないわよ、ムッシュー・カラゾフ」

「アレックスと呼んでくれ」彼は殺風景きわまりない部屋の中を見まわした。「ここはなんの部屋だ？　飛行機の格納庫みたいだな」

「わたしの作業部屋よ。調香室。ここで香水を作るの」

「暗闇に座ってウインドダンサーに見とれているとき以外は、だろう」アレックスはケイトリンの座っている丸いデスクに目をやった。「おもしろいな」彼女のはるか頭上まで続く棚にはきらきら光るガラス瓶が何百と並び、デスクの上には小さな秤《はかり》とノートが置いてあった。

「まるでオルガンを弾こうとしているみたいだ」

「当たりよ」ケイトリンが微笑んだ。「このデスクはオルガンと呼ばれてるの。棚の瓶にはエサン・サブソリュー、つまり花や植物の香料が入ってるわ。すべてラベルで分類し、これという組み合わせが見つかるまで、数種類を混ぜては吟味するの」と言って、秤とノートを指差した。「記録を残す価値のあるものがいつできるかわからないから、つねに正確な記録をとっておく必要があるわ。香りはほんとうに繊細だから、原料をわずかに変えるだけで香りの性質そのものが変わってしまうの」

「きみの香水はすでに完成したものと思っていたが」

「ええ、でも、そこが香水のふしぎなところでね。調合するたびに新しいもの、違うものができるの。世の中には何万という香水があるけれど、それでもまだ……。ごめんなさい。つい夢中になってしまったわ。こんな話、つまらないでしょう」

「そんなことはない。なぜ母屋じゃなく、別棟に作業部屋をこしらえたんだ？」

ケイトリンは部屋の両側にある、納屋の扉を思わせるほど幅広のドアのほうにあごをしゃくった。「このドアと窓を全部あけ放して風を入れると、残り香が消えるからよ。嗅覚を敏感に保つのはとてもむずかしいことなの。嗅神経は少し疲れただけで使いものにならなくなって、新鮮な空気を吸わないかぎり、回復しない。一部の調香師が使ってる最新式の調香室にくらべたら旧式だけど、このほうが好きなの」

アレックスは奥の壁際に並ぶ本棚へと近づいた。「きみは調香の天才だとお母さんがほめていたぞ」

「好きなだけよ」ケイトリンはそっけなく答えた。

「花を育てるよりも好きなのか？」

「ふたつを分けて考えることはできないわ」

「すべてはヴァサロだということか？」

ケイトリンはうなずいた。「ミシェルが輪のようなものだと言ってたわ」

「ミシェル？」

「ミシェル・アンドリアス。彼はフランス革命のころ、ここで暮らしてたの。その後、カトリーヌ・ヴァサロとフランソワ・エシャレのあいだに生まれたいちばん上の娘と結婚したわ」

アレックスの片方の眉がいぶかるように吊り上がった。「カトリーヌとフランソワは結婚していなかったのか？　当時は問題視されただろうに」

「名字が違うから？　結婚はしてたわ。ヴァサロを相続する際の条件として、長女から長女にのみ相続されること、結婚後もヴァサロを名乗ることが定められてるの」

アレックスは棚から《フラグランス》誌を引っ張り出して、ぱらぱらとめくった。「十八世紀のウーマン・リブ活動家が大喜びしただろうな」

「ヴァサロ家で初めて香水を成功させたのが、このミシェルよ。ナポレオンの宮廷の女性はひとり残らず、彼の作ったラ・ダムという香水を持ってたそうよ」ケイトリンの言葉に熱がこもり、顔が輝いた。「カトリーヌの日記を読ませてあげたいわ。当時にタイムスリップできるわよ。彼女はミシェルを自分の息子同然に育て――」アレックスのにやついた表情を見て、ケイトリンは言葉を切った。「ヴァサロの歴史のこととなると、つい力が入ってしまうの。一族以外の人には興味のないことなのに」

「いやいや、とてもおもしろいよ。ルーツを持つというのは気分のいいものだろうね」

「誰だって持ってるでしょ。ヴァサロの場合はふつうより歴史が長いだけの話で」

アレックスは無言だった。

「わたしが言いたいのは、親子の絆《きずな》が――」

「きみが何を言いたいかはわかっている」アレックスは彼女の言葉をさえぎった。「世の中には、ルーツを断ち切って生きるほうがましだという人間もいるんだよ」彼は三番めの棚から瓶を取って光にかざした。「これはなんだ?」

瓶にはラベルが貼ってある。話題を変えるための質問であることはあきらかだった。

「ライラック」

「これも例の香水に使ったのか?」

ケイトリンは首を振った。「トップノートはジャスミンで、ミドルノートは——」

「音符《ノート》? またオルガンの話か?」

ケイトリンは声をたてて笑った。「たしかに、調香は交響曲を作るのに似てるわ。つけてすぐの香りがトップノート、次がミドルノート、最後がラストノート。でも、最初に調合した香りとラストノートのあいだには、無数の香りがある。つけた瞬間から消えるまで次々に匂いが変わってこそ、いい香水といえるの」

「さながら交響曲の旋律だな」

「しかも、すぐに消えるようではだめなの。だから、あらゆる要素を考慮に入れる必要がある。香りは濃厚か、でも濃厚すぎないか。鋭いか、やわらかいか。こくがあるか。つけた人が通りすぎたあとも残るか」

「で、きみの香水はどうなんだ?」

「自分で確かめてみて。これがヴァサロよ」ケイトリンは最下段の棚にある瓶を手に取り、デスクの上に積まれた白い吸い取り紙に一滴落とした。それをアレックスのほうに差し出す。

「目指したのは、イヴ・サンローランのオピウムみたいに刺激的で忘れがたい香水よ。でも、それだけじゃない。雨が降ったあとの草原の爽《さわ》やかさに、さりげなくレモンの木の香りを加えて――」そこで肩をすくめた。「ヴァサロそのものを表現したかったの」

アレックスは吸い取り紙を顔に近づけて匂いを嗅いだ。「今までに出会ったどんな女性の香水とも違うな」

彼が女性のかたわらに立ち、その髪に顔をうずめている姿があざやかに浮かんだ。ケイトリンはそれを振り払ってきいた。「ほかの香水と似てたら意味ないもの。気に入ってくれた?」

アレックスは吸い取り紙をデスクの上に置いた。「これじゃ、判断できないな。女性の肌につけると、匂いが変わるだろう」と言って、ヴァサロの瓶を手に取った。「つけてもいいか?」

答えを待つこともなく、彼は香水を親指に一滴垂らし、ケイトリンの左手首の敏感な部分にすりこんだ。その手を持ち上げ、嗅いでみる。「いい匂いだ」

事務的な口調だったが、彼の指はケイトリンの手首を親しげに強く握りしめ、ぬくもりを伝えていた。「あとひとつ、試すのにもっとも適した箇所がある」アレックスはもう一方の親指に香水を一滴垂らして、瓶をデスクにもどした。ケイトリンのシャツの襟を優しく開くと、両手で細い首を包みこんだ。鎖骨のくぼみに、二本の指で香水をおもむろにすりこむ。「脈拍がいちばん強いのはここだから、香りが広がって……」

彼の両手は重く、自分の首は今にも折れそうなほどもろく感じられた。ケイトリンはつばを呑みこんだ。「どうしてそんなことを知ってるの？　香水にはくわしくないと言ってたじゃない」

「くわしくはない。数年前、嗅覚に関する研究論文を読んだだけだ」

親指の腹でゆっくり撫でられると、ケイトリンの胸が高鳴った。「読んだものはすべて記憶してるの？」

「ああ、ほとんどはね。ただし、役に立ちそうなものにかぎる。それ以外は忘れることにしている。何もかも覚えていると、疲れるから」アレックスが手を離し、ケイトリンを立たせた。彼女は呆《ほう》けたように彼を見つめていた。氷河のように淡いブルーの瞳から目をそらすことができなかった。動悸がいっそう激しくなり、血管の中を血が猛スピードで駆けめぐって肌をほてらせる。

「いいぞ」思いがけずときめいたせいで香りがたちのぼり、アレックスが感心したような声をあげた。「すばらしい香りだ」触れてもいないのに、ケイトリンは彼の体のぬくもりを感じた。アレックスは頭を下げ、身じろぎもせずに匂いを嗅いでいる。

彼のこめかみの血管が脈打ち、やわらかそうな黒いまつげが半開きのブルーの瞳を隠していた。彼自身の匂いがかすかに鼻をくすぐった。ライム・コロンと、もっと深みのある、麝《じゃ》香《こう》に似た香り。立ったまま相手の匂いを嗅ぎ合うふたりの姿はまさしく原始的で、交尾前の二頭の獣のようだった。

心臓が早鐘のように打ちはじめて、ケイトリンはゆっくりと規則正しい呼吸を心がけた。

そして、ふたりのあいだに張りつめた緊張を解く言葉を必死に考えた。

アレックスが息を深く吸いこんで吐くと、温かい息が首にかかった。ああ、触《デュー》れられたわけでもないのに体が震えはじめるなんて。

「すばらしい」アレックスが体を引いた。半分閉じたまぶたのせいで、今も瞳の表情は見えない。「これなら成功間違いなしだ」

ひざから力が抜け、ケイトリンは崩れるようにして椅子に座りこんだ。頬が紅潮しているのがわかる。アレックスが自由自在にまとえる、他人行儀でよそよそしい雰囲気が自分にも作り出せたらいいのにと真剣に考えた。口から神経質な笑いが漏れた。「やり手の実業家なら、それを確認してから契約するんじゃないの？」

「そんなことをしても意味がない。女性がどういう香水を気に入るのか、わたしには皆目見当がつかない」一瞬、アレックスの顔に愉快そうな表情がよぎった。「だが、自分が何を気に入るかはわかる」

つまり、アレックスはわたしが気に入り、わたしの匂いも感じ方も、ふたりが男と女であるという事実も気に入っているのだ。純粋に性的な意味で……。ケイトリンはあわてて目を伏せ、香水の瓶に視線を向けた。「これからどうするつもり？」

答えは返ってこなかった。ケイトリンが顔を上げると、アレックスが瞳をきらめかせていた。

「香水のことよ。販売戦略について話し合う必要があると言ってたじゃない」

「もちろん話し合う」

「今?」

「またの機会にしよう。いろいろと考えていることはあるが、話し合う前にもう少し情報が欲しい。二、三日中にわたしあてに電話が入ることになっている。それで必要な情報が手に入れば、行動開始だ」

「電話って誰から?」

「リサーチの専門家だ。毎日、わたしあての小包が届くはずだから、カトリンにその旨、伝えておいてくれ。複数の調査機関に情報収集を頼んである」

「小説のため?」

「それもあるし、わたしだって情熱を燃やすことはある」アレックスが笑みを浮かべた。「対象はつまらないものだがね。それと、ここにいるあいだ、頻繁に長距離電話を利用することになる。請求書が届いたら、ムッシュー・ギャノールに回してくれ」そう言って、棚に並ぶ本を見上げた。「すべて香水に関する本なのか?」

みごとな変わり身だった。ついさっきまで間違いなく欲情していたはずなのに、今はケイトリンに触れたことなどなかったかのように平然としている。しかし、どんな手を使ったにしろ、それでケイトリンも落ち着きを取りもどせたのだから、感謝すべきだ。動悸はほぼおさまり、彼のように冷静でそっけない態度を取れるようになるのも時間の問題だった。「ええ、ほかの本は母屋の書斎に置いてあるわ。ここにあるのは、カトリーヌの日記をのぞけば、

「ほとんど香水関係の参考図書よ」

アレックスが革綴じの聖書を取り出して、もの問いたげな視線を向けた。

「雅歌の聖句にしるしがついてるでしょう。旧約聖書には、香水に関する記述が随所にあるの」

アレックスの視線が二段めの色褪せてくたびれた本のところでとまった。「これは香水に関係ないな。『ウインドダンサーにまつわる事実と伝説』」本棚からその本を取り出し、くすんだブルーの表紙をまさぐった。「傷みも激しいし、ページが取れかけている」

「ずっと前に買ったものだから」

「前というと？」

「十数年前よ」まだ知り合って間もないのに、アレックスは人生の隅々にまで土足で踏みこんでくる。いちばん大切なこの場所にだけは、壁を張りめぐらせなければ。「もろくなってるのよ。お願いだから、棚にもどしてちょうだい」

アレックスは片方の眉を吊り上げたが、もとの位置にていねいに本をもどした。「興味深いな」

それが本のことなのか、ケイトリンの反応のことを言っているのかはわからなかった。彼はすぐに言葉を継いだ。「香水の本を何冊か貸してもらってもいいか？　たがいの興味の対象について、いくらか勉強しておいたほうがよさそうだ」

「どうぞ」

アレックスが背中を向けて棚から次々に本を取り出し、両腕に八冊の本をかかえた。

「あした、また借りに来てもいいのよ」ケイトリンはぞんざいな口調で言った。「急に気が変わって、立入禁止にしたりはしないわ」

「助かるよ」アレックスはドアに向かった。「最近、よく眠れないし、どんな本もすぐに読んでしまってね」

「なるほど」

「数年前に速読術を身につけたんだ。前の仕事に役立ったから」いたずらっぽい視線を向けて、「ほっとしただろう？　速読術がドラッグの売人に役立つとは思えないからな」アレックスは本をかかえ直し、苦労してドアをあけた。「あけ放していこうか？　部屋じゅう、匂いが充満しているぞ」

「もう遅いわ。そのために吸い取り紙があるの。ふつうはそれを密閉容器で保存して、用がすんだら捨てるのよ」ケイトリンは眉根を寄せた。「シャワーを浴びて、匂いを洗い流さなきゃだめね」

「たしかにもう遅いようだ」アレックスがにやりとした。「ところで、さっきの話はうそだからな」

　ケイトリンは驚きの目を向けた。「なんのこと？」

「香水を試すのに最適な場所は女性の鎖骨じゃない」

「違うの？」

アレックスがうなずいた。「鎖骨よりはるかに楽しい場所がある。いつか試してみる必要があるな」ケイトリンが何か言う前に彼は部屋を出て、ドアを閉めた。

ケイトリンは呆然とドアをながめていたが、やがて笑い出した。


アレックスは母屋にもどると自分の部屋へ直行し、ニューヨークのサイモン・ゴールドバウムに電話をした。

ゴールドバウムは諸手を挙げて歓迎してはくれなかった。「ちょっと、何を期待してるんです？　ジョナサン・アンドリアスは秘密主義者で、その秘密を守るだけの金を持ってる。もう少し時間をください」

「あの男を釣るえさが必要なんだ」アレックスはベッドに腰を下ろしてノートを開き、荷物を解いたときに電話機の横に出しておいたペンを手に取った。「何かわかったことがあれば、教えてくれ」

「《タイム》誌に掲載された程度のことしかわかってません。年齢は四十二歳。船会社の社長で、彼の代に替わってから、全体の業績は落ちこんでますが、下降ぎみだった大型客船の利用はふえてます。労働組合とのあいだに揉《も》めごとはありませんが、不満はあるようです。奨励金制度について、突き上げを食らってましてね。また、政治活動も積極的に行なってます。共和党員。自宅はサウス・カロライナ州チャールストンの北部。彼を嫌う者はほとんどいません。一族に問題なし。彼が族長的存在です」

「結婚は？」

「まだですが、秘めやかな情事は数知れません。大事なのは〝秘めやかな〟という点です。先ほど言ったようにプライバシーを重んじる男ですから」

「それだけか？」

「いいえ」ゴールドバウムはためらってから続けた。「共和党本部を探ってみました。彼はかなり気に入られてるようですね。聡明で、外交手腕に長《た》け、必要なときには攻撃に出るだけの度胸の持ち主。倒産に瀕したクライスラー社を立て直したリー・アイアコッカ元会長とジョン・ケネディ元大統領を足して二で割ったような人物です」

「それはどういう意味だ？」

電話の向こう側から沈黙が返ってきた。「アメリカの次期大統領の可能性があるという意味です」

アレックスはその情報の価値を計算し、使えそうにないとの結論を出した。今回は役に立たないだろう。「ほかには？」

「言っときますが、えさなんて見つかりっこありませんよ。大統領になりうる男がうっかり失敗を犯すはずがない」

「いいから徹底的に洗ってくれ」

「善良な男だと思いますがね」

「だからといって、過ちを犯さないとはかぎらない。あの男をあぶり出す材料が必要だ」

「はいはい、わかりましたよ。来週、電話します。今は山荘からですか？」

「いや、フランスだ」アレックスはヴァサロの電話番号を告げた。「留守でも伝言を残すなよ」

「素人相手みたいな口のきき方はやめてください。パーヴィルはけっしてそんなこと――」

ゴールドバウムはそこで言葉を切り、ぶっきらぼうに続けた。「彼のことは残念でした」

「ああ、ほんとうにな」アレックスの声が翳《かげ》った。「パーヴィルを殺したひとでなしを捕まえたいんだ。レッドフォードは地下に潜っている。あいつを仕留めるためにも、ジョナサンを釣るえさが――」

「要るんでしょう」ゴールドバウムがうんざりしたようにあとを引き取った。「なんとかして手に入れますよ」

「レッドフォードの行方は？　何かわかったか？」

「現在、調査中です。抜け目のない男でしてね。あなたの言うとおり、一年くらい前に穴を掘って地下に潜り、その穴を内側から埋めてしまったようです」

「だったら、一年以上前にさかのぼって調べろ。潜伏する前になんらかの準備をしているはずだ」

「だとすれば、よっぽどうまく痕跡を消したんですね」ゴールドバウムはあわててつけ加えた。「わかってますよ。徹底的に洗えというんでしょう」

「そのとおりだ」

アレックスは電話を切って、ノートに書きつけたわずかな情報を読み返した。ほんとうにごくわずかだった。もっと多くの情報を期待していたのだが……。ゴールドバウムは元新聞記者で、腕の立つ男だ。その彼が、ジョナサンについて知っておくべき情報を探り出せなかったということは、探り出せるようなものはないということなのか。

だが、何かあるはずだ。

アレックスはまたしても、いらだちと怒りに駆られた。もどかしげに立ち上がり、部屋の奥の観音開きの窓へと近づく。水色のシルクのカーテンをつかみ、月明かりに照らされた畑を見るともなしにながめた。もっと簡単だと思っていた。泰然とした態度を保ち、距離を置いて、ヴァサロを都合よく動かし、なんの痛手も受けずに目的を達成できるものと考えていた。しかし、ケイトリン・ヴァサロとその母親とたった一日接しただけで、いつのまにか

――なんていえばいいのだろう――気持ちが揺れ、胸がふさがれた。これは罪悪感だろうか。うしろめたく思う必要はない、とアレックスは急いで自分を奮い立たせた。なんの隠し立てもしていないとは言えないが、彼の金が入ればヴァサロは救われるわけで、ケイトリン・ヴァサロが心から望んでいるのはそのことだけだ。ヴァサロに投資する理由がなんであろうがかまわないと言われたではないか。胸の内のほかの思いについては、悟られないよう、細心の注意を払えばいい。

ケイトリンの絹のようになめらかな肌と、探るようにこちらを見上げた、灰緑色の不安げな瞳を思い出すと、カーテンをつかむ指に力がこもった。あのときなぜ、おふざけの前戯か

ら先に進まなかったのだろう？　ケイトリンはそれを求めていたはずだ。指で触れた瞬間、彼女の体に小さなおののきが走るのを見て、そのぬくもりを感じたというのに……。ケイトリンは頭では警戒していたが、体のほうは純粋に本能に従って反応していた。

アレックスは調香室にいたときのように興奮して昂ぶり、情欲をかき立てられた。窓に背を向けてスウェットシャツを脱ぎ、ベッドにもどった。横になって、ケイトリンとヴァサロのことは忘れよう。考えるのは、レッドフォードのことと、あの蛆虫《うじむし》野郎を捕まえたらどんな目にあわせてやるかということ、それだけだ。


「マルティニク島へ行こうぜ、アレックス」パーヴィルがなだめるような口調で言った。「日光浴とセックスをたまに楽しみ、ごくたまにごちそうにありつければ――」

「ごくたまにだと？　最近、体重計に乗っていないんじゃないのか」

パーヴィルは椅子に縛りつけられ、その目がアレックスのほうを向いて、息絶えた唇が動いた。「マルティニク島だ。日光浴と……」


「パーヴィル！」

アレックスはベッドの上で飛び起きた。心臓が高鳴り、冷たい汗で全身びしょ濡れだった。また夢か。だが、夢には思えなかった。今までに見たうちのどれひとつとして、そうは思えなかった。椅子に縛りつけられたパーヴィルを発見した瞬間と同じように、激しい怒りと悲しみに襲われた。

　アレックスは目を閉じて、体の震えを止めようとした。パーヴィルの夢を見ない夜はないが、レッドフォードを仕留めれば、夢からも解放される。レッドフォードのことを考えれば、かならずパーヴィルを思い出し、そしてパーヴィルを思い出すのは耐えがたいことだった。あの大きな熊のような男が恋しくてならなかった。

　しだいに震えがおさまった。ふたたびベッドに横たわって目を閉じると、まぶたの下で涙が込み上げた。パーヴィルのことは考えるな。あいつのことは忘れて、罪悪感も胸の痛みも追い払ってしまえ。アレックスはパーヴィルの記憶を消し去ってくれそうな何かを懸命に探した。

……ケイトリン・ヴァサロ。

　彼女といるあいだは、パーヴィルのことを一度も思い出さなかった。好奇心をそそられたり、胸を打たれたり、いらいらさせられたりするが、引きこまれずにいられない。パーヴィルを忘れるために、彼女の存在と、それがかき立てる欲望を利用することもできる。この胸の痛み、そしてこの悪夢を遠ざけるために利用すればいいのだ。

　利用？　なんてことだ。アレックスはひとを利用する人間を軽蔑していた。自分が長年、いやというほど利用されてきたからだ。

　だが、何かが、誰かが必要だ。それも女性が……。

　ケイトリンに腹を割って話し、今の気持ちを正直に伝えることもできる。今夜、アレックスがケイトリンを求めたのと同じくらい、彼女も彼を求めていた。そんな彼女が彼の必要とするものを与えてくれないはずがない。
それは——忘却。

「手伝おうか」

ケイトリンが畑で顔を上げると、アレックスが横に立っていた。昨夜穿《は》いていたのとよく似た、色褪せたジーンズと白いTシャツ姿だ。

「今なんて言った？」

「よかったら、手伝いたいんだが」

アレックスはケイトリンのかたわらに目をやり、アドリエンがラベンダーを摘むのをながめた。「それほどむずかしくなさそうだな」

「ええ。必要なのは、慣れとリズムをつかむことだけ」ケイトリンは眉間にしわを寄せた。「でも、重労働よ」

アレックスは微笑んだ。「疲労でぶっ倒れたりはしない。スイスにいるときは毎日スキーをしているから、体力には自信がある」

それが誇張でないことは、その体躯《たいく》を見ればわかった。むき出しの腕は筋骨隆々で、余分な脂肪は一オンスもついていない。「退屈なら、何か書けばいいのに」

アレックスが渋面をつくった。「詩神ミューズが耳もとでささやいてくれなくてね。体を動かしたい気分なんだ。たっぷり働けば、よく眠れるかもしれないし」薄いコットンのTシャツに包まれた肩がじれったげに揺れた。「で、どうなんだ。手伝わせてくれるのか、くれないのか？」

彼の言葉はうそではなさそうだった。昨夜、調香室に現れたときと同じように神経を昂ぶらせているのがわかった。「トラックの荷台にジャークがいるから、籠をもらうといいわ」

「ダブレール、きみから籠をもらってこいとケイトリンに言われたんだが」

「なんだと？」ジャークは腕をのばして、従業員から花の詰まった籠を受け取ると、アレックスのほうを向いた。「籠なんかもらってどうするつもりだ」

何げない口調だったが、アレックスはそこに込められた敵意を嗅ぎつけ、トラックの荷台に立つジャークをながめながら、全身で歓喜を叫んだ。挑発的なもの言いをされるのは初めてではないし、それはつねに暴力の前触れだった。最近は欲求不満が鬱積するばかりだったが、ようやく発散する相手が見つかった。

ジャーク・ダブレールはなかなか手ごわい相手になりそうだ。若くはないが、筋肉質の体をしたこの監督官は、岩のように堅固で、負けを知らない男独特の余裕を感じさせた。アレックスは値踏みするような目でジャークをながめまわし、受けて立つ意思を表した。「ほかの従業員は籠をもらって何をしているんだ？」

「つつましく生計を立てとるんだよ」ジャークがアレックスの視線を正面から受け止めた。

「だが、あんたは生活費を稼ぐ必要がないとお嬢さんから聞いたぞ。触れるものをすべて黄金に変えるミダス王のように金持ちで、ヴァサロを救いに来たんだ、とな」

「信じられないか？」

「口ではなんとでも言える」ジャークが肩をすくめた。「お嬢さんだってばかじゃない。しばらくようすを見るまでだ」

「籠をくれ」

「わしらの一員だということをお嬢さんに見せつけるためか？　あんたはわしらの仲間なんかじゃない。前にもあんたみたいな男を見たことがある。苦労知らずのお調子者はヴァサロには似合わん」

「わたしが欲しいのは籠だ。きみの意見じゃない」

「わしは気前のいい男でね。ただで進呈してやる」ほかの従業員がやってくると、ジャークはかがみこみ、あふれんばかりに花の入った籠を受け取った。「さっきも言ったように、お嬢さんはばかじゃないが、あんたの話を信じたがっとる。あんたのことを信用しはじめとる」籠の中身を荷台の上の大きな桶にあけながら言う。「だから心配なんだ」

「そいつはあいにくだな」

「ほんとにあいにくだ。お嬢さんはよそ者をめったに信用せん。お嬢さんをがっかりさせるようなことがあったら、ただじゃおかんぞ」

　ついに本題に入った。アレックスはここぞとばかりに一歩踏み出し、ジャークの顔をにらみつけた。「どういう意味だ?」

返ってきたのは遠回しな答えだった。「お嬢さんは子どものころ、おやじさんからペンダントをもらった。瞳にエメラルドがはめこまれた金のペガサスだ。お嬢さんがウインドダンサーの伝説に夢中なのは誰でも知っとったし、父親のリアドンはご婦人がたを喜ばせる天才だった。お嬢さんはそのペンダントをたいそう気に入って、どこへ行くときにもつけていなさった」ジャークは空の籠を従業員に返し、彼女が畑へもどってこちらの声が聞こえない距離まで遠ざかったことを確認してから続けた。「リアドンがヴァサロを去った晩、ペンダントが消えた」ジャークの顔に冷笑が浮かんだ。「何しろ、そのころのヴァサロには盗めるようなものがほとんど残ってなかったからな」

「わたしは宝石を盗んだりはしない。それは誓うよ。その話にはおちがあるのか?」

「もちろんだ」笑みが広がり、褐色の顔の中でむき出しの歯が光った。「わしはそのろくでなしのあとをつけてカンヌのホテルへ行き、ペンダントを取りもどそうとした。つい本気を出して、鼻の骨と肋骨を三本折っちまったよ」

「興味深い話だ。で、取りもどせたのか?」

「いんや、ジェット機を持ってるとかゆう金持ちの友人に売ったあとだった。その女の居場所を突き止めようとしたが、国を離れたあとだった。だから、ホテルにもどってやつの両腕を折り、ヴァサロに帰った。お嬢さんをがっかりさせた人間はそいつが最後だ」

アレックスは敵意を燃え上がらせようとしたが、むだだった。残忍性を隠そうともしないその素朴さは、知り合ったころのパーヴィルを思わせた。「それじゃ、どんなやつでもしっぽを巻いて逃げ出すな。ケイトリンはあんたのやったことを知っているのか？」

「いんや。お嬢さんにはわかってもらえんだろう」

「だが、わたしにはわかる。じゅうぶんびびったから、籠をもらえるかな」

「あんたはびびってなんかいない」

「ああ、正直言って、がっかりした」アレックスはジャークの目をのぞきこみ、真実を口にした。「けんかしたい気分だったが、あんたを相手にするのはやめたほうがよさそうだ。あまりに考え方が似ている」

ジャークはしばらく彼をながめていたが、やがて積み上げられた籠からひとつ手に取り、アレックスのほうに放り投げた。「三番めの畝だ。わしが行って、やり方を教えてやる」


ケイトリンは、アレックスがジャークから花の摘み方の基本を教わったあと、自分のそばにやってきていっしょに作業をするものと思っていた。しかし、彼はピエール・ラデュークスの隣を選び、夕方になってジャークが大声で休憩を告げるまで、そこで作業を続けた。そして空にした籠をトラックの荷台にのせると、ケイトリンには何も言わずに母屋へもどっていった。

翌日の明け方、アレックスはケイトリンより先に目を覚まし、彼女とともに屋敷を出たが、畑に着くと、やはり別の畝を選んだ。十時のクロワッサンとコーヒーの時間には、ピックアップ・トラックの荷台に座ってジャークと話をした。

三日目、ジャークがいつものようにケイトリンの畝にやってきた。「あの男、なかなかやりますな」

ケイトリンはルネ・ブワソンのかたわらで花を摘むアレックスに目をやった。「手際がいいわね」

「おまけに力もある。エネルギーがあり余っとるようですな」

それは間違いなかった。この二日間、彼の体内でエネルギーが今にも爆発しそうなほど煮えたぎっていることに、ケイトリンは気づいていた。これでものんびりしすぎだというように……。

「初めは怪しんでおりましたが、今は……信用できる男だと思っとります」

ケイトリンはジャークに驚きのまなざしを向けた。その言葉に皮肉の響きはなかった。てっきりアレックスのようにどこか得体の知れない男性は気に入らないだろうと思っていた。

「そう簡単に理解できる相手じゃないわよ」

「あれは傷ついたことのある男です」

「どうしてわかるの？」

ジャークは肩をすくめた。「わかりますよ。あれだけ体を酷使しとるのを見れば」そう言うと、きびすを返してトラックに帰っていった。

ケイトリンは作業にもどり、アレックスを思案顔でながめた。ルネの言葉に笑い声をあげる彼の顔は生気に満ちて、表情も豊かだ。悩みや悲しみをかかえているとは思えない。気さくで飾り気のないタイプに見え、初めて会った日、丘の上で彼女を待っていたときの洗練された男性とは別人のようだった。褐色の髪がひとふさ、汗ばんだひたいに垂れ下がり、ブルーのシャツには汗じみができている。彼が両脚をこころもち開いて立ち上がると、色褪せたジーンズがたくましい腿と臀部《でんぶ》に貼りつき、体の線があらわになった。あらわすぎるほどに……。

ケイトリンは体がほてるのをおぼえ、あわてて目を上げて彼の顔に視線を向けた。調香室でふたりのあいだによぎった雰囲気のことは忘れるべきだ。アレックス・カラゾフにはそれができたようだから、自分も忘れるしかない。

それでも、ジャークの言うとおり、アレックスはまるで取りつかれたように働いていた。畑で重労働をこなすだけでなく、母親によると、たいてい深夜三時すぎまで彼の部屋のドアの下から光が漏れているそうだ。とはいえ、夜型なのは彼の勝手だし、毎日、謎の包みが届くからといって口を出すわけにはいかない。アレックス・カラゾフのような秘密主義者は詮《せん》索《さく》や同情を嫌うだろう。ケイトリンは彼のことを頭からきっぱり追い出して、目の前の作業に集中した。

「散歩に行かないか？」

トラックに籠をのせていたケイトリンはうしろを振り返った。またもや爆発寸前の抑圧されたエネルギーを感じて、思わず体がこわばった。「そんな暇ないわ」

「時間は取らせない。ここ何日か、ひとりで散策しているうちにききたいことが出てきてね」アレックスが微笑んだ。「これも取材だよ」

「じゃあ、あしたなら」

「それはないだろう。畑で汗水垂らして、労働力を提供してやったじゃないか。わたしには借りがあるはずだ」

「自分から手伝いたいと申し出たくせに」

アレックスはうなずいた。「今度はきみと散歩がしたいんだ」

「どこを？」

彼は南を指した。

ケイトリンはためらってから、アレックスの示した方向へ急ぎ足で歩きはじめた。

「ケイトリン！」

アドリエンの息子のガストンが道に立ちふさがり、訴えるように彼女を見上げた。顔が汚れ、乱れた茶色の髪が日差しに輝いている。「今夜、いい？」

ケイトリンは首を振った。「きょうは無理よ」

少年のブルーの瞳に落胆の涙が浮かぶと、ケイトリンはいつものようにほだされた。「あすの晩ならいいわよ。でも、まずお母さんに許しをもらって、おうちの仕事を全部すませてから来てね」

ガストンの顔が輝いた。「わかった。ぼくがボタンを押してもいい？」

ケイトリンは頬をゆるませた。「もちろんよ。ぜひ押してちょうだい。あなたが来てくれると、とても助かるわ」

ガストンは歯をむき出して満面に笑みを浮かべたかと思うと、次の瞬間、母親のあとを追って駆け出した。

「いったいなんの話だ？」とアレックス。

「わたしが調香室でウインドダンサーをながめるとき、リモコンをいたずらしたいのよ」ケイトリンは愉快そうにガストンをながめた。「ホログラフィーを魔法だと思ってるみたい」

「アブラカダブラ、か」アレックスはケイトリンが以前、唱えた呪文を口にした。「よくつきあっていられるな。きみのウインドダンサー王国は侵入者を歓迎しないという印象を受けたがね」

「ガストンなら、じゃまにはならないわ」ケイトリンは肩をすくめた。「いえ、やっぱり多少はじゃまかもしれないけど、子どもはいつも与える以上のものを返してくれるから。好奇心を抱くことの大切さを教えてくれるの」

「そういうものか？　子どもとはあまり接したことがないから、わからないな」

「それに、彼はウインドダンサーが大好きなの。子どもたちはみんなそうよ」

「彼は誰の子だ？」

「アドリエンとエチエンの子よ。わたしが名づけてやった子のひとり」

「今までに何人の名づけ親になった？」

「十二人」

「大家族だな」アレックスがケイトリンの横に並んだ。彼に劣らぬ長身のケイトリンは、歩幅の差で苦労はしなかった。

「それより、何がききたいの？」

「もう少し待ってくれ」

太陽が輝き、土と花の香りが鼻をくすぐり、横にいるアレックスの存在が妙に心地よかった。散歩のためだけに、誰かといっしょに歩くのはひさしぶりだった。いつだってすることがあり、行くところがあり、会わなければならない人がいる。

「口数が少ないんだな」アレックスが十分間の沈黙のあとで口を開いた。

「あなただって」ケイトリンはからかうような視線を向けた。「今の発言はセクハラよ。おしゃべりは女性の専売特許じゃないわ。ピエール・ラデュークスはマシンガンのようにしゃべりまくるでしょう」

アレックスが顔をしかめた。「たしかに」

「よく働くって、ジャークがあなたのことをほめてたわ。一文なしになったら、すぐに雇ってもらえるわよ」

「おぼえておこう。ジャークはここの監督官になってから長いのか？」

「わたしが生まれたときからそうだったわ。彼はヴァサロで生まれ育ったの。よちよち歩きのころ、よく花を積んだトラックの荷台に乗せてもらったものよ」

アレックスが左の畑に植えられた白い花のほうにあごをしゃくった。「あれはジャスミンだろう?」

ケイトリンはうなずいた。「来週末には収穫できそうね」

「ほかには何を栽培しているんだ?」

「オレンジ、ゼラニウム、ベルガモット、オランダ水仙、ヒヤシンス、桂皮、おじぎ草、レモングラス、パルマローザ——」

「ちょっと待った!」アレックスが手を上げて制した。「栽培していないものをきいたほうが早そうだ」

ケイトリンはにっこりした。「ほとんどないわ。豊かな土地なの。生産量は需要に合わせて制限してるけど、この数百年で、ありとあらゆるものを実験栽培してきたわ。バニラ蘭のような一部の熱帯植物でも、ささやかな成功を収めてるのよ」深々と息を吸いこんで、目を閉じる。「ああ、ジャスミンの香りって大好き」

「だから、香水のトップノートにしたのか?」

「そうね……」ケイトリンは蔓《つる》ののびたジャスミンの白い花をながめながら思いめぐらせた。「あなたの言うとおりかもしれない。幼いころ、夕暮れどきにジャークと畑に来ると、魔法の世界に迷いこんだ気がしたわ。すべてに金色の靄《もや》がかかってるみたいだった。夕陽を浴びた花はふわふわのクリームで、空はラベンダーとピンクと緋色《ひいろ》を混ぜた色。ルネやピエールと隠れんぼもしたわ。大声をあげて、そこらじゅう駆けまわってね……」ケイトリンは口をつぐんで、考えをめぐらせた。「思い出……ジャスミンを使ったのはそのためね。思い出を大切にするため」アレックスのほうに向き直って微笑み、「そもそも、香水は思い出のためにに存在するんじゃないかしら。昔の思い出を甦らせたり、新しい思い出をつくったりするために」

「畑にはジャークと来たのか？　父親じゃなくて？」

ケイトリンの笑みが消えた。「母屋でパーティーが開かれてるあいだ、わたしは畑に追い出されたの。おとなのパーティーに子どもが顔を出すもんじゃないと、父に言われてね」彼女は顔を背けて、足を速めた。「あのころ、ヴァサロではしょっちゅうパーティーが開かれてたわ」

ケイトリンはアレックスの視線を感じたが、それ以上、追求はされなかった。また沈黙が下りた。

アレックスが口を開いたのは、丘をのぼり、空と海と山が一望できる、すばらしい光景が眼前に広がったときだった。「あれはどこの街だ？」彼ははるか下方の、地中海の海岸線沿いの細長い街を指した。「コート・ダジュールの街は雑然と寄り集まっているように見えるな」

「あれはカンヌよ」ケイトリンは崖のわきを回りこんで下る砂利道を指差した。「この道を下って八キロ先で合流するハイウェイに出れば、カンヌへ行けるわ。コート・ダジュールについてきくために散歩に誘ったの？」

「いや、ききたいのはあの家のことだ」アレックスは、数百メートル先の丘のふもとに建つ、草葺《くさぶ》き屋根の石造りの小屋を手で示した。「あそこには誰が住んでいるんだ？」

「誰も住んでないわ」ケイトリンはにっこりした。「あれは花の館《やかた》よ」

「ずいぶん古そうだな」

ケイトリンはうなずき、小屋に向かって丘を下りはじめた。「フィリップ・アンドリアスがフランス革命の前に建てたものなの。当時はカトリーヌ・ヴァサロに代わって、彼がヴァサロを運営してたの」

「花の貯蔵庫か？」

「いいえ」

「じゃあ、なんだ？」

彼女の口から笑いが漏れた。「彼はヴァサロのドンファンだったの。あそこに農家の女性を連れこんでたのよ」

「領主権《ドロイト・デ・セニョール》をふりかざして？」

「まさか。女たちは喜んでついてきたのよ」ケイトリンは扉をあけて中へ入り、ほこりと木の腐ったにおいに気づいて、鼻の頭にしわを寄せた。いたるところに蜘蛛《くも》の巣が張っている。家具は、正面の窓の下にある、ひとり用の寝台だけだ。それを覆う綿布も古く、かびが生えて黄ばんでいる。木の床は抜け落ちてはいないが、ほかのものと同様、汚れていた。奥の煉瓦造りの暖炉にも蜘蛛の巣が張り、屋根を葺いた草の半分が煙突づたいに落ちてきたのかと思うほどだった。「荒れ放題でしょう。最近は誰も使ってないから。代々、きれいに保存されてきたんだけど、わたしの代になってから、修繕にかける時間もお金もなくなってしまったの」

アレックスは小さな暖炉に近づいた。「使いもしないのに、なぜ保存しているんだ？」

ケイトリンの瞳が驚きに見開かれた。「ヴァサロの歴史の一部だからよ」

アレックスが振り返り、ふざけておじぎをした。「失礼いたしました。ヴァサロにまつわるすべてが神聖であるということを忘れておりました。たとえ放蕩者《ほうとう》の愛の巣であろうとも、同様なのでございますね」周囲を見まわして、「情婦たちとはどこで慇懃《いんぎん》を通じたんだろう？　そこの寝台かな」

ふとケイトリンは、室内の薄暗さを、その中でふたりきりだということを、アレックスの燃え上がるようなエネルギーを、痛いほどに意識した。隅の寝台に目をやって答えた。「いいえ、当時はこの寝台はなかったわ」

アレックスがケイトリンを見つめた。「じゃあ、どこだ？」

「カトリーヌの日記によると、藁ぶとんのようなものがあったそうよ。フィリップはそれにサテンの布をかけて花びらを散らし、その上で愛を交わしたの」アレックスの熱っぽい視線に狼狽《ろうばい》して、ケイトリンは力ない笑い声をあげた。「だから、花の館と呼ばれてるの」

「その場合、〝愛〟を交わしたとは言えないんじゃないのか？」アレックスはさとすように言った。「女たちがここへ来たのは、劣情をそそられて昂ぶり、自分の求めるものを与えてもらうためだ。彼が女たちを誘ったのも同じ理由からだろう」

ケイトリンは苦労して笑みをつくった。「たしかに愛を交わしたとは言えないわね。表現が間違ってたわ」

「正しい言葉を選ぶのは大切だ。正直であることもな」そこで間があいた。「フィリップが農家の女を求めたのと同じくらい、いや、それ以上にきみが欲しい。きみをここに横たえて、その脚を広げ、ひとつになりたい」

ケイトリンは凍りついた。「なにを言ってるの？」

「奥深く突き立てて、あえぎ声をあげさせたい。きみはわたしの肩を噛み、背中に爪を立てる。そして何度も繰り返し、抱き合うんだ」アレックスがケイトリンの目をのぞきこんだ。

「ちょっと待って《デュ》」ケイトリンは唇を湿らせた。「いったいどういうつもり？ ふつう、そんなことは口にしない――」

「きみだって同じことを望んでいるはずだ」

「わたしは違う。ただし、きみは欲しいが、これは単なるセックスにすぎない」アレックスは静かに言った。「愛ではない。すばらしいセックスになるかもしれないが、それ以外の何ものでもない。きみにうそはつけない。世の中にロマンチックな愛など存在しないと思っている。今までお目にかかったためしがないからな。きみはどうだ？」

「わたしもよ」ケイトリンは呆然と彼を見つめた。「あなたが甘い言葉でたぶらかそうとしているわけじゃないことはたしかね」

「甘くはないが、思ったままの正直な言葉だ」ぎこちないとさえ言える、ためらいがちの口調だった。「冷たい男に見えるかもしれないが、そんなことはない。女性の喜ばせ方もたくさん知っている」しばらく間があった。「優しくするよ。優しいのも大切なことだろう」

「ええ、そのとおりよ」ケイトリンは口先だけで答えた。さっきの言葉が気にかかっていた。

「よくわからないんだけど、わたしと寝たいの？」

「はっきりそう言ったと思うが」その口調がロシア語訛りを帯びた。「もっと具体的に説明しようか？」

「じゅうぶん具体的だったわ」ケイトリンはあとずさった。「ここへ来たのがいけなかったのね。花の館の雰囲気にのぼせてしまったのよ」

「フィリップの愛の巣のせいでこんなことを言い出したんじゃない。この三日間、ずっとベッドに誘いたいと思っていた」

「目を合わせようともしなかったくせに」

「目を合わせるとつらいからだ」率直な答えが返ってきた。

ケイトリンは面食らって、目を見開いた。言葉そのものより、けっして内面をのぞかせようとしない彼がそんなことを認めたのに驚いたのだ。

「初めて会った晩からきみが欲しかったが、口に出すつもりはなかった。がむしゃらに働いてくたくたになれば、そんなことも考えなくなるだろうと思って……」アレックスが首を振った。「だが、そうはいかなかった。ますます苦しくなるばかりだから、けりをつけることにした。偽りの愛をささやこうかとも考えたが、それは卑怯《ひきょう》なやり方だ。きみのような女性には誠実に対応すべきだ」

「それはどうも」ケイトリンはうわの空で答えた。「話はそれだけ？」

「いや。まだ寝たいという話しかしていない」

「ほかにも何かあるの？」

「きみが必要なんだ」

その言葉の荒々しく切ない響きに、ケイトリンの体に電流が走った。彼は本気だ。なぜかはわからないが、わたしを必要としているのだ。しかも、それはかなり切実な思いで、むきだしのエネルギーがケイトリンを磁石のように引き寄せた。

思わず一歩前に踏み出し、そこで足を止めた。ああ、今、何をしようとしていたの？ こんなこと望んでいないのに。「だめよ」

アレックスは息を深く吸いこんでから、ゆっくりと吐き出した。「考えておいてくれ。なんの拘束もせず、たがいを尊重しつつ、飽きるまでただひたすら官能を追求するんだ」

「お断りするわ」ケイトリンはドアへと向かった。「わたしには理解できない」

「理解してもらえるまで待つよ」アレックスはドアをあけてわきによけ、ケイトリンを通した。「あきらめないからな」

アレックスがあきらめるはずがない。この数日間、彼の一心不乱の働きぶりを見ていればわかる。「わたしの気持ちは変わらないわ」ケイトリンは彼の視線を正面から受け止めた。「頭を冷やしたらどう？　強引すぎるのよ。ヴァサロを立て直そうという大事なときに、じゃましないで」

「一度、試してみてくれ。それで何かがだいなしになるわけじゃなし」

そうはいかない。自分が男性と気軽に関係を持てるタイプでないことは、よくわかっている。アレックスは体だけの関係と割りきれるようだが、ケイトリンにその自信はなかった。知り合って間もないのに、彼には今までに出会ったどんな男性よりも強く惹かれ、想像力をかき立てられているのだから。

「頼む」アレックスが食い下がった。

ケイトリンは何も言わず、足早に丘をのぼりはじめた。母屋に着くまで、もう口をきくことはなかった。

またこちらを見ている。

ケイトリンは作業中のアレックスから、摘み取ったばかりのラベンダーの花に視線を移した。

アレックスはわざと自分を意識させようとしているわけではない。つい見てしまうだけだということはわかっていた。自分がアレックスから目が離せないのと同じだ。彼女は手に持っていた花を籠に入れると、やみくもに次の花に手をのばした。

　困ったことに《デュー》、実際に見なくても、心の目にアレックスの姿が映るほどになっていた。暑い日で、彼もほかの男たちも上半身裸だった。日に焼けた肩や胸に汗が光り、三角形に生えた黒い胸毛のあいだから小さな硬い乳首がのぞいている。前髪がひたいにかからないよう、ピエールから借りた青と白のハンカチを頭に巻いているせいで、粗野な雰囲気が加わった。彼が地面にしゃがみこみ、手際よく花を摘むと、その動きに合わせて、引き締まった平らな腹部にしわが寄ってはのびた。

「かっこいいじゃん」ルネがケイトリンにいたずらっぽい視線を向けた。「あたしのだんながあのハンサムなピエールじゃなかったら、やきもちを焼くところだな」

　ケイトリンの鼻の中はラベンダーの香りで満たされているはずなのに、これだけ離れていても、ライムと麝香を混ぜ合わせたようなアレックスの体臭がほのかに感じられた。「やきもちを焼く理由なんかないわ」

「なんで？　あんないい男がすぐそばにいるのに？」ルネは摘んだ花を自分の籠に放りこんだ。「もしかして、そばにいるだけで何もないの？」

「ないわ」

「前から思ってたけど、あんた、どうかしてるよ。楽しめばいいのに」

　ケイトリンは答えなかった。

「あんたのこと食べちゃいたいって目で見てるよ。ほんとに食べちゃいたいのかも。あれほどの男は――」

「彼の話はしたくないわ」

「はいはい。でもね、前に話してくれたあのクロードとかいう男、あいつはがきだったんだよ。だって、正常位だけだったんでしょ」

「わたしのことは放っておいて」

「わかったわよ」ルネは肩ごしにうしろを見た。「ほら、またこっち見てる」

振り返ってはいけない。心が乱れるだけだから、見ないほうがいい。無視して、作業を続けよう。

それでも、ケイトリンは抑えきれず、ゆっくりと振り返った。

彼がこちらを見ている。

ケイトリンの動きが止まった。

風が吹き、その熱い息が顔と首を撫でて、コットンのシャツを体に張りつけた。乳首が尖り、胸が張って、体の芯が切ないほどにうずいた。

ルネの低い口笛が聞こえた。「そこまで重傷なら、さっさとつばをつけちゃいなよ。地面の上よりベッドのほうがやわらかいよ」

ケイトリンはアレックスから視線を引きはがして作業にもどった。

彼の帰りを待っているわけじゃない、とケイトリンは自分に言い聞かせた。なかなか寝つけないから新鮮な空気が吸いたいだけだ。

ケイトリンは窓辺の椅子の上で座り直し、畑を見下ろした。いや、それはうそだ。眠れないとすれば、それはアレックスが畑にいるからだ。

このふた晩、アレックスが思いつめたようすでせかせかと丘を下って畑へ向かうのを、ケイトリンは寝室の窓辺に立ってながめていた。二日とももどってきたのは数時間後で、そのあいだ彼女は心配で眠れず、彼の帰りを待っていた。

アレックスがもどってきた。速足でしなやかに丘をのぼってくる。あたりは静まり返っており、寝室にいても、彼の草を踏む音と規則正しい呼吸音が聞こえた。月光を浴びて、黒い髪がつややかに光り、体の輪郭がくっきりと浮かび上がった。母屋の前の石段に差しかかったとき、彼は足を止めて、二階の寝室の窓を見上げた。

ケイトリンはあわててアルコーブの影の中に隠れた。

「ケイトリン？」

答えなかった。

「そこにいるんだろう。見えたよ」

それでも黙っていた。

アレックスがつらそうに言葉を吐き出した。「これ以上待たせないでくれ。きみが必要なんだ」

前と同じ台詞《せりふ》だった。ケイトリンはひんやりした薄緑色のシルクのカーテンに頬を寄せた。胸が思わず張って、コットンのネグリジェをこすった。

どういうわけか、自分も彼が必要だという気がしてきた。

アレックスはしばらくのあいだ、全身の筋肉をこわばらせ、身じろぎもせずにたたずんでいたが、やがてものうげに石段を上がると、視界から消えた。

ケイトリンはいつのまにか息を殺して、アレックスが二階に上がってくる靴音に耳を澄ませていた。

アレックスは彼女の寝室の前を通りすぎ、自分の寝室に向かっていった。


「ケイトリン、けさは仕事をお休みしたらどう？　具合が悪いんでしょう？」カトリンが眉根を寄せ、淹《い》れたばかりのコーヒーをカップについで差し出した。「最近、やけに無口ね」

「わたしならだいじょうぶ」欲求不満がたまっている以外は、とケイトリンは心の中でぼやいた。実際にそんな言葉を口にしたら、どんな反応が返ってくるだろう。カトリンにとっては、セックスも人生のほかの要素と同様、砂糖菓子のように甘くなければならない。この獣じみた劣情が理解できるはずがない。「ちょっと疲れてるだけよ」

「あなたは働きすぎだって、夕食の席でアレックスが言っていたわ。だいたい、お客さまがいらっしゃるんだから、夕食のときくらい仕事を休んだらどうなの」

「アレックスは客じゃないわ。ビジネス・パートナーよ」アレックスの話は勘弁してほしかった。ケイトリンは急いでコーヒーを喉に流しこむと、テーブルの上にカップを置いた。

「そろそろ行かなくちゃ」

「アレックスが起きるまで待たないつもり？　きのうもおといも先に行ってしまって……。畑仕事まで手伝っていただいているんだから、あなたもちゃんと礼儀正しく――」

キッチンのドアをたたきつけるように閉めると、あとの言葉は聞こえなくなった。

ああもう、とケイトリンは悪態をついた。胸が苦しいったらありゃしない。

二分後、アレックスがケイトリンに追いつき、隣に並んで畑へ向かいはじめた。ケイトリンは彼のほうを見もしなかった。

「いつまでもこんな状態を続けてはいけない」アレックスが低い声で言った。「続ける意味もない。なぜ無視するんだ？　手荒なまねはしないよ」

ケイトリンは視線を前方に据えたまま、つばを呑みこんで喉のつかえをとった。

「病気は持っていないし、変態趣味もない。きっと気に入ってもらえると思うが」

太陽がのぼり、ラベンダー畑が紫色に輝いていたが、その美しい光景もケイトリンの目には入らなかった。

「食事も喉を通らない。夜も眠れない。ただベッドに横たわって、きみとしたいことだけを考えている」つぶやきに近い小さな声だったが、ひとことひとことがケイトリンを熱く焦がした。「ヴァサロを立て直すのをじゃましたりはしない。わたしはただ――」アレックスは口をつぐみ、吐き捨てるように続けた。「言わなくてもわかるだろう」歩幅を広げたかと思うと、次の瞬間彼は、ケイトリンを大きく引き離していた。

4

アレックスが屋敷を出て丘を下り、畑へ向かったのは、真夜中近くだった。

ケイトリンは目を閉じて、冷たい窓ガラスに熱い頬を当てた。ああ《メルド》、あとを追っていきたい。どうしてこんな気持ちになるのだろう？　欲望は、こんなふうに、つねに頭から離れないものではないはずだ。まともに考えることも、働くことも、重要な問題に集中して取り組むこともできない。どんなときも、何をしていても、思うのはアレックスのことばかり。自分がヴァサロにとって単なる足手まといとなるのも、時間の問題だ。アレックスのせいで何もかもだいなしだ……。

しかし、仕事をするうえで実際に障害になっているのは、アレックス・カラゾフではなく、自分の彼に対する気持ちだ。

そう気づいて、ケイトリンは体をこわばらせた。まぶたを開き、窓辺の椅子に座ったまま、背すじをのばす。敵は彼ではなく、自分が彼にいだいている欲望なのだ。それさえ満たしてしまえば、もとの自分にもどれる。こんな簡単なことに気づかないなんて、どうかしていた。

心臓が興奮で高鳴り、息苦しかった。アレックスを受け入れてもいいのだ。受け入れたほうがヴァサロのためになるのだ。

ケイトリンはすばやく立ち上がり、急ぎ足でドアに向かった。自分に考える暇を与えないよう、階段を駆け下りて玄関から外に出る。暖かい風があす収穫する予定のラベンダーの香りを運び、白いコットンのネグリジェを体に張りつけた。

アレックスの姿が視界から消えようとしているのに気づき、足を速めた。彼は植えたばかりの薔薇畑を大股で歩いている。

なぜか呼び止めようとは思わなかった。彼のほうが足を止めて待ってくれるという予感がした。

予感は的中した。アレックスはジャスミン畑にさしかかる直前で歩くのをやめ、彼女の存在を感じたかのように振り返った。

その顔に浮かんだ表情を見て、ケイトリンはおじけづいた。

追いつく前に足取りが重くなり、ためらうように立ち止まる。

「来いよ」その声はしわがれていた。アレックスの視線が、ケイトリンのもつれた髪からコットンの袖なしのネグリジェへ、そして室内履きのままの足へと移る。アレックスが手を差し出した。「だいじょうぶだ。おいで」

ケイトリンはそろそろと近づいていった。

こちらを見つめるアレックスは緊張に頬をすぼませていた。「いいのか?」とかすれた声できく。

ケイトリンはやっとの思いで乾いた唇のあいだから答えを返した。「ええ」

とたんに手首をつかまれ、道を横切り、ジャスミン畑へ入った。

薄い靴底の下の、やわらかい土の感触や、ジャスミンのむせるような香り、月明かりで銀色に縁取られたアレックスの黒い髪を頭の片隅で意識しながら、彼女は引っ張られるようにして奥へと進んでいった。

「アレックス、どこに——」

「ここだ」アレックスが足を止めて向き直った。「これ以上、待てない」彼は手探りでベルトをはずすと、ジーンズのファスナーを下ろした。「きみも脱げよ」

ケイトリンはアレックスに視線を向けたまま、躊躇《ちゅうちょ》していた。頬骨が浮き出た顔を見ると、さっきと同様、怖くなった。

「さあ、早く」アレックスは彼女の顔を見ながら、もどかしげに服を脱ぎ捨てた。「頼む。やっぱりやめたなんて言わないでくれ」一糸まとわぬ姿になり、興奮があらわになった下半身を堂々とさらけ出す。そして、一歩踏み出した。「そんなことは許さないぞ」

アレックスはケイトリンのネグリジェを脱がせて、わきに放り投げた。「おいで」

ケイトリンは前に進み出たとたん、抱き寄せられ、裸の胸に濃い胸毛を押しつけられた。アレックスが全身をこすりつけて、喉の奥からくぐもった低い声を漏らした。

ケイトリンの乳首が燃え上がった。彼女自身にも火がついた。もっと近づきたくて、いっそう体をすり寄せる。

アレックスが頭を下ろして唇を大きく開き、ケイトリンの右の胸に飢えたようにむしゃぶりついた。乳首を吸い、嚙《か》み、なめ、そのあいだも喉の奥で低いうめきをあげつづける。

ケイトリンはあえいで、アレックスの髪に指をからませた。何も考えられなかった。彼に呑みこまれてしまいそうだ。アレックスの欲望の激しさにひどく興奮させられた。「アレックス、これじゃ……」言葉は力なくとぎれた。今、自分たちがしていることをどう表現すればいいのか、わからなかった。

アレックスは胸を愛撫《あいぶ》しながら、ケイトリンを地面に座らせた。やがて顔を上げた。「だめだ」太い声だった。「もう我慢できない……」彼女を横たわらせ、脚を開かせてから、熱に浮かされたように体の隅々までてのひらを滑らせて、肌の感触を味わった。人差し指と中指で脚のつけ根に触れて、探るように奥深く沈める。

ケイトリンは高い声をあげ、中に侵入してきた二本の指が気まぐれで速いリズムを刻みはじめると、腹部の筋肉が張りつめて痙攣《けいれん》した。

「きつい。なんてきついんだ」アレックスはケイトリンに覆いかぶさって、硬くなった自分自身を押し当てた。食いしばった歯のあいだから言葉を絞り出す。「きみの……中に……入れたい」

ケイトリンも同じことを望んでいた。動悸が激しく、息もできない。両手でアレックスの肩をつかみ、爪を食いこませた。「来て……」

アレックスがいっきに貫いた。

ケイトリンの体がこわばって、中にいる彼の存在が全身の筋肉に衝撃を伝えた。

アレックスが動きを止めた。頬は紅潮し、目は原始的な喜びにきらめいている。「ああ、いいよ」

「動いて」ケイトリンは渇いた喉から言葉を押し出して、彼の肩を揺さぶったが、アレックスはびくともしなかった。「我慢できない……」腰をうねらせてこすりつけ、さらに奥へ引きこもうとする。「ここまでできてやめないで」

「動くのが怖いんだ」アレックスが目を閉じた。「こんな気持ちは初めてだ。きみを引き裂いてしまいたい。きみを——」

「かまわないわ」ケイトリンは腰を突き上げた。「動いて、お願い」

アレックスが体を震わせて、ゆっくり目をあけると、月明かりの中で淡いブルーの瞳が光った。「怖い……んだ」低い咆哮《ほうこう》のようなうめきだった。

「あなたの……思うままにして」

アレックスはぎりぎりまで腰を引いてから、奥深く突いた。

ケイトリンの背中が弓なりにそり、口から低い満足の声が漏れた。

「いいか？　こうされるのが好きか？」アレックスは何度も腰を突き立てながら、かすれてしわがれた声できいた。「答えろ」

「好……き」ケイトリンは彼の動きに合わせて腰を突き上げた。

アレックスの頭に血がのぼり、自制心が吹き飛んだ。雌馬と交尾する雄馬のように、ケイトリンにまたがり、のしかかり、貫いた。本能むきだしの激しくむだのない動きだった。

アレックスは指先でケイトリンの腹部を撫《な》でさすり、腰を送るたびにその筋肉が波打って、こわばるのを感じていた。ケイトリンはそれに気づき、ふたりがつながっている部分の感触と深さを探ろうとしているようだと思った。妙な愛撫だが、妙だからこそ、いっそうそそられた。

「いくぞ」アレックスの手がケイトリンの体の下にもぐりこんで尻を包み、奥を突くたびに持ち上げた。「ケイトリン——」アレックスは歯ぎしりし、鼻の穴をふくらませて荒い息を吐き出した。「いや！　まだだ。もっと……このまま……続け……たい……」腰をくねらせて狂おしげに行為を長引かせる。「なんとか続けさせてくれ」

ケイトリンに相手のことを気づかう余裕はなかった。自分の体すら、思うようにならないのだ。彼が動くたびに緊張がますます高まり、畑の土の上で頭を振って、自分の口から狂気じみた叫びがあがるのを聞いていた。頭はもうまともに働かなかったが、五感が断片的なメッセージを伝えてきた。

月光。土。ジャスミン。ライム。麝香。アレックス。

アレックスが動くのをやめて、息をあえがせた。胸が激しく上下している。「ちくしょう、もうだめだ……」とぼやき、続けてケイトリンには理解のできない言語で何ごとかつぶやいてから、また腰を振りはじめた。

やがてケイトリンは絶頂を迎えた。緊張が勢いよくはじけたかと思うと、体じゅうの筋肉と血管に激しい快感が駆け抜けた。次の瞬間、アレックスが彼女の中で小刻みに痙攣し、ケイトリンは思わず体を震わせて精液を受け入れた。

アレックスがケイトリンの上に倒れこんだ。頂点に達したにもかかわらず止められないというように、今も切なげに腰を動かしている。ほどなくして熱くほてる肌をケイトリンの肌にぴったりくっつけると、荒い息を吐きながら動きを止めた。

ああ、ふたりのあいだにいったい何が起こったのだろう？ ケイトリンは朦朧《もうろう》とした頭で考えた。これほど強烈な体験は初めてだった。

アレックスの呼吸がしだいに落ち着いて、ゆるやかになった。「すまない」彼がとぎれとぎれに言った。「手荒なまねをして悪かった。われを忘れてしまった」

「おたがいさまよ」ケイトリンは彼を見上げた。「とても……激しかった」

「農夫の家系なんでね」アレックスの唇がゆがんだ。「粗暴なたちなんだ」

「まるで……ジャングルの獣の交尾みたいだった。荒々しくて……」

「だが、よかったろう？」アレックスはケイトリンの胸をもてあそび、撫でたり、つまんだりしてから、たこのできたてのひらに包みこんだ。「きれいだよ。初めて会った夜から、こうしたいと思っていたんだ。なあ、よかっただろう？」その話し方は、かすかにロシア語訛《なま》りを帯びていた。

「ええ」ケイトリンは頼りない笑い声をあげた。「わたしもかなり粗暴なたちみたい」ふいに裸の背中の下の、地面の冷たさを意識した。ふと気づくと、両側に園芸用の支柱が歩哨《ほしょう》のようにすっくと立ち並び、ジャスミンが蔓をからませてたくさんの白い花を咲かせていた。「ルネが地面よりベッドのほうがやわらかいと言ってたけど、地面も悪くないわね。少なくともヴァサロの肥沃な土なら」

「ルネにわたしの話をしたのか？」

ケイトリンは首を振った。「あなたの話を持ち出したのは彼女のほうよ。何もないなんてどうかしてると言われたわ」

アレックスは体を離して、ケイトリンの背中を起こしてやった。「てっきりサディストなのかと思ったよ。気が狂いそうだった。これがあと一日続いたら、みんなの目の前で地面に押し倒していただろうな。迷いを吹っきってくれて、ほんとうに助かった」ケイトリンにネグリジェを着せてやり、ボタンをとめる。ふいにまじめな面持ちに変わった。「痛い思いをさせなかったか？」

「いいえ。わたしのほうこそ、痛い思いをさせたんじゃない？」

アレックスが含み笑いを漏らした。「だいじょうぶだ。だが、ルネの言うとおり、ひざをつくなら、マットレスのほうがずっと楽そうだ。いっしょに屋敷へもどって土を洗い流——」ケイトリンの顔に浮かんだ表情を見て、彼はあとの言葉を呑みこんだ。「いやなのか？」

ケイトリンは落ち着かなげに舌で唇を湿らせた。「ええ」

アレックスの体がこわばった。「いっしょに屋敷へもどるのがいやなのか、ベッドをともにするのがいやなのか、どっちだ？　いつもこんな荒っぽいまねをするわけじゃない。次は優しく——」

「そうじゃないの。ただ、今回のことは……分けて考えたいの」

アレックスの緊張した筋肉がわずかにゆるんだ。「どういうことだ？」

「母に知られたくないの。できれば、誰にも知られたくない。これで何かが変わるのがいやなのよ」

「わたしと寝たら、仕事に差し支えるといまだに思いこんでいるようだな」アレックスは目をすぼめてケイトリンの顔を見つめた。「ヴァサロ立て直しのじゃまをする気はない。ふたりの関係を伏せておきたいのなら、それでかまわない」

ケイトリンはほっと胸を撫で下ろした。「気を悪くした？」

「わたしが気を悪くするとしたら、それは夜中に目を覚まし、きみの上にのしかかろうとして、拒否されたときだ。きみが気を悪くするとしたら、それはまた今夜のようにわたしがわれを失って、きみを引き裂きそうになったときだろう」

「そんなことないわ」ほんの数分前、たがいをやみくもにむさぼり合ったことを思い出すと、腿《もも》のあいだがひどくうずいた。「今にあなたも、秘密にしておいてよかったと思うわよ」顔をしかめて、「ただ、どうすればうまく隠しおおせるのか、わからないけど……」

「心配はいらない。うまくやってみせる」

すでに暗雲が垂れこめようとしている。ケイトリンはそのことに気づいて、おずおずと持ちかけた。「やっぱり、きょうのことは忘れましょう。そのほうが賢明――」

「だめだ!」アレックスが強い口調でさえぎり、すぐに落ち着いた声で続けた。「うまくやると言っただろう。きみにもわたしにも、この関係が必要なんだ」アレックスはケイトリンの髪に顔を埋め、くぐもった声で続けた。「きみに迷惑はかけない」しばらくして、「避妊するのを忘れていた。だいじょうぶか?」

まずい! ケイトリンは妊娠する可能性があることをすっかり忘れていた。どうかしている。どうしてこんな大事なことを忘れてしまうのだろう? 答えはわかっていた。すっかりのぼせ上がって、頭の中は行為そのものでいっぱいだったし、大学を卒業以来、避妊薬など必要なかったからだ。

「ケイトリン?」

「だいじょうぶよ。問題ないわ」これからは問題ないよう、気をつけなければ。ピルを常用しているとアレックスが思うのも当然だ。自分は二十五歳で、分別《ふんべつ》あるおとなの女性なのだから。たとえ行動が伴わなくても……。

「ほんとうに?」

「ええ」

「よかった」アレックスはケイトリンの背中を優しく地面に押し倒すと、ネグリジェをウエストまでまくり上げた。大切な部分を守る巻き毛をもてあそび、からかうように引っ張った。

「じゃあ、ジャングルに舞いもどって、農夫の本能に従っていいんだな」

翌日の早朝の畑に、アレックスの姿はなかった。八時にランボルギーニが車回しを抜けてカンヌ方面へ向かうのをケイトリンはながめた。

「彼、どこへ行くの？」ルネがケイトリンの視線を追ってたずねた。

ケイトリンは関心なさそうに肩をすくめてみせた。「そんなこと、知るはずないでしょう」

「簡単にものにならない女ってのを演出しすぎたんじゃない？」わきに背けたケイトリンの顔をルネが鋭い目で観察した。「男はひとりの女から望みのものが手に入らなければ、火遊びにつきあってくれるほかの女を捜すんだってば。あたしなら、彼がもどってきたら手厚くもてなしてあげるね」

「わたしには関係な――」そう言いかけて、ケイトリンは口をつぐんだ。アレックスが黙って出かけたのが不愉快だったからこそ、ルネの言葉が癪にさわったということに気づいたのだ。簡単にものにならない女？　昨夜、ケイトリンは彼に望みどおりのものを与えた。むしろ気前がよすぎたのだろう。熱い抱擁を何度も交わして屋敷にもどったのは、明け方の三時近かった。猛り狂う性欲をなだめた今、彼の執着も薄れて、自分の用事にいそしむことにしたのだろう。それくらい、予想しておくべきだった。男は欲しいものを手に入れたら、相手の女から興味を失うものだ。ケイトリンの父親も、カトリンに同じ態度をとった。

とはいえ、こちらも欲しいものを手に入れたのだから、文句の言える筋合いではない。それでも、きょうは畑仕事は手伝わないと、ひとこと断っていってもいいはずだ。

その午後、ケイトリンが最後に収穫した花をトラックへ運ぶと、アレックスがスーツから作業服に着替えて荷台に座り、ジャークと話していた。

彼はケイトリンを見て、微笑んだ。「やあ」

「こんにちは」ケイトリンは無表情で荷台の上の桶《おけ》に花を移した。

「いっしょに来てほしいところがあるんだ」アレックスは荷台から下りると、ケイトリンの手を取って歩き出した。「さあ、早く」

「忙しいの」ケイトリンはとりつくしまもない口調で言い、手首を握る彼の指を振り払おうとした。「蒸留所へ行かなきゃいけないのよ」

「忙しいんじゃなくて、怒っているんだろう」アレックスは荷台の上のジャークに手を振り、ケイトリンをひきずるようにして進んだ。声をひそめ、わざと芝居がかった口調で言う。「利用されたあげくに捨てられたと思っているんだな」

「ばかなこと言わないで。わたしに怒る権利なんかないわ。体だけの関係だってことはおたがい、承知のうえじゃない」

「怒る権利ならある」アレックスはふと立ち止まり、ケイトリンの肩に両手を置いた。「優しくすると約束しただろう。誤解されるようなまねをするのは約束違反だ」と言って微笑み、ケイトリンを優しく揺さぶった。「さあ、怒るのはやめて、いっしょに来てくれ」

嗅ぎ慣れた体臭が鼻をくすぐり、ゆうべ愛撫を受けたときのように、ケイトリンの体が思わず反応した。「どこへ行くの？」

「花の館だよ」

ドアをあけたとたん、糊のきいたシーツのかかったマットレスが部屋の中央に置いてあるのが目に入った。

ケイトリンは戸口で足を止め、驚きに目をみはった。

「さあ、入って」アレックスがケイトリンの手を引いてうながした。彼はブルーの瞳を少年のように輝かせ、おおげさに手を振って中を示した。「大掃除をして、カンヌでシーツを買ってきたんだ」奥の壁際に置いたワインクーラーにあごをしゃくって、「ワインも冷やしてある」と言い、笑顔で続けた。「煙突にかかっていた鳥の巣もかたづけたから、夜中に冷えこんだら暖炉が使えるぞ」

ケイトリンは呆然《ぼうぜん》として、中を見まわした。隅々まで拭き清められ、見違えるほどきれいになっている。「ほんとに掃除したのね。どうしてこんなことを？」

「わたしとのことは伏せておきたいと言ったじゃないか」アレックスはあっさりと答えた。「ここなら、ふだん出入りする者はいないから、誰にもばれない。きみのヴァサロは今のまま、何も変わることはない」ケイトリンの顔にかかった褐色の巻き毛を優しくうしろに撫でつける。「ふたりの関係を変える必要もない。抜群の解決策だと思わないか？」

部屋じゅうの汚れを落として、がらくたを処分するのは、数時間がかりの重労働だったに違いない。わたしが誰にも知られたくないと言ったから、ひとりでひそかに掃除してくれたのだ。彼は優しさが大切だと言っていた。部屋の中を見ると、それが口先だけの言葉ではなかったことがよくわかる。

「シーツは洗ってもしわにならない生地を選んだ。花びらもまかないことにした」アレックスは真剣な表情でケイトリンを見つめた。「そういうことはしないたちなんだ。それでもかまわないかな」

そう、ふたりの関係をごまかすことになりかねない、ロマンチックな演出などしないだろう。ケイトリンは少し悲しくなったが、ばかばかしい感傷は即座に振り払った。彼は誠実で思いやりがある。おまけにふたりを結びつけた、あの激しい情熱を注いでくれるのだ。そんなものは必要ない。ケイトリンの父親が母親に与えたのは、偽りの言葉とロマンチックな小道具だけだった。サテンのシーツや薔薇《ばら》の花びらがなくても、自分のほうがずっと幸せだ。

ケイトリンはアレックスの腕の中に飛びこんで、その胸に頭をあずけた。まるで何百回となく繰り返してきたように自然な仕種だった。「ええ、かまわないわ。フィリップは少しやりすぎだと思ってたの。彼のお相手の女性だって、自分の下に敷いてあるのが何かということより、自分の上に乗ってるのが誰かということのほうが気になったと思うわ」

「先に帰るわね」ケイトリンはすばやくシャツのボタンをとめて、ジーンズの中に裾をたくしこんだ。「あなたは十分後に出て」

「なぜそこまでして隠そうとするんだ？」アレックスはマットレスの上に片ひじをついてケイトリンをながめながら、けだるい口調でたずねた。美しい胸と引き締まったヒップを隠してしまうなんて、ほんとうにもったいない。それでも、あのなめらかで輝く肌が隠されているのかと思うと、粗末な作業着にもそそられた。なにしろ五日間かけてじっくり探ったのだから、彼女の肌のことなら知りつくしていると言ってもいい。「三角関係に陥った間男の気分だ」

「どうしてもというわけじゃないのよ」ケイトリンはアレックスと目を合わせようとしなかった。「ただ……知られないほうが楽だから」

「カトリンが反対すると思っているのか？」

「そんなことはないけど」

「ジャークもほかの従業員たちもきどった連中じゃない。非難されたりはしないよ」

「わかってるわ」

「じゃあ、なぜだ？」

「ふたりだけの秘密にしておきたいの」

アレックスは首を振って、ケイトリンをまじまじとながめた。「すじが通らないな」

「何もかもすじが通らないと気がすまないの？」

「そうじゃないが、理解はしておきたい。人間はさまざまな行為や感情に基づいて行動するが、それにはかならず原因と結果がある」アレックスは上掛けをわきに押しやって、裸のまま立ち上がった。「結果はこれだ。では、原因は?」

「しつこい人ね」ケイトリンはいらだたしげにぼやいてドアへと向かった。「ふたりの関係を秘密にするために、ここの大掃除までしておいて、どうして今さら——」

「理由を知りたがるのか、だろう」アレックスは渋面で彼女の言葉のあとを引き取り、服を着た。「ただ妙だと思ってね。きみがわたしを日陰の男にしたいのなら、それでもかまわない。単なる好奇心だよ」

「地球上のすべてのことに好奇心を燃やすのね」

「ほぼすべてのことにな」目をすぼめて、ケイトリンの顔を探るようにながめる。「ひょっとして父親のせいか?」

ケイトリンの体がこわばった。「やぶからぼうに何よ」

「さっき話していた原因だ」アレックスはうなずいた。「そうか。きみの父親がヴァサロに現れ、カトリンと関係を持った。やがて彼が去るときには、ヴァサロは破産寸前に陥っていた。そのこととわたしとを結びつけて考えているんだな」

ケイトリンは笑い飛ばそうとした。「そんなことないわ。あなたと寝たからって、ヴァサロは何ひとつ変わらないわ」

「頭ではわかっていても、心が——」

「ちょっと、わたしを分析して小説のネタにするつもり?」

「わたしが書くのはミステリだ。サイコ・スリラーじゃない」アレックスはふいに表情をゆるませた。「すまない。謎があると解かずにいられない性分なんだ。これ以上、追求はしないよ」

「謎は解けたと思ってるからでしょう」

「ああ」穏やかな口調だった。「きみの望みはすべてかなえてやる。ただ、そのわけを理解しておきたい」アレックスはケイトリンのためにドアをあけて、頬に軽くキスをした。「十分後だな。夕食の席で会えるかい？」

ケイトリンが首を振った。「調香室へ行かないと」

「調香室？」

「ウインドダンサーを見たいのよ。あなたが調香室に顔を出してから、二回しかながめる機会がなかったの」

「ウインドダンサーと対等に張り合えるとはうれしいな。ホログラフィーを見て、何をしているんだ？　調べたいことでも――」

「あなたには関係ないわ」にわかに口調に棘《とげ》が加わった。「何を調べてようと、わたしの勝手でしょう」

またただ。ウインドダンサーの話を持ち出すたびに、ケイトリンは聖堂の火の番をする尼のように彼をはねつけて、大切なウインドダンサーに手を出させまいとする。「誰と寝ようと勝手だと言われないかぎり、口は出さないことにする」アレックスは愛情こめてケイトリンの尻をたたいた。「すばらしいヒップだとほめたことはあったかな」

ケイトリンが笑い声をあげると、彼女の筋肉の緊張がいくぶんほぐれるのがわかった。

「じゃあ、またね、アレックス」

ケイトリンがコテージを出てきびきびとした足取りで丘をのぼっていくと、それを見送るアレックスの顔から笑みが消えた。あやうくすべてを水の泡にするところだった。ケイトリンが父親に巨大なトラウマを植えつけられ、その話題を避けたがっていることも、ウインドダンサーに関する口出しを望んでいないことも明白だ。なのに、なぜ詮索してしまうのだろう？　花の館で逢瀬《おうせ》を重ねたこの一週間ほど、官能的で満ち足りた時間はなかった。たがいを求める気持ちは数日で薄れるだろうと思っていたが、いまだにジャスミン畑での初めての晩と同じ性急さで、ふたりはむさぼり合っていた。ケイトリンは生まれながらの妖婦で、刺激的な枕友だちだった。

しかし、自分が求めているのはそれ以上の関係だ。

そのことに気づいて、アレックスは愕然《がくぜん》とした。ケイトリンのことを知りたかった。初めは、外見どおりの性格――素朴で率直で、ヴァサロとヴァサロがかかえる人々への愛情に支えられた強い女性だと思った。しかし、そのうちに、実は激しい情熱と衝動のかたまりで、それを冷静な態度の下に封じこめようとしていることに気づいた。ときに鋭いユーモア感覚を披露してアレックスを驚かせ、カトリンにとっては娘というより母親に近い存在。ジャークとは深い絆で結ばれているが、親子のような関係ではない。対等なパートナーだ。ほかの従業員とは仲間であると同時に一定の距離を置かなければならない場面も多い。ケイトリンを見るたびに新しい面を発見して好奇心をそそられ、もっと彼女のことを知りたくなる。深入りしすぎたのかもしれない。

アレックスの背すじに寒けが走った。自分を奮い立たせたくて、わざと彼女とかかわってきた。だが、どこかで狂ってしまった。

アレックスは外へ出て、後ろ手にドアを閉めた。丘をのぼりながら、その理由を探した。

ヴァサロだ。

ヴァサロにいるから、深入りしてしまったのだ。ともに畑仕事をし、ときにはいっしょに食事をとり、肉体的な関係も持った。ケイトリンのこと以外、考えることもないから、当然、人生における彼女の存在が大きくなりすぎた。ヴァサロを出れば、何ごとにも動じない、いつもの自分にもどれるはずだ。

屋敷に帰ったら、ゴールドバウムに電話しよう。前回、連絡を取ってから二週間近くたっている。新しい情報が待っていて、ヴァサロを離れるきっかけができるかもしれない。

ゴールドバウムが何かつかんでいることを、アレックスは天に祈った。

「保証はできませんよ」ゴールドバウムが釘を刺した。「ジョナサンは用心深い男です。なんの証拠もありません。単なる……直観です」

「ほかに何もないんだ。それを使って、ようすをみよう」

「空振りに終わると思いますがね」

「まあな。レッドフォードのほうはどうだ？」

「ここ二年の足取りを追いましたが、これといった手がかりは見つかってません」

「ジョナサンの攻略が失敗したときのために調査は続けてくれ」

ゴールドバウムが嘆息を漏らした。「クライアントはあなただけじゃないんですよ」

「これほどがっぽりたかれるクライアントはわたしだけのはずだ」

「そうでもないと、つきあってられませんからね」言葉とは裏腹に、ゴールドバウムは楽しげに言った。「また連絡します」

「いや、こっちから連絡する。しばらくここを離れることになりそうだ」

アレックスは電話を切って、アドレナリンが血管の中を駆けめぐるのをおぼえた。えさが見つかった。たいしたえさではないが、それでも見つかったことに変わりはない。

アレックスは立ち上がってドアに向かった。この数週間というもの、ヴァサロで手をこまぬいているしかなかったが、これでようやく動き出せる。

彼は急ぎ足で廊下を進み、一段飛びで階段を駆け下りると、ケイトリンに会いに調香室へ向かった。


ケイトリンは卓上に映し出されたホログラフィーの前にひざまずいていた。暗闇の中に黒い輪郭が浮かび上がっている。のけぞるようにしてホログラフィーを見上げ、褐色の巻き毛がプロジェクターの光に照らし出されていた。

ついさっき聖堂の尼のようだと考えたことを思い出して、アレックスはぞっとした。「いったい何をしているんだ?」

ケイトリンが飛び上がり、目に当てていた双眼鏡を下ろした。「ああ、驚《メルド》いた。勝手に入らないでよ。今夜はもう会えないと言ったでしょう」

「祭壇の前で祈りを捧げたいからか?」

「何言ってるのよ」ケイトリンはじれったそうにうながした。「出ていく気がないなら、こっちへ来て、隣に座ったらどう?」

アレックスはゆっくりと部屋の中に足を踏み入れて、ケイトリンのかたわらに座った。

「それで?」

ケイトリンが双眼鏡を差し出した。「台座を見てちょうだい。これもウインドダンサー同様、継ぎ目なしで、同じ種類の金でできてるのかしら」

アレックスは双眼鏡を目に当ててホログラフィーの台座に焦点を合わせた。「同じでないにしても、よく似た種類だな」

「同じじゃないの?」

「古代文明の専門家はきみのほうだろう」

「だからって、わかるわけないでしょ」ケイトリンはいらだちもあらわに、険のある言い方をした。「手持ちの材料が少なすぎるわ。わたしが持ってるのは、カトリーヌの日記と、リリー・アンドリアスが二〇年代に書いた本だけよ。アンドリアス家は日記を二冊所有してて、それにははるか昔のことまで記載されてるし、おおやけになっていない情報がたくさん盛りこまれてるんですって」ホログラフィーを手で示して、「それにひきかえ、わたしときたら、高倍率の双眼鏡でホログラフィーなんかを必死でながめてるのよ。もっとまともな設備が要るわ。本物のウインドダンサーを見る必要があるのよ」

アレックスは満面に笑みを浮かべた。「それなら、いい考えがある」

ケイトリンが振り向いた。プロジェクターの光が映り、その瞳の中でウインドダンサーが揺らめいた。ケイトリンのように人間的な女性の瞳の中で、非人間的な権力と美の象徴が華やかにきらめいているのを見ると、ふしぎな気持ちになった。ケイトリンも、アレックスの目に映るウインドダンサーを見つめているはずだ。まるでこの瞬間、ふたりはウインドダンサーに囚《とら》われ、取りつかれているかのようだった。

「冗談に耳を貸す気はないわよ、アレックス」ケイトリンがひややかに言い放った。「わたしは本気なんだから」

「それくらい、見ればわかるよ」アレックスは手をのばしてリモコンを受け取った。「本物を見る必要があるなら、見に行こう」

ケイトリンの体がこわばった。「どういうこと?」

プロジェクターのスイッチを切ると、ケイトリンの瞳の中のウインドダンサーが消えた。彼は説明のつかない安堵《あんど》をおぼえて立ち上がり、部屋の明かりをつけた。「スーツケースの用意をしろ。五日ぶんの着替えがあれば、じゅうぶんだ。何日かかるかわからないが、足りなくなったら買えばい——」

「スーツケース？　どこへ行くの？」

「アメリカだ。パスポートは切れていないか？」

「たぶん。確認するわ」

「切れていたら、ニースで申請しよう。エール・フランスに電話して、アメリカ行きの便を予約してくれ。わたしはプレゼンテーションの準備に必要な情報を空港で受け取れるよう、何本か電話をかけてくる」

「プレゼンテーション？」ケイトリンは椅子をうしろにずらした。「急にアメリカへ行けと言われても無理よ。わたしにはヴァサロで行なう作業を管理する役目があるもの」

「香水を売り出すのもきみの役目だろう」

「このことと香水とどんな関係があるの？」

「香水を売り出す際に世間の注目を集めるには、何か呼びものが必要だ」

ケイトリンはゆっくりと立ち上がった。「それがアメリカにあるの？」

「正確にはサウス・カロライナにね」アレックスはにやりとした。「ウインドダンサーだよ」

彼のもくろみに気づいて、ケイトリンの目が驚きに見開かれた。「アンドリアス家に頼んで、ウインドダンサーを広告に使わせてもらうつもり？」

「あれ以上に人目を引くロマンチックな呼びものがあると思うか？」

「思わないわ。でも、そんなの無理よ」にべもない口調だった。

「なぜだ？　ヴァサロ家とアンドリアス家は親戚なんだから、会うのを断られることはないだろう。あとはわたしにまかせてくれ」

「その謝礼として何を差し出す気？　アンドリアス家にはお金なんて必要ないわよ」ケイトリンが困惑したように下唇を噛んだ。「第二次世界大戦の開戦当時に、ヒットラーに没収されて以来、アメリカ国内からの持ち出しは一度も許可されてないわ」アレックスの視線をまっすぐに受け止めて、「キャン・ペーンツアーでは世界じゅうをまわるつもり？」

「パリを皮切りに、すくなくともヨーロッパじゅうをまわる予定だ」

ケイトリンは顔をしかめた。「親戚だからって手心を加えてもらえるとは思わないで。どうしてわたしがウインドダンサーを見せてほしいと一度も頼んでないか、わかる？　ウインドダンサーをルーヴル美術館に貸し出すよう、ジョナサンの父親を説得したのは、わたしの祖母よ。それでナチに盗まれたものだから、アンドリアス一族は烈火のごとく怒って、ウインドダンサーを守りきれなかったヴァサロ家を責め立てたの」

「五十年も前のことだろう」

「アンドリアス一族は記憶力がいいそうよ」

「ともかく行ってみよう」アレックスはケイトリンの手を取って、ドアへとうながした。

「試してみる価値はある」

「本気で貸してもらうつもり？」

アレックスは足を止めて彼女のほうを振り返った。「きみの香水を売り出すための広告費にいくらかかると思う？」

「怖くて、今まできけなかったの。ひと財産かかるんでしょう？」

「ひと財産どころじゃない。一千万から一千五百万ドルだ」

ケイトリンがはっと息を呑みこんだ。「そんな大金、あるの？」

「ある。だが、運がよければ、もっと低く抑えることができる。ウインドダンサーなら、何もしなくても宣伝になる。わざわざ神話化する必要はない」

「神話化？」ケイトリンはにっこりした。「業界用語にくわしいみたいね」

「きみの書庫と、日ごと郵便でしこたま送られてくる情報のおかげだ」アレックスはわきによけて、ケイトリンを先に廊下へ出した。「チャールストンに着くころには業界通になってみせるよ」

ケイトリンの顔から笑みが消えた。「そんなに広告費をかけて利益が出るの？」

「きみの香水の一オンス当たりの製作コストは？」

「二十ドル前後かしら。原材料から香料にいたるまで、最高の品質のものを使ってるから」

アレックスはにやりとした。「なら、利益は出る。一オンス二百ドルで売ればいい」

「高すぎるわ」ケイトリンが啞然《あぜん》とした。「《パッション》や《オピウム》より高い――」

「瓶詰めされた神話が手に入るのなら高くはない。すばらしい香水なんじゃないのか？」

「そうよ」

「抜群の出来なんだろう？」

「だってヴァサロだもの」ケイトリンが自明の理のごとく答えた。

アレックスの口もとがほころんだ。「だったら、定番になるかもしれない。そうすれば、年に五千万ドルくらい、ゆうに稼げる」

「あなたのこういう姿、初めて見たわ」ケイトリンが当惑したように言った。

「きみがたまたま、汗水垂らして働く姿しか見ていないだけだ。わたしはもともと謎解きが専門で、ようやく、解くべき謎が出てきたところなんだよ」

「よっぽど好きなのね。楽しそうだもの」

アレックスは肩をすくめた。「すくなくとも、謎を解いているあいだは生きているという実感がわくのはたしかだ」ケイトリンのひじをつかんで、「チャールストン行きの直行便がなければ、ニューヨーク行きの夜行便がないか、きいてくれ。ジャークには留守中の指示を出して、カトリンにもひとことことわっていったほうがいい」

「言われなくてもするわよ」棘のある答えが返ってきた。

「すまない。つい力が入ってしまって——何がおかしいんだ?」

「ヴァサロの話をしたとき、わたしが同じように謝ったのを思い出したの。わたしたち、思ったより共通点が多そうね」

微笑に輝く顔を見ると、惹かれずにいられなかった。アレックスは手をのばしてケイトリンの唇に触れ、その笑みをそっと指でたどりたいという思いに駆られた。

温かい感情が胸に広がる。

結局、ケイトリンには触れずに、アレックスは顔を背けた。「きみが書いたウインドダンサーの研究論文のコピーを用意しておいてくれ。それと、アンドリアス家の連中が昔話好きだったときのために、一族に代々伝わる逸話を思い出しておいてくれ。ウインドダンサーを連中の手から奪い取るのに使えそうなものは、ひとつ残らず揃えておかなくては」

「それ、何?」ケイトリンは、アレックスの座席のテーブルに広げられた切り抜きを興味津々の目つきでながめた。「出発ロビーで受け取った封筒の中身?」

アレックスがうなずいた。「ここ半年間のアメリカの新聞の切り抜きだ。ヨーロッパでの美術品盗難事件に紙面がどのくらい割かれているか、知りたくてね。新聞が大騒ぎしていたら、アンドリアス家もウインドダンサーの貸し出しにいい顔をしないだろう」スチュワーデスが彼のかたわらで足を止め、笑顔とコーヒーの入ったカップを向けると、アレックスは切り抜きをマニラ封筒にもどした。微笑は返し、カップは受け取った。「ざっと見たところ、残念ながら、かなり派手に報道されているようだな」

「《モナリザ》みたいな名画が盗まれたら、世界じゅうに報道されて当然よ」ケイトリンはかぶりを振った。「盗難から数カ月たつのに、いまだに取りもどせないなんて信じられない。インターポールって救いがたい能なしね」

アレックスがコーヒーをひと口飲んでからたずねた。「それがきみのインターポール評か?」

「どういう意味？」

「今回の盗難事件で警察への信頼度が薄れたか？」

ケイトリンは思いをめぐらせた。「薄れたような気がするけど……よくわからないわ」

「じゃあ、ブラック・メディナのテロ活動を怖いと思うか？」

「そりゃ、怖くないとは言えないわ」

「おもしろいな。ヴァサロという世間から隔絶された場所にいれば、ヨーロッパの九割の人間より安全なのに、警察に腹を立て、テロにおびえている。守られた庭で暮らしていない人々はどんな反応を示しているんだろう？」

「そんなの、知らないわよ。どうしてこの事件がそんなに気になるの？」

「わたしはただ――」

「興味があるだけなんでしょ」ケイトリンは笑いながら、あとを引き取った。「あなたほど好奇心旺盛な人には初めて会ったわ。同じように好奇心に駆られた猫が悲しい最期を遂げた話を教えてあげなくちゃ」

アレックスの表情がこわばった。「そのことわざなら、きいたことがある」

ケイトリンは笑みを消した。どうやら、まずいことを言ったようだ。無表情ながらもアレックスが傷ついたのがわかり、それに呼応してケイトリンの胸の奥がうずいた。彼女は窓の外の暗闇に目をやって、アレックスの気をそらす言葉を探した。「《モナリザ》が盗まれたときに《畑にたたずむ少年》まで持っていかれなくてよかったわ。ルーヴルの中の同じデュノン翼に展示されてるの」

「《畑にたたずむ少年》？　聞いたことがないな。誰の絵だ？」

「サインはないけど」ケイトリンはひと呼吸置いてから言った。「描いたのはジュリエット・アンドリアス、ジョナサン・アンドリアスの曾々祖母よ」眉間にしわを寄せて、「曾々々祖母だったかしら。〝曾〟の字がつくと、いつも混乱してしまうの」

「サインがないのに、なぜジュリエット・アンドリアスの作品だとわかる？」

「カトリーヌの日記に書いてあったのよ。ジュリエットはアメリカに移住するとき、ミシェルの絵を一枚、ヴァサロに残していった。ジュリエットはすぐれた描き手だったけど、当時、女性の画家は偏見の目で見られてたから、彼女が描いたとわかったら、ルーヴルには受け入れられなかったでしょうね」ケイトリンは椅子の背にもたれかかった。「そこで、カトリーヌは一計を案じたの。ヴェルサイユ宮殿に所蔵されていた美術品の大半は一七九三年にルーヴルに移されたけど、恐怖政治下の混乱の中では、名画が発見されずに眠っていたとしてもおかしくないと踏んだわけ」

　アレックスの顔にゆっくりと笑みが浮かんだ。「信じられない話だな」

「でも、真実よ。カトリーヌは夫のフランソワと協力して《畑にたたずむ少年》をフラゴナールやサルトの絵といっしょにヴェルサイユ宮殿の女王の居室のひとつへ忍ばせることに成功したの。その後フランソワの手はずで、眠っていた名画を国民軍が〝発見〟し、ほかの美術品とともにすぐさまルーヴルへ運びこんだわ。サインがなくても、有名な画家の絵といっしょに発見されたから、偉大な画家の手によるものと考えられたのよ」

「それで、ジュリエット・アンドリアスの絵が巨匠の作品と並んで、ルーヴル美術館に展示されているというわけか」アレックスはコーヒーを見下ろして、思案をめぐらせた。「アンドリアス家はそれを知っているのか？」

「そのはずよ。ジュリエットには手紙で伝えたと日記に書いてあったから」

「そこまでしてやるところを見ると、親友だったんだろうな」

「あなたも日記を読んでみてよ」

「いつかね」アレックスが視線を上げた。「それより、機会があったら、その話題を出してみても損はないな」

「ずっと昔の話よ。一七九七年のことだもの」

「アンドリアス一族は記憶力がいいんだろう」アレックスがコーヒーを飲み干した。「話してみる価値はある」

苦悩の色がうかがえなくなったのに気づいて、ケイトリンは胸を撫で下ろした。予想どおり、カトリーヌの話が効いたようだ。「何がなんでもウインドダンサーを借りる気みたいね。役立ちそうなことはすべて利用するつもりなんでしょう」

「ああ、ひとつ残らずな」アレックスが平板な口調で言いきった。

ケイトリンは彼の顔をのぞきこんだ。「本気で貸してもらえると思ってるの？」

「かならず借りる」

「その自信はどこからわいてくるの？」

「わたしにはウインドダンサーが必要だ」

ケイトリンは呆《あき》れたように言った。「必要なんだから、借りられないわけがないってこと？」

返事はなかった。

「どうしてそこまでして借りたいのか、話してくれる気はなさそうね」

アレックスが微笑んだ。「莫大な金が節約できるからだ」

「それだけじゃないはずよ」

「なぜ決めつける？　誰もが古美術品に情熱を燃やしていると思ったら大間違いだぞ」

これ以上、詮索しても理由は聞き出せそうにない。どういうわけか、ケイトリンは傷ついていた。自分だってウインドダンサーへの思いをむやみに語りたくはないし、最初にアレックスには、ヴァサロを救う理由がなんであろうとかまわないと言ってある。なのに、何かが変わってしまった。ケイトリンは彼が心を閉ざしたことにショックをおぼえていた。

次の瞬間、ケイトリンの手の中にアレックスの手がもぐりこんできて優しく握りしめ、さっきのそっけない言い逃れを埋め合わせるように撫でた。「少し眠ったほうがいい。ニューヨークまであと四時間、チャールストンまではさらに二時間かかる。ポート・アンドリアスに着くころにはくたくたになっているぞ」

「とても眠れそうにないわ。緊張しちゃって……。ジョナサン・アンドリアスは会ってくれるかしら」

「あすの午後三時に会う約束を取りつけた。出発前に電話して、ジョナサンの個人秘書のピーター・マスコヴェルと話したんだ」アレックスは頭を振った。「あっさり承諾してもらえたんで驚いたよ。きみの名前を出したら、マスコヴェルは文字どおり、電話機の向こう側で飛び上がっていた」

「手まわしがいいのね」

「ジョナサンの許可が下りたら、今まで以上にすばやい手まわしが必要だ」

「別に悪いことをしてるわけでもないのに、なんだか気が引けちゃって……」ケイトリンの顔におぼつかない笑みが浮かんだ。「駆け引きや交渉は苦手なの。ヴァサロへ飛んで帰って花の栽培に専念したいわ」

「事業が軌道に乗れば、落ち着くだろう。つらいのは待っているあいだだけだ」アレックスはケイトリンに微笑みかけた。「なぜジョナサン・アンドリアスが怖いんだ？　きみたちはまたいとこだろう」

「大切なものの運命がかかってるからよ。ウインドダンサー、香水、ヴァサロ……」

「眠れないなら、話をしてくれないか？」

「なんの話？」

「カトリーヌの日記の中身だよ。最初の書き出しから、ヴァサロ家で起こった事件をひとつずつ教えてほしい」

ケイトリンはアレックスにけげんそうな目を向けた。「本気？」

彼の手に力がこもった。「本気だ」

ケイトリンは座席のヘッドレストに頭をあずけた。「日記は、カトリーヌがレン修道院で暮らしていた、一七九二年九月二日から始まって……」

5

「ピーター・マスコヴェルです。ミス・ヴァサロもごいっしょですか?」正面ゲートのインターホンから、少年のようにはずんだ低い声が聞こえた。

アレックスは車の助手席にいるケイトリンに愉快そうな視線を向けた。「いっしょです」

「では、ゲートをあけて、玄関でお待ちしています。屋敷に着くまで車から降りないように」

インターホンが切れて、鉄のゲートがゆっくりとあいた。

アレックスは紺色のレンタカーのエンジンをかけて、ゲートのあいだを進んだ。「きみはヴァサロにいるなんて言おうものなら、門前払いを食らうところだった。ほんとうにこの男と面識はないのか?」

「ええ、名前を聞いたこともないわ」

高いゲートが背後で音をたてて閉まり、大型のスライド錠が自動的にもとの位置にもどった。

ケイトリンは肩越しにゲートをながめた。「世界一警備の厳しい刑務所に侵入したような気分だわ。ブラッドハウンドまでいたりして」

「ドーベルマンだ」

「えっ?」

「六匹のドーベルマンが敷地内に放たれている。だから、屋敷に着くまで車を降りるなと言われたんだ」

「どうして犬がいることを知ってるの?」ケイトリンは自分の問いに自分で答えた。「例の調査報告書の束の中に書いてあったのね」

アレックスがうなずいた。「それぞれの屋敷の見取り図が役立つわけじゃないが、知っておいても損はない」

「それぞれの屋敷って?」

「この敷地内には、ジョナサンの家族全員の住まいがある。妹はふたりとも結婚して浜辺の家で暮らし、父親は内陸側の離れに住んでいる。そして、ジョナサンの屋敷の横には客用の別荘と使用人宿舎が建っている」

曲がり道を抜けると、巨大な白い円柱を配した煉瓦造りの大邸宅が視界に入った。

「豪邸ね。南部貴族がハッカ入りのバーボン・カクテルを飲んでそうな家だわ」ケイトリンは敷地の中央のポールにたなびく旗のほうにあごをしゃくった。「そのわりに南部連合国旗を掲げてないのはどうしてかしら」

「アンドリアス家は北軍側について戦ったんだよ。ジョナサンは忠誠心の強い男だ」曲がりくねった車回しを進むと、観音開きの大きな扉が開いて、細身の男がポーチに現れた。「あれがピーター・マスコヴェルだな。今回の交渉の要《かなめ》となる男だ」

「どうして?」

「彼はジョナサンの下で十八年間働き、絶大な信頼を寄せられている」アレックスは屋敷の前の石段を下りる男を観察した。「ジョナサンとはイェール大学の同窓生だそうだ。あとは……ウェスト・ヴァージニア州の炭坑労働者の家に生まれ、奨学金を受けて大学へ進学。」

渋面がぱっと輝いて、報告書の最後の段落を記憶のなかから引っ張り出した。「そうそう、心臓が悪いんだった。五年前に三カ所のバイパス手術を受けている」

「病人には見えないけど」

背丈は平均的な男性より若干高く、白いサマー・セーターとグレーのスラックスに包まれた体は、筋肉質ではないが、日に焼けて健康そうに見えた。きれいに切り揃えられた茶褐色の髪が日差しを浴びて、赤ん坊の髪のようにやわらかそうに輝き、印象の薄い顔の中で、知性のきらめく、あいだの離れた瞳だけが異彩を放っている。

「病人というわけじゃない。用心が必要なだけだ」アレックスはレンタカーを駐めて、エンジンを切った。そしてケイトリンのほうを向き、力づけるように微笑んだ。「心配いらない。きっとうまくいくよ」

「さっきも言ったように、交渉ごとは苦手なの」ケイトリンはスカートのしわをのばした。

「この格好、おかしくない?」

アレックスが濃紺のスーツにすばやく視線を走らせた。「ああ、似合っているよ」

ケイトリンは眉根を寄せた。「母はそうは思わないでしょうね。このスーツはもう五年も着てるから」

「ジョナサンは服装なんか気にかけやしない」アレックスはドアをあけて車を降りた。「さあ、行くぞ」

「ミスター・カラゾフですね」ピーターがアレックスに向かって会釈してから、ケイトリンのために助手席側のドアをあけた。「ピーター・マスコヴェルです」彼はケイトリンに手を貸して車から降ろすと、その顔を探るようにじっと見つめた。「あなたがケイトリン・ヴァサロですね。前からお会いしたいと思ってたんです」

ケイトリンはとまどいの目を向けた。「初めまして、ミスター・マスコヴェル」

「ピーターと呼んでください」彼はにっこりした。「あなたとはいい友だちになれそうだ。あなたがボジョーリの博士号論文集に寄稿なさった論文を読みましたよ。ほかのどの論文よりも洞察に満ちた鋭い内容でした」そこで、ひと呼吸置いた。「実はあなたにお願いがありまして」

「なんでしょう」

ピーターは車のドアを勢いよく閉めた。「カトリーヌの日記をお持ちですよね。ぼくはカテリーナとサンチア・アンドリアスの日記を持ってますが、カトリーヌのものは読んだことがありません。何しろ、つい先日までそんなものがあることさえ――」

「ちょっと待ってください」ケイトリンは片手を上げて、言葉の奔流をせきとめた。「アンドリアス家の日記をあなたが所有してらっしゃるんですか?」

ピーターの顔にきまり悪そうな表情が浮かんだ。「いえ、実際にはジョナサンのものですが、自分のもののような気がしてましてね。一年前から、費用は負担するので日記をコピーして送ってほしいと頼もうかどうしようか、悩んでたんです」

「それはできかねます。あの日記には外部の人に知られたくないことが書いてありますから」

ピーターが渋面をこしらえた。「やっぱりだめですか。こちらの日記にも一族の秘密が数多く書かれてますからね」

「どうしてカトリーヌの日記に興味をお持ちなんです?」

「ヴァサロ家とアンドリアス家のあいだには数百年前からさまざまないきさつがあったでしょう。ウインドダンサーのそばで長年暮らしてるうちに興味がわいてきて、あの像についてもっとくわしく知りたくなったんです」優しい笑みがピーターの顔を引き立て、印象の薄さをかき消した。「それで日記にも興味をいだくようになりましてね。ぼくにはもう肉親がひとりもいないから、今となっては、アンドリアス一族とその祖先が家族のようなものなんです」考えこむように眉根を寄せて、「それに、もしかしたら、日記の中にウインドダンサーの銘文のことが書いてないかと思いましてね」

ケイトリンは体をこわばらせた。「銘文?」

「いまだに解読されてないのはご存じでしょう?」

「もちろん知ってますが――」

「失礼。その話はあとにしてもらえませんか」アレックスが口をはさんだ。「ミスター・アンドリアスをお待たせしたくないので」

ピーターがうなずいた。「ジョナサンなら、書斎で待ってます」彼はケイトリンのひじに手を添えて、石段をのぼりはじめた。「さっきも言ったように、ぼくはウインドダンサーのことがもっと知りたくて、日記を読みはじめました」オーク材の床板がつややかに輝く、優雅な玄関広間を抜ける。「そうしたら去年、カトリーヌの日記に関するくだりを見つけたんです」

アレックスがピーターに興味深げな視線を向けているのを見て、ケイトリンは彼の気持ちが理解できると思った。ピーターは子どものように意気ごんで話しているが、それでも彼が分別《ふんべつ》をわきまえ、世故にたけたおとなであることはたしかだ。だからこそ、よけいにその熱中ぶりが微笑ましく思えた。しかし、ケイトリンは好意をいだきながらも、同じだけの嫉妬と憤りに駆られていた。彼は当時の日記をふたつ所有して、毎日、本物のウインドダンサーをながめているというのに、それでも飽き足りないのだ。

ピーターはガラスをはめこんだマホガニーの扉の前で足を止めた。「あとで話ができますか?」と小声でたずねる。「どうしてもその日記が読みたいんです」

「話をするのはかまいません。でも、何も約束できませんよ」

「結構です」ピーターはケイトリンに微笑みかけてから、ドアをあけた。「ミスター・カラゾフとミス・ヴァサロがお着きだよ、ジョナサン」

ピーターはわきによけてふたりを書斎に通してから、自分も中に入ってドアを閉めた。

ジョナサン・アンドリアスは大柄な男だった。

最初にケイトリンの目をとらえたのは、窓から振り返った男の大きさだった。身長が百九十五センチ以上あり、がっしりした肩と厚い胸をしていて、土木作業員のような体格だ。鼻と口も大きく、頬骨が張っていて、一文字形の眉の下の瞳は褐色というより黒に近い。こめかみのあたりの濃い褐色の髪には白いものが混じっているが、実年齢どおり、四十代前半に見える。ピーターと同じく普段着で、濃紺のコットンのセーターと綾織りの黒のズボン、ローファーといういでたちだ。

ジョナサンが近づきながら微笑むと、ケイトリンは魅入られたように彼から目が離せなくなった。ハンサムではないが、どこか惹かれるものがある……。

「ミス・ヴァサロ」包みこむような力強い握手を受けて、ケイトリンは目のくらむほどの幸福感に包まれた。「ケイトリンと呼ばせていただいてもよろしいかな？　用向きは存じ上げないが、よくぞいらしてくださった。幼いころからヴァサロ家の話を聞かされて育ったものだから、一度お会いしたいと思っていたのだよ」

ケイトリンはふいにジョナサン・アンドリアスの魅力のなんたるかを悟った。彼は〝善〟のオーラを発散しており、いっしょにいれば悪事が降りかかることはないと思わされる。たぐいまれな人物だ。

ケイトリンは笑みをつくった。「実は、会っていただけるかどうか、不安だったんです。ウインドダンサーが盗まれたとき、あなたのお父さまはかなりご立腹だったと聞いていますから」

「父はいまだに怒っている」ジョナサンの黒い瞳がきらめいた。「だから、生まれてこのかた、ヴァサロ家の話を聞くだけで会うことはかなわなかった」彼は手を離すと、中央の大きな紫檀《したん》材のデスクの前に置かれた、茶色の革張りの椅子のひとつを示した。「掛けたまえ。車を降りたとたん、ピーターに執拗《しつよう》につきまとわれたのではないかね?」

「ばれたか」ピーターが言って、奥の革張りのソファに座った。「だが、ぼくがさらっていく前にミスター・カラゾフに救い出されてしまったよ」

「ミスター・カラゾフ」ジョナサンがアレックスのほうを向いた。「失礼をお許しください。五十年に及ぶ不和を解消する千載一遇のチャンスなのだ」

「よくわかります」とアレックス。「聞いた話では、あなたは和解を取り結ぶ名人だそうですね」

ジョナサンは温かい表情を崩さなかったが、今までにない警戒の色を浮かべて、アレックスに値踏みするような目を向けた。「人並みにやってきただけだ。全員が協力し合わなければ、ビジネスは成功しない。きみも掛けたらどうかね」

アレックスは椅子に座って、気さくな笑みを浮かべた。「あなたが座るのを待たずに掛けさせていただきますよ。この場の主導権を喜んで差し出すという意思表示です」

ジョナサンがうなずいた。「ピーターから仕事の話だと聞いたが」彼はケイトリンのほうを向いた。「ヴァサロに関することかね?」

ケイトリンはうなずいた。「あなたの助けが必要なんです」

「資金か?」

「違います」と言って、彼女はアレックスのほうにあごをしゃくった。「あとはわたしのビジネス・パートナーが説明します」

「何が望みだ?」ジョナサンがアレックスにたずねた。

「ウインドダンサーです」

ピーターが何ごとかつぶやくのが聞こえたが、ケイトリンはふたりから視線をはずさなかった。

ジョナサンが失笑した。「おもしろい冗談だな」

「ウインドダンサーを貸していただきたいんです。およそ半年間。ケイトリンが新しい香水を開発したので、それをしかるべき方法で売り出すために――」

「広告の人寄せにあの像を貸せというのか?」ジョナサンが彼の言葉をさえぎった。「世界じゅうの事業主の半分から同じ申し出を受けたよ。わたしにそうもちかけるのは自分が初めてだとでも思っているのか? ウインドダンサーをそんなことのために使わせるわけにはいかん」

「いつもはそうでしょう」アレックスはもの柔らかな口調で続けた。「ですが、今回は事情が違います。この香水で失敗したら、ミス・ヴァサロは持っているものをすべて失いかねない。彼女はあなたの親戚ですよ」

「親戚といっても遠縁だ」

「それでも、あなたにとっては意味が違うはずです。あなたは身内をことのほか大切にするという評判だ。永遠に貸してほしいと言っているわけじゃないんです。ヨーロッパで短期間のキャンペーンツアーを行ない、その後、もう少し時間をかけてアメリカ国内を回る。それがすんだら、ポート・アンドリアスのあなたの手もとにお返ししますよ」

「それはご親切に」

アレックスは辛辣《しんらつ》な響きを無視して続けた。「当然、ウインドダンサーの使用は制限しますから、もうひとつ呼びものが必要です」

「なぜわたしが承知すると思うんだね」

「言ったでしょう。親戚としての情ですよ」アレックスは微笑んだ。「さらに、今後五年間は、わたしの取りぶんである売上高の二五パーセントのうち、六パーセントがあなたのふところに入ります。見積もったところ、三十億ドル前後になるでしょう」

「たいした大金だな」ジョナサンがデスクによりかかった。「だが、たとえ許可するとしても、ウインドダンサーをヨーロッパへ運ぶなど、言語道断だ」

アレックスは心得顔でうなずいた。「盗難を恐れていらっしゃるんですね。もし貸していただけるのなら、盗まれるようなことはないと誓います。厳しい警備態勢を敷く用意があります」

ジョナサンは疑わしげなまなざしを向けただけだった。

「たしかに、それでも万全とはいえません。おたくの保安要員をお借りして、キャンペーンツアー中はあなたにもご同行願います」

ジョナサンが信じられないというように笑い声をあげた。「ウインドダンサーをかかえてツアーについて回れというのかね？　わたしはこれでも忙しい身でね」

「ウインドダンサーを守るためには、やむをえないでしょう。それを不審に思う人はいません」

アレックスが最後のひとことをやけに強調するのを聞いて、ジョナサンは目をすぼめ、彼の顔を探るようにながめた。「何が言いたい？」

「今、言ったとおりのことです」

「それだけじゃないはずだ」ジョナサンはケイトリンのほうを向いて、残念そうな声を出した。「申しわけないが、リスクが大きすぎる」

ケイトリンの中で希望がしぼんだ。ああ《メルド》、貸してもらえないのは最初からわかっていたはずなのに。

「せめて企画だけでも聞いてください」アレックスがブリーフケースをあけた。「フランスにもどりしだい、デザイナーを決定し、香水瓶を作らせます。ふたは、つや消しのバカラのクリスタルを使って、ウインドダンサーをかたどった小さなペガサスにする予定です」アレックスは図面や書類、写真を取り出した。「さっきお話ししたとおり、呼びものがもうひとつ必要です。通常は、有名人をイメージモデルとして起用します。〝パッション〟のエリザベス・テイラー、〝アンインヒビテッド〟のシェール、〝ミーシャ〟のバリシニコフ」と言って立ち上がり、ジョナサンのほうに歩み寄った。「これがヴァサロのイメージモデル候補にあがっている女優の写真と経歴です」

ジョナサンが逡巡《しゅんじゅん》したのちに書類の束を受け取った。

彼は大きな紫檀材のデスクにつき、その上に書類をのせた。彼にウインドダンサーを貸し出す意志はなく、礼儀上、目を通しているだけなのはあきらかだった。だからといって、アレックスが引き下がるはずがない。彼は畑で作業をしていたときのような、ひたむきで熱っぽい表情をしていた。

ジョナサンがおっくうそうに写真をめくりはじめた。

「われわれが求めているのは、美貌と知性と強さを兼ね備え、セックス・シンボルであると同時に、勇ましいイメージのある女性です」アレックスは淡々とした口調で続けた。「個人的にはチェルシー・ベネディクトが最適かと思います。昔から彼女の映画のファンでしてね。ほかの女優も遜色《そんしょく》ないとは思います。グレン・クローズは一定のファンと名声を獲得しつつありますし――」

「チェルシー・ベネディクト?」ジョナサンが写真から目を上げずにきき返した。

「物議を醸すのは承知のうえですが、欠点より美点のほうが上まわっていると思います」

ジョナサンが顔を上げて、アレックスと視線をからませた。ケイトリンはその表情のひややかさに息を呑んだ。「実に完璧に練り上げられた企画のようだな」

「暫定案にすぎませんが、ろくに準備もせずにあなたの時間をむだにしたくありませんから」アレックスが微笑をつくった。「ご一考いただけませんか。何かおききになりたいことがありましたら、あさってまでチャールストンのハイアットに滞在する予定ですので、そちらまでご連絡ください」

「考えておこう。きみはなかなか頭の切れる男だな、ミスター・カラゾフ。ケイトリンはその才気のほどを理解しているのだろうか」

アレックスの顔に警戒するような表情が浮かんだ。「どういうことです？」

「きみから面会の申し込みがあったあと、ピーターを通じて、国家安全保障局の予算委員会に属する旧友に連絡を取り、きみのことを調べさせた」

「なぜそんなことを？　単なるビジネス・ミーティングのためにそこまでするなんて、少々おおげさじゃありませんか？」

ジョナサンが薄い笑みを浮かべた。「わたしが身内を大切にするという噂《うわさ》は事実だ。たとえ遠い親戚の女性でも、詐欺師の野望をかなえるために利用されるのは気に入らん」

「アレックスは詐欺師じゃありません」とケイトリン。

「ああ、そうだ」ジョナサンはデスクのまん中の抽斗《ひきだし》をあけ、マニラ・フォルダーを一冊、取り出して開いた。「われらがミスター・カラゾフは謎の人物だ。このフォルダーを作るのに、ピーターは相当、手こずっていた。CIAは彼のことを探られたくないらしい。国家安全保障局とCIAはどんな場合でも蜜月の仲とは言いがたいが、彼のこととなると揃って口をつぐむと、旧友の上院議員が言っていた。それでも、わかったことがいくつかある」

「なるほど」アレックスが無表情で返した。

「年齢は三十七歳。ルーマニア生まれだが、六年前にアメリカ国籍を取得。その五年前にパーヴィル・ルバンスキーという男とともにソ連から亡命」ジョナサンはひと呼吸置いてから続けた。「CIAの熱心なあと押しのおかげでな。連中は喉から手が出るほどきみが欲しかったらしい」

「彼はCIAの諜報員なんですか？」

「そうではない。CIAは彼をヴァージニア州クアンティコのシンクタンクに送りこみ、六年間、そこで働かせた。何者であれ、CIAは彼を高く評価し、欲しがるものはすべて与えた。週末旅行に使う自家用ジェット機から」と言って、デスクの上の書類に視線を落とした。「ひと晩、千ドルの高級娼婦まで」

「徹底的に調査なさったようですね」アレックスがそっけない口調で言った。「そこまで厚遇されていたのなら、わたしはなぜ辞めたんですか？」

「そこだよ。それがわからない。なんらかの理由できみはCIAを辞め、クアンティコには逆上した人間が数多く残された。腹を立てた人間はふつう声高にののしったり、わめいたりするものだが、CIAはきみに関して箝口令《かんこうれい》を敷いている」

「化学兵器を発明するマッド・サイエンティストでないことは保証しますよ」

「それはわかっている。スペッツナズに所属した経歴が科学者説にはそぐわないのでね」

「スペッツナズ？」ケイトリンがきき返した。

「軍隊だよ」とアレックス。「いわばロシアのグリーン・ベレーだ」

「世界有数の殺人マシンでもある」ジョナサンが言い添えた。

「アメリカの特殊部隊にはかないませんよ。あなたは特殊部隊に属してベトナムで戦ったそうですね、アンドリアス」

「そうだ。だが、わたしはKGBに属したことはない」そこで間があいた。「きみはスペッツナズに入隊後、わずか二年でKGBに引き抜かれて、特殊な任務をまかされた」

「どんな任務ですか？」ケイトリンは口をはさんだ。ふたりの腹の探り合いのまっただ中で、不安といらだちばかりがつのっていた。

「本人にきいたらどうかね」ジョナサンは椅子の背にもたれかかって、アレックスの顔に鋭い視線を向けた。「任務の内容は機密扱いなのだよ。KGBはもともと愛想のいいほうではないが、カラゾフのこととなると、とりつくしまもない。彼が優秀な人材であることはたしかだ。一度目にしたものは忘れないほどの記憶力を誇り、クアンティコの彼の書棚は原子物理学から古代史まで多岐にわたっていた。そのうえ、人望も厚い。スペッツナズ、KGB、CIA……誰もが彼をペットとして飼いたがった」

「最近は誰のペットでもないことをお教えしますよ」とアレックス。

「ああ、今のきみはスイスの豪勢な山荘で暮らし、うなるほどの金と、スイスの複数の銀行口座を持っている」

「彼は小説家なんです」ケイトリンは説明した。「アレックス・カランですよ」

「そのことなら知っている。実際、著作は読んだし、高く評価してもいる。構成に関しては天才だ。だが、CIAやKGBが読む本欲しさに彼を手もとに置いていたとは思えない」ジョナサンがにやりとした。「それに、印税がころがりこむ前から、彼はかなりの財産を持っていたようだ。でなければ、あの山荘が買えるはずがない」

「つまり、わたしはうさんくさい輩《やから》だから、つきあうのは危険だと言いたいんだよ、ケイトリン」アレックスがこともなげに言った。

「少なくとも安心できる相手ではないだろう」ジョナサンがケイトリンのほうを向いて続けた。「もちろん、決めるのはあなただが、そのためには情報が必要かと思ってな」

「彼はそうやってきみを利用して、わたしから情報をきき出そうとしているんだ。直接きいても、答えてもらえないと思っているんだろう」

もう《メルド》、ひとの頭越しに話をするのはいいかげんにやめてほしい。「きくべきことはひとつしかないわ。アレックス、CIAでなんの仕事をしていたの?」

すぐには答えが返ってこなかったので、無視されたのだろうと思った。しかし、しばらくしてアレックスはぶっきらぼうな口調で言った。「パズルだよ」

「冗談でしょう」

「いや」アレックスの唇がゆがんで、苦笑をこしらえた。「冗談なんかじゃない。わたしはパズルを解く名人でね。というより、パズルを作るのも解くのもわたしひとりだ。それにかけては、アレックス・カラゾフの右に出る者はいなかった」

ジョナサンが魅入られたような表情で尋ねた。「それというのは？」

「ごく単純な仕事です。わたしには特別な才能がある。ふたつの情報を与えられたら、そのつながりを探し出す。そして確率と変数を計算し、その二、三段階先で何が起こるかを予測する。さらに先の段階を予想することもあります」

「手品みたいに聞こえるわ」とケイトリン。

アレックスが首を振った。「手品というより、チェスの名人戦を大規模にしたようなものだ。ただ、試合そのものには一度も加わっていない。勝つにはどんな手を使えばいいか、教えただけだ」その顔から笑みが消えた。「わたしのおかげで、ＣＩＡは何度も勝利を収めた。正確には、勝率九二・四パーセントだ」

「諜報部の作戦本部にいたのかね？」とジョナサン。

「ふだんの所属はそこです。ほかの部門に派遣されることもありましたが」

「どこだ？」

アレックスは肩をすくめた。「いかがわしい過去を詮索《せんさく》するのは、このへんでやめていただけませんか。重要なことはすでにお話ししました」皮肉めいた表情に警戒の色が浮かんだ。

「で、わたしはお払い箱ですか?」

「えっ? 何か言った?」ケイトリンはうわの空だった。さっきの彼の言葉が頭の中で連鎖反応を起こし、興奮をあおっていた。

「お払い箱なのかと――」

「ほんとうにパズルが得意なの? どんな種類のパズルでも?」ケイトリンがさえぎった。

アレックスは面食らって目をしばたたいた。「ああ」

「人並みはずれた才能なんでしょう? 誰もあなたにはかなわないのね?」

「その方面に関しては、一種の天才だと自負している」

ケイトリンは彼の口調に含まれた辛辣な響きに気づかなかった。「よかった」期待と興奮が全身を駆けめぐる。彼女はジョナサンに向かって言った。「これで、取り引きの材料がもうひとつふえました。ウインドダンサーの台座に刻まれた銘文はいまだに解読されていません。ミスター・マスコヴェルはその解読に興味をお持ちのようです。あなたもですか?」

ジョナサンが体をこわばらせた。「もちろんだ。あれは何世紀も前から、わたしの一族を悩ませている謎なのだ」

「では、あなたのために、わたしとアレックスとであの銘文を解読してみせます」

アレックスの眉が吊り上がった。「わたしもか?」

「当然でしょう」ケイトリンはいらだたしげに眉をしかめてみせてから、ジョナサンのほうに向き直った。「わたしには古代文明の素養があり、アレックスはパズルを解く専門家です。

このふたり以上に最適な人材がいるでしょうか？」

ジョナサンはしばらく無言のままだった。「なかなか興味深い申し出だな。言っておくが、あれは数千年前からさまざまな人間が試みながら、いまだに解読できていないのだぞ」

「でも、アレックスは天才だそうですから」

アレックスが苦々しげに笑った。「今後は言葉に気をつけよう。きみの前で不用意な発言はできないな」

「ジョナサン、彼が手を貸してくれて……」奥のソファに座ったピーターが初めて口を開いた。「とっかかりだけでもつかめれば……」

ジョナサンがアレックスに鋭い視線を向けた。「解読する自信はあるのか？」

「銘文を見てからでないと、お答えできません」

「アンドリアス家は長年、世界でも名高い専門家を起用して、銘文の解読に当たらせてきた。だが、それだけではだめなのかもしれんな。別の側面からのアプローチが必要なのだろう」

ジョナサンの顔にかすかな笑みが浮かぶ。「たとえば、パズルの得意な男とか」

「わたしの専門は分析と将来の予測です。こういった分野は、まったくの門外漢です」

「でも、謎には変わりないわ」とケイトリン。「きっと解けるわよ」

「そこまで信用してくれるとはありがたい」アレックスはものうげに言った。それからジョナサンに視線をもどした。「あなたの言葉が先ほどの申し出を承諾するという意味なら、やらせていただきます」

「考える時間をもらいたい」ジョナサンが立ち上がった。「どちらにしろ、あすの朝、ピーターから連絡を入れさせる。きょうはこれでお引き取り願おう」

「わかりました」ケイトリンも立ち上がった。「ヴァサロの存続がかかっていなければ、こんなお願いはいたしません。どうか信用してください。わたしなら……わたしたちなら、あの銘文を解読できます」切羽詰まった真剣な表情だった。「そして、もしウインドダンサーを貸していただけるのなら、ぜったいに守りとおすことをお約束します、ムッシュー・アンドリアス」

「ジョナサンと呼んでくれたまえ」ジョナサンがケイトリンを見て、表情を和らげた。「わたしの返事がどうあれ、ぜひまたお会いしたいものだな。秋の父の誕生日には一族が集うから、しばらくこちらに遊びに来ないかね」顔をしかめて、「子どもたちはうるさいが、妹たちとは気が合うだろう」

「お気持ちはありがたいですけど、パーティーに水を差すことになりかねませんし、ヴァサロを放っておくわけにいきませんから」

「香水のことも放っておけんしな」

ケイトリンはうなずいてピーターのほうを向いた。「では、ご連絡をお待ちしています」

ピーターがにっこりして立ち上がった。「承知しました」

ケイトリンはためらってから、もちかけた。「あの……せっかく来たことですし、よかったらウインドダンサーを見せていただけないでしょうか」

「ああ、かまわんよ」ジョナサンがピーターのほうにうなずいてみせると、ピーターがすぐにドアのほうへ歩き出した。「ピーターに案内させよう」

アレックスがケイトリンのひじをつかんでうながし、ピーターのあとを追った。

「カラゾフ」ドアにたどり着く前に、ジョナサンが呼び止めた。「もうひとつ質問がある。きみの友人のパーヴィル・ルバンスキーの身には何が起こった？」

ケイトリンの腕をつかむアレックスの指に力がこもった。

「あなたのファイルにはなんて書いてあります？」

「六月にきみの家で心臓発作で死亡したというスイス警察の調書の内容が記されている」

「では、なぜきくんです？」

ジョナサンはしばらく口をつぐんでいた。「きくべきではなかったようだな。興味があっただけだ」彼はデスクの上のファイルを閉じた。「販売戦略に関する資料もいただけるかな」

アレックスがうなずいた。「ホテルにもどりしだい、届けさせます」

ピーターを先頭に、三人は廊下へ出た。ドアが閉まったとたん、ケイトリンはアレックスにたずねた。「資料って？」

アレックスは彼女をうながし、ピーターについて廊下を進んだ。「いくつか思いついたことがあるから、タイプして届けさせる」

「思いついたこと？　企画書は完璧だったんじゃないの？」

「そのはずだったが、足りなかった」そう言ってから、つけ加える。「今のままではね」

「相手は、巷《ちまた》でもやり手と言われてる実業家なのよ」

「たしかに切れ者だ。だが――」

「ここです」ピーターが玄関広間の左側の扉をあけた。「ウインドダンサーはあの飾り台の上です」

「てっきり金庫にしまってあるものと思っていました」アレックスは天井の高い客間に足を踏み入れた。

「家族の一員を金庫にしまったりしますか?」ピーターが顔をしかめた。「そういえば、壁の中に塗りこめても痛くもかゆくもない大おばがひとりいますがね。ご心配なく。この屋敷には万全の警備態勢を敷いてますから」

ケイトリンの視線は客間の中央にうやうやしく飾られたウインドダンサーに吸い寄せられていた。肺の中の空気がなくなったような気がして、脚がドアのわきで凍りついた。「あれが……」心の準備はしてきたつもりだったが、いざとなると、なんの役にも立たなかった。「みぞおちにこぶしを一発食らった、そんな感じでしょう?」ピーターが乱暴な比喩《ひゆ》を用いた。「わかりますよ。ぼくも初めのうち、こいつを見ると、落ち着かない気分にさせられたものだ」

そういうわけではなかった。初めの衝撃が薄れると、なるべくしてこうなったのだという思いが込み上げてきた。この瞬間のために今までの人生があったような気がした。ケイトリンはそろそろと客間に足を踏み入れてウインドダンサーの前で止まり、ペガサス像の美しさに酔いしれた。「初めまして」知らず知らずのうちにそう口にして腕をのばしたが、触れるのが怖くて、繊細な金線細工の翼の上で手を止めた。てのひらの下にある金の像はまぶしくてひんやりしているが、それでもまるで――。

「ケイトリン？」アレックスの声が聞こえた。

「何？」ふしぎだった。ホログラフィーでは、きらめくエメラルドの瞳が冷たく感じられたが、本物からはそんな印象を受けなかった。それは知恵と分別、思いやりまでたたえているような気がした。

「そろそろおいとまするぞ」

「ちょっと待って、まだ来たばかり――」反論しようと振り返ると、アレックスとピーターがウインドダンサーではなく、彼女の顔を見つめていた。ケイトリンはペガサスの翼の上から手を下ろして、振りきるように一歩あとずさると、ピーターに微笑みかけた。「ありがとうございました。子どものころから、この瞬間をずっと待ち望んでいたんです」

「どういたしまして」ピーターはあいかわらずケイトリンに妙な目を向けている。「とても……楽しかったですよ」

アレックスがなぜかかばうように進み出てケイトリンの腕を取り、ドアのほうへ優しくうながした。「ほんとうにすばらしい。こうやって内輪で見せていただくと、よけいに心に響きますね。では、ご連絡をお待ちしております」

「わかりました」ピーターはふたりを追い越して、ジョナサンの書斎へもどりはじめた。

「気をつけてお帰りください」

「やばいところだった」アレックスが玄関へ向かいながら、ケイトリンにささやいた。「ピーターはきみがウインドダンサーを奪って逃げ出すんじゃないかと心配していたぞ」

「思わず見とれちゃったわ」

「そりゃ、そうだ。ものも言わずに五分間、じっと見つめているんだからな」

「五分間？　いいえ、そんなはずが――」ウインドダンサーの前に立っていた時間はほんの数秒にしか思えなかった。「ほんとうに？」

「ほんとうだ。催眠術にでもかかっているのかと思ったよ」アレックスは玄関のドアをあけた。「だが、ミーティングのほうは成功だった」ふいに口もとをほころばせて、「わたしの不埒《ふらち》な過去を暴露しても、きみがすくみあがらなかったものだから、ジョナサンは拍子抜けしていたぞ」彼は笑みを消して、ケイトリンに視線を注いだ。「正直言って、わたしも驚いた」

「どうして？　意外な話だったけど、あなたに秘密の過去があるのは最初からわかっていたもの」ケイトリンは石段を下りて、車回しに駐めてあるレンタカーのほうに歩いていった。

「実際、想像していたより、ずっとまともな過去だったわ」

「それで、優先すべき事柄に的を絞り、攻撃を開始したというわけか」アレックスも彼女のあとから石段を下りた。「書斎に入る前に脚が震えていた女性にしては上出来だ」

「だって最優先事柄なんだもの。緊張する余裕なんてなかったわ」ケイトリンは肩越しにアレックスを見やり、真剣な表情で続けた。「それだけの働きをしてみせないとね。ぜったいにあの銘文を解いてみせるわ」

「間違っていたら教えてほしいんだが、わたしにも協力させると言っていなかったか？」

「あなたほどの経歴の持ち主ならジョナサンの気持ちも動くだろうし、わたしの能力は信用してもらえないと思ったから、そう言っただけよ」ケイトリンは急いでつけ加えた。「心配いらないわ。ウインドダンサーの銘文はひとりで解読してみせるから」

「そうはいかない。その銘文とやらに、がぜん興味がわいてきた」

ケイトリンがものすごい剣幕で振り返った。「ウインドダンサーはわたしのものよ、アレックス」

彼は笑い出した。「冗談だよ。きみがどんな反応をするか、見たかったんだ」

「また例のくだらない好奇心ね」ケイトリンの体から力が抜けた。「ごめんなさい。ウインドダンサーを間近で見られる機会があるとは思ってもみなかったから、頭に血がのぼってしまったの」ふと別の懸念が頭をもたげて、眉根を寄せた。「それより、完璧な企画書を提出しないと、ジョナサンのお眼鏡にはかなわないでしょうね」

アレックスが首を振った。「ジョナサンは形式上の書類を必要としているだけだと思う」

「どういうこと？」

「こっちの求めるものを差し出すためには口実が必要だということだ」

「彼が考えを変えて貸してくれるかもしれないと、本気で思ってるの？」

「いや」アレックスは車の助手席側のドアをあけ、ケイトリンを乗りこませた。「もう貸す気になっているはずだ」

「どう思う、ピーター」ジョナサンは革張りの椅子の背にもたれかかり、目の前のデスクに置かれたグレン・クローズの写真をうわの空でいじった。

「なんのことだい？」

「アレックスだ」

「あざとくて、てごわくて、得体の知れない男だな」

「では、ケイトリン・ヴァサロは？」

ピーターの頬がゆるんだ。「おとなしい純朴娘かと思ったら、銘文を解読させろと言い出して一歩も引かないんだからな。ひとは見かけじゃわからない」笑みが消えて、まじめな顔に変わった。「しかも、彼女は恋してる」

「アレックスにか？」

「たぶん」ピーターは肩をすくめた。「だが、ウインドダンサーに恋してるのは間違いない。ウインドダンサーをながめているときのあの娘《こ》の顔を見せてやりたかったよ。あんなに幸せそうな顔は初めて見たよ」

「だとすれば、そのぶんウインドダンサーに危険が及ばないよう、手を尽くすだろう」

「たしかに」ピーターはジョナサンの顔を探るように見つめた。「ウインドダンサーを貸し出すつもりなんだな」

「どうかしていると思うか？」

ピーターはにやりとした。「止めてほしいと思っても、むだだぞ。ウインドダンサーをフランスへ貸し出せば、カトリーヌの日記が読めるかもしれないし、パズルのプロに銘文の解読に当たらせることができるんだ」

ジョナサンが声をたてて笑った。「その代償にウインドダンサーそのものを失うことになるかもしれんぞ」

「もしほんとうに貸し出すことになったら、堅牢な警備態勢でのぞむよ」

「よっぽどあの銘文の意味が知りたいようだな」

「そう思ってたが、ケイトリン・ヴァサロのウインドダンサーをながめる目つきを見て、考えが変わったよ。ぼくにとっては趣味だが、あの娘の場合は次元が違う」

「きみにも彼女にも、あの銘文がどうにかできるとは思えんがね。この数百年というもの、学者たちがこぞってウインドダンサーの台座の銘文を解読しようと試みてきた」ジョナサンは穏やかな口調で言った。「ファラオの時代よりはるか昔にすたれた言語だというのが、大方の結論だ」

ピーターが首を振った。「ウインドダンサーの名が初めて記されたのはトロイに関する文書だ。それより前から存在していたのなら、記録が残ってるはずだ」

「ネアンデルタール人の暮らした洞穴の壁に彫ってあるかもしれんぞ」

「それでも残ってるはずだ」ピーターが食い下がった。

「どうしてそう言いきれ――」ジョナサンは笑い声をあげて首を振った。「ほんとうに頑固な男だな。それより、マドックスに電話して、アレックスのことをさらに調べるよう頼んでくれ。あの報告書では不十分だ。ああいう手合いとつきあうときには、どんなことも知っておきたい」

「つまり、やつとつきあうことになるんだな？」

ジョナサンはデスクの上の写真と図面に視線を落とした。しばらく黙っていたが、やがてゆっくりと口を開いた。「どうやら、そうなりそうだ」

ピーターは書斎を出ると、ケイトリン・ヴァサロとアレックス・カラゾフを案内した客間に直行した。もともとは公式行事にのみ使用されていた部屋で、六年前にジョナサンを説得し、廊下の向こうからここに仕事場を移動したのだ。

彼はデスクに近づいて受話器を取り上げると、ローロデックスの卓上回転式カードファイルのMの項目をめくって、マドックス調査事務所の名刺を探し出した。そこに書かれた番号に電話し、きょうの会見で得た情報を伝えてから受話器を置いた。

そして椅子の背にもたれかかり、部屋の奥にあるウインドダンサーのエメラルドの瞳をながめた。心臓の鼓動が速くなり、いつもの緊張感に襲われる。最初のうち、この像を見ると落ち着かない気分になったとケイトリンには言ったが、いまだに心が乱されることは黙っていた。話しても、理解してもらえないだろう。彼女はウインドダンサーをひと目見て、奇妙な親近感をいだいたようだった。

では、自分はどうなのか。仕事場を移してまでウインドダンサーのそばにいようとしたのはなぜなのか。ジョナサンにはその美しさに魅せられたと説明したが、それだけではない。ウインドダンサーに心を奪われ、魅了され、取りつかれてしまったのだ。

取りつかれただと？　ばかばかしい。ウインドダンサーに惹かれるのは、それがアンドリアス一族の歴史と切り離せない美術品だからで、ケイトリンがあの像に縁のようなものを感じたとすれば、ピーターはアンドリアス一族にそれとよく似た絆《きずな》を感じていた。ぽんこつの心臓のせいでふつうの人とまったく同じ生活は営めないが、カテリーナの日記をひもときさえすれば、医師推奨の〝無理のない〟ペースで這《は》うように歩くかわりに、天高く飛翔できる。

ピーターは椅子に座ったまま背すじをのばして、デスクの抽斗から革綴じの日記を取り出した。最大限の注意を払いつつ、もろくなったページをめくってお気に入りの伝説のくだりを開くと、ギリシャ軍によって陥落させられたトロイ最後の日のパラディグネスとアンドロスとジェイシンスの世界にまたたく間に引きこまれた。

ホテルで夕食をすませると、アレックスはケイトリンを彼女の部屋の前まで送り、ドアのロックをはずしてから鍵を渡した。「あすの朝九時に、ふたりぶんの朝食をきみの部屋に届けてもらう。何が食べたい？」

「なんでもいいわ」

ここで別れるつもりなのだ。スイートルームがふたつ予約してあるにもかかわらず、ケイトリンはこの瞬間まで、彼が自分のベッドで夜を過ごすものと思いこんでいた。落胆の表情を見られないよう顔を背けた。「電話は何時にかかってくると思う?」

「ジョナサンが常識の範囲内と見なす、もっとも早い時間だろう。きみが気を揉《も》んでいるのは向こうも承知しているから、長く待たせたりしないはずだ」アレックスがそう言って、ドアをあけた。「ジョナサンはきみのことが気に入ったらしい」

「わたしも彼のこと、気に入ったわ」ケイトリンはアレックスの顔を見てきいた。「あなたもでしょう?」

ためらったあと、答えが返ってきた。「ああ、彼は好感を持たずにいられない男だ。こういう状況でなければ、いい友人になれただろう」

ケイトリンはとまどいの視線を向けた。「友情をはぐくむのに、ビジネス・パートナーになる以上の方法がある?」

アレックスがケイトリンのひたいに軽く唇を当てた。「きみたちはいい友だちになれるよ。同じ種類の人間だから」

「どんな種類?」

「率直で思いやり深い人間だ」アレックスが微笑んだ。「わたしはとっくの昔にそういう人間になることをあきらめた」と言って、背中を向ける。「ゆっくり眠るといい」

「無理よ」ケイトリンの鼻にしわが寄った。「また緊張してきたわ。あなたはうまく進める自信があるようだけど、わたしは不安だわ。今年はついてないことばかりなんだもの」

アレックスが肩越しに渋面を向けた。「心配いらないと言っただろう」

ケイトリンはひざを曲げて、おじぎのまねごとをした。「はいはい、わかりました、だんなさま」

「熱いシャワーを浴びて、すぐにベッドに入れば、五分で眠りにつく。三十六時間近く、一睡もしていないんだ。何かあったら、隣の部屋にいるから声をかけてくれ」

でも、同じベッドにはいてくれないのだ。

「だいじょうぶ」ケイトリンは苦労して笑みをつくった。「あなたの言うとおり、すぐに寝つくと思うわ。おやすみなさい」

ケイトリンは部屋の中に入り、急いでドアを閉めた。彼が別々に眠ることを選んだからといって、傷つくことはない。彼も自分と同じくらい疲労し、休養を必要としている。彼とはもともと体だけの関係で、なんの感情もないのだ。もしかしたら、香水の発売に向けて動き出した今、彼はふたりのあいだに距離を置くことにしたのかもしれない。

ケイトリンは落ち着かなげに小さな居間を見まわした。ホテルの部屋にしては、かなり上等な部類に入る。奥の壁際に、白と金の花柄のソファが置かれ、その前にガラスの天板をのせたオーク材のコーヒーテーブルがあった。寝室につながるドアの向かいには窓があり、ソファと同柄の椅子が一脚と、磨きこまれたオーク材のデスクが置かれていた。一枚ガラスの大きな窓には白いサテンのカーテンが引いてあるが、この窓が海に面していることは確認ずみだ。贅沢《ぜいたく》で、優雅で……しかし、温かみのない部屋だった。ふいにケイトリンは、自分が愛し、慣れ親しんだすべてのものから遠く離れた場所にいることを実感した。ヴァサロからはるか遠い場所にいることを……。

わたしったら、どうかしている。このぶんでは、今にホームシックにかかった子どものようにわめき出しかねない。ケイトリンは背すじをのばし、足早に居間を抜けて寝室へ向かった。アレックスの助言どおり、熱いシャワーを浴びてベッドに直行し、さっさと寝てしまおう。

もし眠れなかったら、ベッドに横たわったまま、ウインドダンサーの目をのぞきこんだときの感激を思い出せばいい。

6

誰かがドアをノックしている。

ケイトリンはやっとの思いで目をあけた。まぶしい日差し、白、金、洗練された優雅な調度品。ヴァサロではない。

ふたたびノックの音が聞こえたとき、自分がどこにいるのかを思い出した。

アレックス！

ケイトリンはソファの上で背中を起こし、上掛けをはいだ。「今行くわ」と言って居間を抜け、ロックをはずしてドアをあける。

そこにはアレックスが立っていた。オリーブグリーンのコーデュロイのパンツと生成り色のシャツ姿で、シャワーを浴びたばかりらしく、黒い髪が濡れている。ケイトリンと違って、すっきり目を覚まし、溌剌《はつらつ》としていた。

アレックスが渋面をつくった。「相手を確認せずにドアをあけるんじゃない。なんのためにのぞき穴がついているんだ」

「忘れてたわ」口からあくびが漏れた。「それに、あなただとわかってたし」

アレックスが中に入って、静かにドアを閉めた。「なぜわかった?」

「朝食をとりに来ると言ってたじゃない」

「頭の回ることだな」

「悪いけど、まだ目が覚めてないの。シャワーを浴びたら、頭も回ると思うわ」

「そうは思えないが」アレックスはケイトリンの顔をまじまじとながめた。「眠れなかったのか?」

「そんなにひどい顔をしてる?」ケイトリンの眉間にしわが寄った。「気が張って眠れなかったの。ようやく寝ついたのは明け方だったわ」

アレックスはソファの上掛けに目をやった。「あそこで寝たのか?」

「寝室のベッドはキングサイズなのよ。あんなに広いと、落ち着かなくて」ケイトリンは手を上げて、もつれた巻き毛を撫《な》でつけたが、すぐにむだだとあきらめた。「どうせ、わたしは田舎者だし、ヴァサロのベッドは二百年近く前に作られたものなの。当時の人は今より小柄だったでしょう」と言いながら、寝室へ歩き出す。「とりあえず着替えて――」

「待ってくれ」

ケイトリンは肩越しにもの問いたげな視線を向けた。アレックスの表情を見て、息を呑んだ。

「ゆうべはわたしもよく眠れなかった」アレックスがためらいがちに言った。「ジャスミン畑できみと過ごして以来、こんなことはなかったんだが」彼の手が差し出された。「こっちへおいで」

ケイトリンの体がうずきはじめて、眠けが吹き飛んだ。「だって朝食が……」

「もう少し時間がある。ウェイターのためにドアのロックをはずしておいて、寝室へ行けばいい」アレックスがドアのほうを向いて、ロックをはずした。「きみがいやなら、話は別だ。それならそれで――」

「いやじゃないわ」彼はわたしを求めている。ふたりの関係を終わらせるつもりはないのだ。何も変わってはいないのだ。

アレックスがケイトリンの顔を見つめて、近づいてきた。「きみをひとりにしたのは間違いだった。緊張で眠れないことくらいわかっていたのに」

「あなたが責任を感じる必要はないわ。あなたにはなんの――」アレックスの手がのびてきて胸を包みこんだとたん、ケイトリンの言葉はとぎれた。コットンのネグリジェの生地は薄く、たくましく温かいてのひらで撫でられると、乳首が硬くなった。

「いっしょにいれば、何かできたはずだ。気持ちを楽にしてやれたかもしれない」アレックスはおもむろにネグリジェのボタンをはずすと、前をはだけて胸をあらわにした。「きみが神経を昂ぶらせているのはわかっていたんだから」と言い、ゆっくりと頭を下げて、乳首に優しくキスをする。

ケイトリンの体に熱い震えが走った。彼の舌は温かく、湿っていて、悪ふざけの好きなライオンになめられているような気分だった。アレックスにこれほど念入りに愛撫されるのは初めてだ。いつだって彼はケイトリンと同じ欲望の嵐にあおられ、情熱的で激しかった。

「アレックス……」ひざから力が抜けて、これ以上、立っていられない。ケイトリンは自分の胸に覆いかぶさる黒い頭を見下ろした。「寝室に行ったほうがいいと思わない？」

「まだだ」アレックスはブルーの瞳にいたずらっぽい光を浮かべたかと思うと、乳首にそっと歯を立てた。「ベッドで使いものになるかどうか、自信がない」

熱い炎が体を焦がし、腹部の筋肉をこわばらせた。「あなたなら……だいじょうぶよ」

アレックスが顔を上げた。「まだだめだ」と繰り返して、彼女をソファへ連れていく。上掛けをわきに押しやって、ソファに座った。「まず、きみの気持ちをほぐしてやりたいんだ」

アレックスは両脚を開いてケイトリンを抱き寄せ、下腹部に頬ずりした。「まだ神経が昂ぶっているようだな。わかるよ」

「ええ、そうなの」彼はいったい何をするつもりなのだろう？

「かわいそうに」アレックスはネグリジェの裾《すそ》を胸の下まで持ち上げ、開いた唇と引き締まった頬を腹部にこすりつけた。もう片方の手はケイトリンの脚のあいだに侵入し、大切な部分を包みこんで愛撫している。「少しはましになったか？」

「なるわけないでしょう」ケイトリンはかぼそく息を吸いこみ、縮こまった肺に酸素を送りこんだ。「こんなこと、おもしろくもなんともないわ」

「わかっている」アレックスは手探りで自分のパンツのファスナーを下ろした。「こっちもだんだんつらくなってきた。おたがい、このままじゃいられない」彼はケイトリンを抱き寄せて言った。「おいで」

こんな格好、間違っている。ケイトリンは朦朧とした頭でそう考えた。アレックスのひざの上にのせられる。抵抗はしなかった。彼はケイトリンを受け入れる準備を整えて、硬く屹《きっ》立《りっ》していた。

アレックスはゆっくりとケイトリンを導いて、その形と長さをあますところなく味わわせた。奥深く埋めこむと、彼女の口から低い満足のうめきが漏れた。

「脚を閉じて」アレックスはささやいた。「そのままじっとしているんだ」

ケイトリンはその言葉に従って、彼の肩にしがみついた。「動いて」

「動いたらやめるぞ」アレックスがネグリジェの前をはだけて、ふたたび胸をまさぐった。

「それは困るだろう」

それだけは避けたかった。先に進みたい。やめたくない。

アレックスがケイトリンの背中に腕を回し、顔を下げて胸にキスをした。全身に快感が走る。いつもと違う体位のせいで、ひどく敏感になっていた。優しく、愛情のこもった抱擁。誰かにこれほどいとしげに抱きしめられたことはない。なのに、体の中には熱いペニスが突き刺さり、内部を押し広げて埋まりこみ、胸を強く吸われている。そうやって欲望をあおられながら、どうすることもできずにじっとしていると、欲求不満と緊張がますます高まった。動かなければ、体が爆発して、こなごなに砕け散ってしまいそうだ。体が震えはじめた。全身にわななきが走って、止まらない。「アレックス」ケイトリンは小声で訴えた。「心臓発作

げた。

「もう少し待ってくれ」アレックスは反対の胸に唇を移して、彼女の体をさらに強く押し下げた。

ケイトリンは奥深く突かれて、あえぎ声を漏らした。目を閉じて、彼の腕にぐったりともたれかかる。

ドアをノックする音が聞こえた。

ケイトリンははっと目をあけた。「誰……？」

「朝食だよ」アレックスがケイトリンのネグリジェのボタンをはめながら言った。

「帰るよう言って」

「朝食はちゃんととらないと」アレックスは無邪気な顔でケイトリンをながめた。「ゆうべはサンドイッチしか食べていないじゃないか」

ケイトリンの目が驚いたように見開かれる。「アレックス、まさか――」

「だいじょうぶだ」その瞳に、さっきと同じいたずらっぽい光が宿った。アレックスは白いサテンの上掛けを取って、ふたりの下半身を隠した。「これなら見られても問題ない。きみはただわたしのひざの上で、いとしげに抱きしめられているんだ」そう言いながら、彼女の中でペニスを動かす。「心からいとしげにね」

「アレックス、やめて――」

「どうぞ」

　ドアが開き、白いジャケット姿の中年のウェイターがダマスク織りのナプキンをかけたトレーを運んできた。「おはようございます」ウェイターの視線が何げなくふたりに向けられた。「ウェイターのマックです。いいお天気でございますね」

「ああ、ほんとうに」アレックスが相槌《あいづち》を打った。

「テーブルはどこに置きましょうか」

「まかせるよ」

　ケイトリンは紅潮した頬をアレックスの肩に押し当てた。傍目には仲よく寄り添っているようにしか見えないだろうが、そうでないことを自分は知っている。彼の腕にすっぽり包みこまれ、硬くいきり立ったものを突き立てられているというのに、すぐそばを知らない男がきびきびと動きまわって、テーブルを移動させたり、ナプキンを並べたりしているのだ。

「いつまでご滞在の予定ですか？」とマック。

「まだ決めていないんだ」アレックスの手がさりげなく上掛けの中にすべりこみ、ケイトリンの腿をおもむろに撫で上げた。

「史跡を歩いて回るツアーがおすすめでございますよ」マックがうしろに下がって、テーブル・セッティングを確認した。

　アレックスの親指が敏感な部分を押したり、こねくりまわしたりすると、ケイトリンの体がこわばり、やがて爆発しそうになった。全身に炎が燃え広がって、何もかもがかすんで見える。

「チャールストンには趣のある古い屋敷がいくつかございます」

アレックスの親指と人差し指が突起をつかんで、そっと引っ張ったり、回したりした。

「この街はしばらく前にハリケーンに襲われたと新聞で読んだが」

ケイトリンは歯を食いしばり、熱い痙攣をこらえた。

「たしかにかなりの被害を受けましたが、それでもあの史跡は見る価値がございます」

「考えてみるよ。コーヒーをついでくれ」

「かしこまりました」マックはポットを持ち上げて、テーブルの上のカップに湯気の立つ液体を注ぎこんだ。「そちらにお持ちいたしましょうか?」

ケイトリンは体を硬直させて、アレックスの顔をさっと見上げた。

「やめておくよ。ここにいるわたしの友人はまだ寝ぼけているから、全身にコーヒーを浴びることになりかねない」

「承知いたしました」マックはポットをテーブルの上にもどすと、請求書とペンを持って近づいてきた。「ご滞在をどうぞお楽しみください」

「ケイトリン、サインを頼む」アレックスが大切な部分を親指の爪でゆっくりと上下に弾いた。ケイトリンはのけぞりそうになって、全身の筋肉に力をこめた。「ここはきみの部屋だ。フロントを混乱させたくない」

ケイトリンはマックから請求書とペンを受け取った。腕がひどく震えて、サインするのがひと苦労だった。

「ありがとうございます」マックが請求書とペンを受け取り、ドアに向かった。「ごゆっくりお召し上がりくださいませ」

「マックにチップをたっぷりはずんでやってくれよ」ドアが閉まるのをながめながら、アレックスが言った。

「殺してやる」ケイトリンはかすれた声でささやいた。

「正直によかったと言ったらどうだ」アレックスは愛情をこめて、巻き毛に覆われた部分をたたいた。「興奮しただろう。見ればわかるよ。だから、わざとマックを引き留めたんだ」

ある種の禁じられた暗い興奮をおぼえたのはたしかだった。ケイトリンの口から力ない笑いが漏れた。「変態趣味はないと言ったくせに」

「誰にだって変態めいたところはある。それに、きみが緊張して神経を尖《とが》らせていたから、楽にしてやりたかったんだ」アレックスが上掛けをはいで、ケイトリンを立たせた。「さあ、作られてから二百年もたっていないベッドに慣れる努力をするか」

ケイトリンはきれいに整えられたテーブルにすばやく目をやった。「あなたが食べなきゃいけないと言った朝食はどうなるの？」

「今のきみには、もっと切実に求めているものがあるだろう」アレックスは彼女の手を引いて、寝室に向かった。「わたしも同じだ。マックだってわかってくれる」

マックがわかってくれようがくれまいが、かまわなかった。ケイトリンはアレックスの張りつめた表情を見て、おふざけの前戯が終わったことを知り、安堵の思いに満たされた。

ベッドのマットレスに背中が触れたとたん、アレックスが中に入ってきて、腰を送り、一心不乱に突き立てた。そのリズムは熱く荒々しく、やがてそれに負けないほど激しい絶頂が訪れた。

すべてが終わると、ケイトリンはどんなに小さな筋肉も動かせなくなって、ベッドにぐったりと横たわった。

アレックスが輝く瞳で彼女を見下ろした。「成功したようだな」

「なんのこと？」

「気持ちがすっかりほぐれて、この三十分のあいだ、香水やジョナサンに関する不安は一度も頭をよぎらなかったはずだ」

ケイトリンは信じられないというように片眉を吊り上げた。「そのためにこんなことをしたの？」

アレックスの顔から笑みが消えた。「いや、これは自分のためだ。しばらくきみとは距離を置いたほうがいいと思ったんだが、うまくいかなかった」

ケイトリンは身を固くした。「どうして距離を置こうと思ったの？」ときいてから、背中を起こし、顔を背けてネグリジェのしわをのばした。「答えなくていいわ。詮索してごめんなさい。わたしにそんなことをきく権利なんて――」

「いいんだ」アレックスの指がケイトリンの唇に触れて、棘々しい言葉が流れ出すのをせきとめた。「きみには真実をきく権利がある」彼はケイトリンの首を優しく撫でた。「それは

「……きみが好きになったからだ」

さざ波のように、ケイトリンの体にぬくもりが広がった。「だから距離を置くの？」

「あまりに複雑になりすぎた」アレックスがケイトリンの瞳をのぞきこんだ。「わたしはきみやジョナサンのように率直で親切でまっとうな人間じゃない。長いあいだ、たったひとりで自分のためだけに生きてきたんだ」

「それはわたしに対する警告？」

「ああ」アレックスの手がケイトリンの首から離れた。「警告のつもりだ。欲情すると、理性が吹き飛ぶから、自分の身は自分で守ってほしい」アレックスはベッドから下りて、乱れた衣服を整えた。「自分の部屋にもどってシャワーを浴びて、着替えてくる。十五分でもどるよ」

ケイトリンが返事をする前に、アレックスは寝室をあとにして居間へ向かった。そして、廊下に出てドアが閉まる音がした。ケイトリンはのろのろと立ち上がると、眉根を寄せてバスルームに向かい、思いをめぐらせた。

口ではなんと言おうと、アレックスはわたしのことを真剣に気づかい、助けようとしてくれた。やがてそれは欲望に変わったかもしれないが、そもそも案じる気持ちが先にあったのだ。最後の警告にしても、本人は認めないだろうが、温かい感情にあふれていた。

おまけに、彼は好きだと言ってくれた。

それは好意であって、愛情ではない。わたしだって恋人など欲しくはないが、アレックスのようにすてきな友人を持つのは……悪くない。セックスフレンドが真の友人になってはいけないという法はない。

そう思うと、体の中に小さな火が灯り、ケイトリンはほのかな笑みを浮かべて、すりガラスのドアをあけ、シャワーの蛇口をひねった。


ピーター・マスコヴェルがケイトリンの部屋に電話をかけてきたのは、その朝の十時ちょうどだった。アレックスは居間のデスクの電話で応対し、ケイトリンは寝室の子機でふたりの会話を聞いた。

「ジョナサンがウインドダンサーの貸し出しを許可するそうです」歯切れのいい事務的な口調で、きのうの少年っぽい興奮した響きはみじんも感じられなかった。「条件は、最初の五年間の利益の一割供与と、キャンペーンツアーの全日程に関する事前承諾です。警備はこちらで手配します。ウインドダンサーがアメリカ大陸から持ち出されるときには、ジョナサンかぼくか、あるいはふたりで同行します」

「それで結構です」アレックスもピーターと同じく、淡々とした落ち着いた口調で返した。

「ヨーロッパでキャンペーンツアーを行なってもかまわないということですね？」

「望ましくはないが、必要性を認めざるをえないというのがジョナサンの結論です。ところで、パッケージはきのうの企画書どおりで問題ありませんが、製造開始前に試作品を見せていただきたい。発売はいつの予定ですか？」

アレックスは受話器の送話口を手で覆ってケイトリンにたずねた。「限定販売ぶんの香水はいつまでに用意できる?」

「わからないわ」ケイトリンも送話口を覆い、頭の中で計算した。「グラースのムッシュー・セルドーの工場と契約してるの。すぐに取りかかれるかどうか、電話してきいてみないと」

「可能な場合は、どれくらいでできる?」

「三カ月ね」

「三カ月後です」アレックスはケイトリンの呆然とした顔を無視して、ピーターにそう告げた。「ただし、その前に派手な宣伝を打つ必要があります。まず、五週間後にパリでイメージモデルの発表会を開きます。そのとき、より多くの報道陣を集めるためにウインドダンサーをお借りしたいのですが」

「ジョナサンのスケジュールを確認してみます」そこで間があいた。「きのういただいたイメージモデルの候補者リストを検討した結果、あなたのおっしゃるとおり、チェルシー・ベネディクトが最適だろうとジョナサンが申しておりました」

「賛同が得られて光栄です」

「去年、アカデミー賞を受賞した女優さんですから、各方面から声がかかっていることでしょう。芸歴を見るかぎり、特定の商品のイメージモデルを務めた経験はありませんね。引き受けてもらえる公算はあるんですか?」

「それは保証します。きのうミスター・アンドリアスにお渡ししたリストには、近い将来、映画の出演予定のある女優は含まれていません」

「こういったビジネスの場合、条件がひとつでも欠けたら、成功は望めません。ウインドダンサーに関する契約を交わすのは、パッケージの試作品とチェルシー・ベネディクトの署名入りの契約書を見てからにさせてもらいます」

「もっともなお話です。ひと月以内に両方を揃えましょう。そのかわり、五週間後にパリまでご同行願いたいので、ミスター・アンドリアスのご予定をあけておいてください」

受話器の向こうで逡巡しているのが感じられた。「すべての条件が整えば、そのときは十月三日にウインドダンサーをパリに届けましょう」

「よろしくお願いします」

銘文の解読について触れられないまま、話が終わりそうになったので、ケイトリンは焦った。

「銘文のことですけど」とすかさずピーターに水を向ける。

「ああ、それについては、ぜひともご協力をお願いしますよ。ぼくは一種の写真マニアで、ウインドダンサーの写真ならたくさん撮ってますから、それをお送りしましょう。メトロポリタン美術館に製作を依頼したホログラフィーもお届けできないか、確認してみます」

「カテリーナの日記にはウインドダンサーが何度も登場してるそうですね。よかったら、読ませていただけませんか？　それと、ホログラフィーなら持ってます」

「持ってる?」しばらく沈黙が続いた。「たしかに、あなたなら持ってらっしゃるでしょうね。考えてみれば、当然の――」

「日記を送っていただけますか?」

「イタリア語は読めます?」

「いいえ。日常会話程度なら話せますけど」

「それじゃ、無理ですよ。カテリーナの日記は一四九七年に書かれたものです。ぼくはイタリア語は難なく読めますが、それでも解釈に苦しむところが何カ所もあります。古語で書かれているから、今のままではさっぱり理解できないはずです。翻訳を頼んであげたほうがよさそうだな。さっそく手配しますよ」

「その場合、いつ頂いただけます?」

「そうですね……翻訳が終わりしだい、送りますよ。ところで、写真を受け取ったら、銘文解読の進捗《しんちょく》状況をひと月おきに書面で報告してください」

「初めのうちは、報告するほどのことはないと思いますが」とアレックス。

「それでもご報告いただきます」そこで初めて、ピーターの声にかすかに温かみが加わった。「幸運を祈ってます。ぜひとも解読してください」

アレックスが返事をする前に電話は切れた。

「信じられない」ケイトリンが目をしばたたいていると、アレックスが寝室に入ってきた。「貸してもらえるとは思わなかったわ」

「心配いらないと言っただろう。もともと勝算はあったんだ」

「そうは言うけど、不安だったわ」ケイトリンは勢いよく立ち上がると、興奮したように自分で自分を抱きしめた。「なにしろウインドダンサーなのよ。まさか貸してもらえるなんて……」

「その台詞はさっきもきいたよ」アレックスが満面に笑みを浮かべた。「天まで飛んでいきそうな顔をしているぞ」

「ええ、そんな気分よ」ケイトリンは頭を振った。「どうせ、ただの夢で終わるだろうとあきらめてたの。期待するのが怖かったのよ」ふいにその顔から笑みが消えた。「まだ、パッケージの問題が残ってたんだわ。どうしてひと月以内に用意するなんて約束したの？　試作品を作り、それに基づいてキャンペーンの準備をするには、かなりの時間がかかるわ」

「金にものを言わせればいい」

「だとしても大金が必要よ」

「大金なら持っている」

「でも、ジョナサンの話では――」ケイトリンは躊躇した。「これ以上、過去をほじくり返されたくないのはわかってるけど、たしかな保証が欲しいの。警察にあなたの財産を差し押さえられるとか、そういうことになっても、この壮大な計画が水の泡にはならないという保証がね」

　アレックスが苦笑した。「警察がわたしの財産に手を出すことはない。犯罪者じゃないんだからな」

安堵の思いが広がって、気持ちが軽くなった。ドラッグの売人でないことは前に聞いたが、〝犯罪者〟のほうが広い意味を含んでいる。「なら、いいわ」ケイトリンは本題にもどった。「たとえ試作品が間に合ったとしても、チェルシー・ベネディクトはどうするつもり？」

「そっちのほうが手こずりそうだ。できるだけ早く仲間に引き入れなければな」

まるでチェルシー・ベネディクトがだまされやすい子羊で、両手を広げてふたりを待っているような口振りだ。ケイトリンは不安に駆られた。タブロイド紙を読むかぎり、この女優は子羊というより獰猛《どうもう》な虎に近い。男好きで、傲慢で、徹底的な個人主義者。この十三年間、舞台と銀幕でトップスターの地位を維持し、アカデミー賞を二度、トニー賞を一度受賞している。私生活は伏せられているが、どんなことであれ、彼女が自分の立場を表明すると、かならず報道の嵐を呼んだ。いつだったかスキャンダル記事を読んだおぼえがあるが、詳細は忘れてしまった。しかし、どんなことも調べつくしているアレックスなら、彼女についてもくわしいだろう。「チェルシー・ベネディクトに関する報告書も手もとにあるんでしょう？」

アレックスがうなずいた。「ああ、少しだけだがな」

「少し？」

「それでじゅうぶんだ」彼は立ち上がって、ケイトリンの頬に軽くキスをした。「大事なのは、どこへ行けばチェルシーに会えるかということだ。今、彼女はグリーンピースの捕鯨反対運動で、娘といっしょに海へ出ている。きみは暖かいコートを買ってきたほうがいい。わたしはそのあいだに航空便の予約をして、チェックアウトをすませておく」
「どこへ行くの?」
「レイキャヴィークだ」
「アイスランド?」

チェルシー・ベネディクトは胃の中身を残らずぶちまける前に記者が写真を撮ってくれることを心から願った。

肩越しにうしろを見やると、巨大な弾丸のような克鯨《こくくじら》が灰緑色の海中に潜り、つややかな背中が水面下に消えた。少なくとも、この鯨は守りおおせたのだから、マリッサは悪夢に耐えたかいがあったと思っているだろう。この船の四倍の大きさの捕鯨船とその獲物のあいだに立ちはだかることが、すばらしい一日の過ごし方とはとても思えないけれど……。

チェルシーは船首に立ち、両手で手すりを握りしめ、三百メートル先の捕鯨船の甲板に立つ船長をにらみつけた。自分ではにらんでいるつもりだ。内心はみじめな思いでいっぱいだったから、髭面《ひげづら》の船長と水中銃をかまえた険悪な面持ちの船員に、へつらうような笑いを向けていたとしてもふしぎはない。

「早く撮んなさいよ」チェルシーは歯噛みして、記者に訴えた。

ポール・ティンダルの顔に意地の悪い笑みが浮かんだ。「やつが発砲するのを待ってんだよ」

チェルシーは不愉快そうに彼をながめた。小太りのティンダルからは疲労の色がみじんもうかがえず、うんざりするほど溌剌としていた。彼女はずっと舳先《へさき》に立っていたせいで全身ずぶ濡れだったが、レスキュアー号がけさレイキャヴィークを出港したときと同様、彼のトレンチコートにはしわもしみもなかった。「取材しに来たんでしょう。少しは仕事したらどうなの？」

「おもしろい写真が撮れそうにないんでね。だが、後世のために一部始終を記録してある」ティンダルがポケットの上からメモ帳をたたいた。捕鯨船と渡り合うあいだ、一度も取り出されることのなかった代物だ。太い首にぶら下がるニコンのカメラは、単なる飾りものになり下がっていた。

「《タイム》誌との契約では、記事を掲載して、写真を表紙候補に加えてもらう約束よ。だから、フォトジャーナリストのあんたが派遣されたんじゃない。一枚の写真には千の言葉に勝る価値があるわ」

「写真なんて撮ってもらわなくてもいいわ」マリッサが母親のほうに一歩踏み出し、穏やかな口調でとりなした。「目的は果たしたもの。これでもう、この鯨が捕獲される心配はないし、あしたにはグリーンピースの船が着くわ」

チェルシーは娘の気づかうような顔を見て、表情を和らげた。もともとほっそりした顔を寒さにすぼめており、まっすぐ垂らした長い髪は水しぶきを浴びて黒く見えた。マリッサにとっても、この数時間は楽ではなかったはずだ。あのいまいましい鯨を心配するあまり、状況の不快さを意識することさえなかったのだろう。チェルシーは優しい声を出した。「あなたは心配しなくてもいいの。あたしにまかせなさい」

「ページを割かないとは言ってないだろ」とティンダル。「来週号には、環境保護に取り組む勇猛果敢なチェルシー・ベネディクトと、アイスランドの捕鯨船の対決を取り上げた小さな記事がのる。欲をかかないんだな」

チェルシーは気色ばんだ。舳先を洗う波のように押し寄せる吐き気が、一瞬、頭から消し飛んだ。「ちょっとあんた、船が出て以来、ずっとあたしを侮辱しどおしじゃないの。いったいどういうつもり?」

ティンダルの顔から笑みが消えた。「映画女優が社会問題を利用してキャリアに箔《はく》をつけようって魂胆が気に食わないんだよ。環境は重要な問題だ。軽々しく扱ってほしくないね」

記者なんて星の数ほどいるのに、よりによって映画スターに偏見を抱く、ひねくれ者に当たるとは。「だったら、来なきゃよかったのよ」

「あんたは話題性があるし、自分の撮った写真が《タイム》の誌面を飾るとなると悪い気はしない。だが、最低限の働きしかする気はないからな」

「表紙候補の写真も撮る契約でしょう」

ティンダルが肩をすくめた。「契約違反で訴えたければ勝手にしな」

チェルシーは体じゅうを駆け抜ける怒りで毛根に火がついたような気がした。「あんたみたいなげす野郎にどう思われようとかまわない」低い声で、噛んで含めるように言う。「でも、娘はこの記事が捕鯨をやめさせるきっかけになると信じてる。あの子のために、できるかぎりのことをしてやるつもりよ」チェルシーは操舵室のデスカレーズ船長に向かって声を張り上げた。「捕鯨船に近づいてちょうだい」

「やめて！」マリッサが母親の腕をつかんだ。「そんなことをする必要はないわ」

デスカレーズがうなずいた。「賢いやり方とは言えませんな。鯨とのあいだに割って入ったせいで、あちらの船長はかなり頭に血がのぼってますぜ」

チェルシーは、捕鯨船から身を乗り出してこちらをにらみつける、ずんぐりした小男に目をやった。デスカレーズの言うとおり、彼女に負けないくらい怒っているようだ。「あたしは連中のご機嫌をとるために来たわけじゃないわ」チェルシーはティンダルのほうを振り返った。「おもしろい写真が撮れそうにないって言ったわね。あの船にどこまで接近できるか、やってみようじゃないの。マリッサはデスカレーズといっしょに操舵室に入ってなさい」

「いやよ」マリッサが穏やかな口調で抗《あらが》った。

「じゃあ、右舷に行きなさい。あたしから離れててちょうだい」

マリッサはためらった末に溜め息をついて母親の言葉に従った。「こんなことしてほしくないのに」

「わしもです」とデスカレーズ。

「スピードを上げて」チェルシーは命じた。「ティンダル、あんたはそこに踏ん張ってカメラをかまえるのよ」

ティンダルが背すじをのばした。「自分が何をしてるか、わかってんのか？」

「もし撮りそこねたら、編集者にあそこをちょんぎられるわよ」

レスキュアー号がなめらかに水を切る音をたてて、捕鯨船にさらに近づいていった。髭面の船長の呆然自失の顔がはっきり見えた。やがて船長は怒りに体を震わせ、チェルシーに向かってこぶしを振りまわした。

「お願いだからやめて」マリッサが緊張した声で哀願した。

「ねえ、アイスランド語の罵倒語を教えて」チェルシーは肩越しにデスカレーズに声をかけた。「あの船長がむっとするような汚い言葉がいいわ」

「そんなことしなくても、やっこさん、じゅうぶんむっとしてるぜ」とティンダル。

デスカレーズがアイスランド語で何ごとかつぶやいた。

「もっとゆっくり言って。聞き取れなかったわ」チェルシーは相手から目を離さなかった。船長は水中銃をかまえた船員に話しかけている。「音節が多すぎるのよ」

デスカレーズが同じ言葉をよりていねいに繰り返した。

「今度は聞き取れたわ」言葉を耳で覚えるのは昔から得意だが、その才能をこんなふうに生かすことになるとは思ってもみなかった。チェルシーはティンダルのほうを見もせずに言った。「準備なさい。撮りそこねたら、そのカメラを日の照らないところへ放りこんでやるから」

「あんたはあの髭面船長のひざの上にのってるも同然だ。狙いがはずれるわけがない」

「本気で撃つ気ならね。むこうもそこまでばかじゃないわ」チェルシーはその言葉が真実であることを心から願った。そして深呼吸し、デスカレーズに教わった罵倒語を大声で叫んだ。

次の瞬間、動きと音が錯綜《さくそう》した。

船長の怒声。

水中銃から銛《もり》が発射される、小さな爆発音。

銛が空を切り、チェルシーめがけて飛んでくる音。

甲板を横切ってチェルシーに駆け寄る、マリッサの低い悲鳴。

チェルシーは全身の筋肉を恐怖と怒りで震わせながら振り返り、ティンダルをねめつけた。

「決定的瞬間を撮ったでしょうね」

ティンダルの顔は青ざめ、カメラを握る手は震えていた。「ああ、撮った」

「じゃあ、さっさと引き上げましょう」

デスカレーズはあわててその言葉に従い、舵輪を九十度切った。「綱を切断しろ。でなきゃ、こっから動けん」

船員が船首へと走り、マストに刺さった銛の綱を切った。

チェルシーは捕鯨船の甲板に最後の一瞥《いちべつ》をくれた。船長は今もこちらをにらみつけているが、多少は冷静さを取りもどしたらしく、水中銃に再装塡《そうてん》するようすはなかった。

二分後、レスキュアー号はレイキャヴィーク目指して南下していた。

捕鯨船が視界から消えた三分後、チェルシーはひどい吐き気をおぼえて手すりに駆け寄った。胸がむかついた。

長い時間がたった。濃い靄《もや》の向こうに目をこらすと、緑色の極寒の海にこぶし大の白い氷塊がいくつも浮いていた。このうえ氷山に激突でもすれば、きょうという日は完璧になる。

顔を上げると、マリッサがかたわらに立ち、水で濡らしたハンカチを差し出していた。

「ありがとう。ようやく生き返れそうよ」チェルシーはティンダルのほうをいぶかしげに見やった。「あの男、あたしが吐いてるところを撮らなかったでしょうね」

マリッサが首を振った。「母さんには降参したみたいよ」母親を抱き寄せて、その髪を優しく撫でる。「こんなことまでさせるつもりはなかったのに」

「あなたは悪くないわ。あんな騒ぎになったのも、捕鯨船とティンダルのせいよ」チェルシーは顔をしかめた。「それと、この短気な性格のせいね。せっかくあなたが平和的に解決しようとしたのに、だいなしにしてしまったわ」

「そろそろ荒っぽい手段に訴えるときなのかもしれないわ。誰もわたしたちの話に耳を傾けてくれないんですもの」マリッサが太い眉を寄せて、渋面をつくった。「鯨やイルカは今も大量に殺されている。なのに、どうして誰も目を向けようとしないの?」

「これで目を向けてくれるわよ」きょうの対決にそれだけの効果があるかどうか、自信はなかったが、口にはしなかった。マリッサは貪欲《どんよく》さのなんたるかを理解していないし、一所懸命、働きかければ世界はまだ変えられると信じるほどに若い。「ともかく、これが報道されれば、一部の人の目を覚ますことはできるわ」

マリッサがくすくす笑った。「水中銃が発射されたときのティンダルの顔を見せてあげたかった」

「心底びびったんなら、いい気味よ」ふたたび胃が宙返りを始めて、チェルシーは手すりをつかんだ。「もうおさまったと思ったのに」目を閉じて、深呼吸をする。「マリッサ、ひとつ約束してほしいの」

マリッサはチェルシーからハンカチを受け取って、母親のこめかみをぬぐった。「何?」

「次に動物を助けるときは象にしてちょうだい」チェルシーはかがみこんで、荒れ狂う海上に顔を突き出した。「船酔いは二度とごめんだわ」


アレックスとケイトリンの乗ったタクシーが巨大な倉庫の前に停まったとき、レスキュアー号が船着き場に入ってきた。埠頭では、制服姿の運転手が黒くて長いリムジンのバンパーに寄りかかり、近づいてくる船をながめていた。

「間に合った」アレックスはタクシーの運転手に料金を支払い、そのまま待つよう手振りで指示した。「さてと、女優さんのご機嫌をうかがって、次の機会に回すべきかどうか、感触を探るとするか」

「たしか娘さんと捕鯨の妨害に出かけたんだったわよね」

アレックスがうなずいた。「アイスランドと日本は今も商業的捕鯨を続けている。アイスランドは減少傾向にあるようだが、捕鯨に精を出す業者はいまだにあとを絶たず、外部の干涉に敵意を燃やしているんだ」

「来たわよ。あの髪ですぐわかるわ」ケイトリンはタクシーの運転手が助手席側のドアをあける前に外へ飛び出して、埠頭へ急いだ。

タラップを下りてくる女性の髪は濃い蜂蜜色と赤を混ぜ合わせたような派手な色だった。熟練の美容師による華やかなウエーブヘアを肩の下まで垂らしている。一見、小柄だが、優雅できびきびした、むだのない動きとあふれんばかりの生気とで、背丈より存在感にばかり目が行った。白いアイリッシュ・フィッシャーマンズ・ニットと赤茶色のスウェードのジャケットというでたちで、緑色のコーデュロイのパンツの裾を薄茶色のスウェードのアンクル・ブーツにたくしこんでいる。

アレックスとケイトリンは足を止め、タラップの下で待った。チェルシーが埠頭に下りてくると、アレックスが前に進み出た。「ミズ・ベネディクトでいらっしゃいますね。アレックス・カラゾフと申します。こちらはケイトリン・ヴァサロです。お話があるのですが」

チェルシーが顔を上げたとき、ケイトリンは驚きに息を呑んだ。これほど美しい女性だとは思わなかった。素顔だが、オリーブ色のなめらかな肌にはあきらかに化粧など必要ない。頬骨が高く、深くくぼんだ瞳は瑠璃《るり》色だ。大胆な顔立ちは昔ながらの美人とは言えないが、それが独自の基準となって、どんな美女にもひけを取らない。「勘弁してよ」チェルシーの眉間にしわが寄った。ハスキーで、しわがれているといえるほどの低い声だ。「寒いし、びしょ濡れだし、船酔いで気持ち悪いし、おまけにうしろの甲板にいるろくでなしに独占記事を書く権利を握られてるの。おあいにくさま」

ケイトリンはそのとき初めて、チェルシーの有名な唇の端に疲労によるしわが寄っているのに気づいた。アレックスはケイトリンを前に引っ張り出した。「われわれはマスコミの人間ではありません。仕事のことでお話ししたいんです」

「あなた、初めて見る顔ね。仕事の話ならマネージャーを通してちょうだい」チェルシーは肩越しに声をかけた。「マリッサ、行くわよ」

チェルシーより頭ひとつぶん大きい、黄色のウインドブレーカーとジーンズ姿の若い娘がタラップを急ぎ足で下りてきた。「ごめんなさい。ミスター・ティンダルにいろいろ質問されていたものだから」

チェルシーの体がこわばった。「捕鯨反対運動のことで?」

マリッサが目をそらした。「それもあるわ」

「先にリムジンに乗っててちょうだい」チェルシーは悪態をついてから言った。「ティンダルと話してくる」

「いいのよ、母さん。わたしは気にしていないわ」

「あたしが気にするのよ」チェルシーはマリッサのあとからタラップを下りてくる男に目をやった。「あんたが書くのは捕鯨反対運動の記事で、娘の記事じゃないはずよ、ティンダル」

ポール・ティンダルが狡猾《こうかつ》な笑みを浮かべた。「大きく取り上げてくれと言ったのはそっちだろ。表紙写真の関連記事は突っこんだ内容にしなきゃならんから、娘さんのことも書くことになる」マリッサに視線を移して、「写真も何枚か撮らせてもらうぜ。撮らなくたって、裁判を取材したときの資料をひっくり返せば、あの娘《こ》の写ったフィルムが出てくるだろうがな」

「そんなことしたら、大西洋沿岸では二度と仕事できないようにしてや――」

「いいの」マリッサがさえぎった。「わたしはどう書かれようとかまわないわ。大事なのは鯨よ」

「聞いたか?」とティンダル。「娘さんは優先順位ってものをわかってらっしゃる」その顔に嘲笑が浮かんだ。「絶滅の危機に瀕した動物を救えるんだ。多少の中傷なんか屁《へ》みたいなもんだろ……まあ、書くかどうかはおれしだいだがね」

彼はふたりのわきを抜けて、埠頭を歩いていった。

チェルシーはティンダルの後ろ姿をにらみつけ、下品きわまりない言葉でその人格と生まれをののしった。

「母さんが思うほど悪い人じゃないわ。恥をかかされて怒っているだけよ」マリッサが母親に腕を回した。「ホテルにもどりましょう。熱いお風呂に入って、ひと眠りすれば、気持ちも晴れるわ」

「あなたはそうはいかないわね」チェルシーは腕を上げ、人差し指でマリッサの頬に触れた。「あんなことしなきゃよかった。たった一度、表紙にのったくらいじゃ、なんにもならないのに」

「母さんは昔から期待以上のことをせずにいられないのよね」マリッサがにっこりした。「わたしのためにしてくれたんだから、文句は言えないわ」

アレックスがふたたび前に進み出た。「別の機会にしたほうがよろしいようですね。今夜、ホテルにうかがってもかまいませんか?」

「あしたにはニューヨークへもどるの」チェルシーは黒いリムジンのほうへ歩き出した。

「話ならマネージャーとしてちょうだい」

「すぐにご決断いただく必要があるんです」アレックスとケイトリンはふたりのあとを追った。「十分もあれば、概要をご説明できます」

「悪いけど、耳を貸す気は――」

「そこをなんとかお願いします」アレックスがひと呼吸置いてから続けた。「あなたとウインドダンサーに関する企画を聞いてもらうこともできなければ、ビジネス・パートナーのジョナサン・アンドリアスがさぞ落胆することでしょう」

すぐには答えが返ってこなかった。チェルシーの顔は違う方角を向き、明るい色の髪に半分隠されていた。「ウインドダンサー?」

四人がリムジンの横に立つと、運転手がドアをあけた。

「今夜七時にうかがってもよろしいですか?」

マリッサがリムジンに乗りこむ。チェルシーはためらってから告げた。「いいわ。いらっしゃいよ。四時にクラヴィッツ・ホテルのあたしの部屋でお茶を飲みましょう」

チェルシーが中に乗りこむと、運転手がドアを閉め、すばやく車の前を回って運転席へもどった。

リムジンが滑るように走り出すのを、ふたりは見送った。

「小柄なのに大きく感じるわね」ケイトリンはフリースの裏地つきのコートのポケットに両手を突っこんだ。「あんな人とどうやって渡り合うつもり？」

「いつもどおりだよ」アレックスが彼女の腕を取って、数メートル先のタクシーのほうへうながした。「相手の求めるものを突き止めて、それを差し出すんだ」アレックスはにやりとした。「われわれの求めるものと引き換えにね」


チェルシーはスイートルームのクリーム色のソファに両脚をのせて座り、アレックスのキャンペーンツアーの説明に無表情で耳を傾けていた。ゆったりしたサテンの部屋着は淡いベージュで、もつれて乱れた髪の毛の色がいっそう明るく見える。説明が終わると、チェルシーはしばらく口をつぐんだまま、長いまつげを伏せて琥珀《こはく》色の紅茶の入ったカップの底を見下ろしていた。「特定の商品のイメージモデルはしたことないの。あたしは女優で、CMモデルじゃないから」

「女優さんがCMという媒体を利用するとお考えになってはいかがでしょう」アレックスが椅子の上で身を乗り出した。「誓って、品の悪いものにはいたしません。CMやキャンペーンであなたの人気を高めてこそ、われわれも利益を上げることができるんです」

チェルシーはカップから視線を上げなかった。「それもそうね」と言ったあと、しばらく黙っていたが、突然、顔を上げ、アレックスのかたわらに座っているケイトリンにすばやく目を向けた。「なんで、ずっと黙ってるの？　あなたの香水なんでしょ？」

ケイトリンは突然の揶揄《やゆ》に頬が赤らむのをおぼえた。「ええ、わたしの香水です」

「じゃあ、なんで説得しようとしないの？」

「それは……その……」ケイトリンは口ごもり、真実を告げることにした。「あなたを前にして、少々気おくれしていまして」

チェルシーが片方の眉を吊り上げて、アレックスをちらっと見た。「こんな人の前でも気おくれしないのに？」

チェルシーはひとの性格を見抜く、鋭い観察眼の持ち主のようだ。「映画スターにお会いするのは初めてなんです」ケイトリンの唇がひきつった。「それも、大スターとなると……」

アレックスが含み笑いを漏らした。「わたしと手を組めばおたがいの得になるから、ケイトリンもわたしには辛抱しているんですよ」

「あたしもあなたと手を組めば得するかしら」とチェルシー。

アレックスが彼女の瞳をのぞきこんだ。「もちろんです」

チェルシーはケイトリンに視線をもどした。「サンプルはある？」

「あります」ケイトリンはハンドバッグをあけて、小さなガラス瓶を取り出した。「名前はヴァサロです」

チェルシーは瓶のふたをあけて匂いを嗅いでから、手首に数滴落としてすりこみ、鼻をうごめかした。「あら、ものすごくいい香りじゃない」

「気に入っていただけました？」希望が芽生えて、ケイトリンは勢いよく身を乗り出した。「わたしが作ったんです。これが初めての香水です」

「これだけのものができれば、次の香水を作る必要はないわね」チェルシーはもう一度、左手首の匂いを嗅いだ。「どうしてヴァサロと名づけたの？」

「ヴァサロというのはわたしの生まれ故郷の農園の名前でもあるんです。香水の原料となる花を栽培しています」

「へえ」チェルシーは瓶を返した。「どこにあるの？」

「南仏のグラースの近くです」

「ＣＭはヴァサロで撮影する計画です」とアレックス。「信じられないほど美しい田園地帯ですよ」

「観光地？」

「いいえ、観光客は誰も来ません」

チェルシーはまた手首の匂いを嗅いだ。「ひと月後にパリに来てほしいというお話だったわね」

ケイトリンの口から安堵の吐息が漏れた。どうやら興味を持ってくれたようだ。でなければ、そんな質問をするはずがない。

アレックスがうなずいた。「パリでイメージモデルの発表会を開き、ウインドダンサーの祖国帰還を喧伝《けんでん》して、香水の発売日を告げる予定です」

「そこで、あたしはウインドダンサーと並んだ写真を山ほど撮られるのね」チェルシーが顔をしかめた。「置きものの引き立て役なんて初めて」

「ですが、あの置きものと、この女性ですよ」アレックスが静かに言った。「ふたつが揃えば、世界を揺るがすことができます」

チェルシーが頭をのけぞらせて笑った。「言ってくれるわね」

「引き受けてもらえますか?」

チェルシーのまつげが伏せられ、サファイア色の瞳の輝きを覆い隠した。「条件が折り合えば」

ケイトリンの手がおぼつかなげに香水の入った瓶を握りしめた。

「契約金の話がまだだったわね。意地汚いと思われたくないけど——」

「二百万ドルではいかがでしょう」とアレックス。

ケイトリンは息を呑んだ。たかがイメージモデルにそんな大金を支払う必要があるとは考えもしなかった。

「安すぎるわ」とチェルシー。

「映画の出演料より高いはずです」

「次作は三百万ドルで契約するつもりよ」

「われわれがお願いしているのは、CM出演とキャンペーンツアーへの同行です。たいした重労働ではありません」

「でも、イメージモデルなのよ。責任ってものがあるわ」

アレックスはしばらくしてから口を開いた。「では、三百万ドル」

チェルシーが目をすぼめた。「二百七十万ドルでも引き受けたのに。あっさり釣り上げすぎなんじゃないの」

「そうでしょうね」アレックスは微笑んだ。「でも、二百七十万ドルの場合、条件がつくかもしれない。それを逐一、検討している時間はないんです」

チェルシーがゆっくりとうなずいた。「でも、ひとつだけ条件があるわ」ケイトリンが握っている香水の瓶のほうにあごをしゃくって、「それにあたしの名前を入れてちょうだい。チェルシーという名前で売り出してほしいの」

「そんなこと、できません！」ケイトリンは愕然として、即座に反論した。

チェルシーがあごを固く引きしめた。「それが条件よ。香水の瓶に名前が入れば、それだけで宣伝になるわ。半世紀以上、人気の衰えない香水もあるしね。シャネルの五番がそうでしょ」

アレックスは黙っていた。

「だめだと言って」ケイトリンはアレックスのほうを向いて訴えた。「名前だけはどうしても変えられないわ」

「二百七十万ドルでもいいわよ。あたしの名前を採用してもらえるならね。でなきゃ、この話はなかったことにして」

「アレックス」ケイトリンはすがるように彼の腕をつかんだ。「断ってよ」

「われわれには彼女が必要だ」

「そこまで必要じゃないはずよ」

「それが必要なんだよ」アレックスが語気を荒らげた。

絶望に涙が込み上げて、喉が詰まった。どうして名前の決定権は自分にあるという条項を契約書に折りこまなかったのだろう? ヴァサロでかまわないと言われたから、必要ないと思ったのだ。「名前はまかせると言ったじゃない。ヴァサロでいいと言ってくれたじゃないの」

ツイードのジャケット越しに、アレックスの腕の筋肉がこわばるのが感じられた。「きみにはわからない。すべてが揃わないと、だめなんだ。ひとつでもピースが欠けたら、一からやり直しだ」

「でも、こんなのってないわ」ケイトリンはチェルシーのほうを向いて、険しい口調で言った。「わたしの香水にあなたの名前をつけることはできません。この香水はヴァサロのものです。ヴァサロそのものなんです」

チェルシーは微笑を浮かべてアレックスをながめ、答えを待った。

アレックスの視線がケイトリンの張りつめた顔に向けられた。しばらくは無言だった。

「わかった」アレックスがチェルシーのほうに向き直った。

「この話はなかったことにしてください。あなたの名前をつけることはできません」

安堵のあまり、ケイトリンの全身から力が抜けた。

チェルシーが驚きに目を見開いた。「本気で言ってるの？」

「ほかの人を探すことにします」

チェルシーの顔に興味深げな笑みが浮かんだ。「思ったほど冷酷な人じゃなさそうね、ミスター・カラゾフ。てっきり彼女を見捨てると思ったわ」

アレックスが立ち上がった。「お時間をむだにして申しわけありませんでした。失礼するぞ、ケイトリン」

チェルシーが優雅な動きでソファから脚を下ろして立ち上がると、光沢のあるサテンの部屋着の裾が床に滑り落ちた。「むだじゃなかったわ。あなたたちにがぜん興味をそそられたわ」そう言って、ケイトリンに視線を注いだ。「ヴァサロにずいぶん思い入れがあるみたいね」

ケイトリンはうなずいて立ち上がった。「あんなところはほかにありませんから」

チェルシーが声をたてて笑った。「わが家にまさるところはないというわけね」そこで鼻の頭にしわを寄せた。「あたしにはわからないけど。故郷なんてないから」その顔からは笑みが消えていた。「それはマリッサも同じね」チェルシーはふいにアレックスのほうを向いた。「三百万ドルにしましょ」そっけない口調だった。「名前は変えなくて結構よ」

アレックスは身じろぎもしなかった。「ありがとうございます」

ケイトリンは呆然とチェルシーを見つめた。

「でも、やっぱり条件がひとつあるの」チェルシーがケイトリンに言った。「こっちは問題なく、受け入れてもらえるんじゃないかしら。香水が正式に発売されるまで、娘のマリッサをヴァサロであずかってほしいの」にっこりして、「まだ十六歳だけど、迷惑はかけないわ。誰とでもうまくやっていける子なの。とてもおとなしくて……あたしとは正反対よ」

「喜んでお迎えします」ケイトリンは心からそう言った。埠頭で見かけたチェルシーの娘には好感をいだいていた。若いわりに、なかなかしっかりした少女に見えた。「わたしはいつも畑にかかりきりですけど、母が世話をしてくれると思います」

「世話は必要ないわ。すくなくとも、本人はいつもそう言ってるの」チェルシーはドアのほうへ歩いていった。「当然、耳は貸さないけどね。あたしが頼みたいことはただひとつ、これからひと月のあいだ、娘にマスコミの連中を寄せつけないでほしいの。ティンダルの記事が波紋を起こしたとき、マスコミをひとりとして接触させたくないのよ」

「波紋といいますと?」

「お友だちにきいてみれば」チェルシーがアレックスに鋭い視線を向けた。「彼ならマリッサのこともよく知ってるんじゃないの。かなりの情報通のようだから」

「娘さんの過去のことなら、たまたま存じております」アレックスが真剣な顔で言った。

「あのときのあなたの行動には感服いたしました」

「ほかにどうしようもなかっただけよ」チェルシーがケイトリンのほうに向き直った。「あなた、肝のすわった欲のない人ね。気に入ったわ」

「度胸にかけては、ミズ・ベネディクトも負けていらっしゃいません」ケイトリンは気づくと、彼女に微笑みかけていた。引きこまれずにいられない魅力の持ち主で、その飾らない性格は感嘆ものだった。「欲がないとは言えないみたいですけど」

チェルシーの笑い声が部屋の中に響いた。「スラム育ちのせいよ。いくら稼いでも、これでじゅうぶんだとは思えないの」

アレックスが上着の内ポケットに手を入れた。「契約書を用意してきましたので、サインをお願いします。必要な箇所は変更しますから、とりあえず仮のサインをいただいて――」

「だめよ」チェルシーが言下に断った。「マネージャーに送ってちょうだい」

アレックスは苦笑して、ケイトリンのほうを向いた。「賢い女性だ。きみもそう言うべきだったんだよ、ケイトリン」

「だって、わたしにはマネージャーなんていないもの。自分以外、誰も信用できないわ。あなたがマネージャーになってくれるのなら話は別だけど」

アレックスが顔をしかめた。「そんな調子じゃ、運を天にまかせるしかないな」

「アーメン」チェルシーが皮肉めいた言い方をして、外に出るよう手振りで示した。

「あなたならマリッサのことを知ってるというのは、どういう意味？」ケイトリンはエレベーターに向かって廊下を進みながらたずねた。

「それなら、たいていの人間が知っている」とアレックス。「隠しおおせるようなことじゃない。チェルシー・ベネディクトは一年二カ月、服役していたんだ」

「服役？」ケイトリンはアレックスのほうを向いた。

「チェルシーはニューヨークのスラム街で生まれ育った。母親は売春婦、父親は——」アレックスは肩をすくめた。「誰だかわからない。すぐに姿を消したから、誰であろうと関係ないがね。彼女は演劇専門の高校に進んだ。そして輝かしいキャリアへの道を歩みはじめたとき、ハリー・パーネルと出会った。パーネルは年上の資産家で、ウォール街の有力者だった。チェルシーは十六歳で妊娠して結婚し、半年後、マリッサが生まれた」エレベーターのボタンを押して続けた。「その四年後、彼女は離婚の申し立てをして、監護権を求める訴訟を起こした。敗訴したがね」

「ふつうは母親に認められるじゃない。どうして負けたの？」

「ハリー・パーネルが第一級のげす野郎だったんだ。金にものを言わせ、証人をでっち上げて彼女に不利な証拠を捏造《ねつぞう》した。そうやって単独監護権を獲得したが、チェルシーはあきらめなかった。仕事に復帰して、弁護士を数人雇ったんだ。マリッサは当時、マンハッタンの私立学校に通っていたから、チェルシーはパーネル家の使用人や学校職員を買収して、娘に会う機会をつくった」

エレベーターの扉が静かにあいた。アレックスはケイトリンとともに中へ乗りこみ、ロビー階のボタンを押した。「マリッサが六歳のとき、チェルシーは娘がパーネルから性的虐待を受けていることに気づいた」

「実の親子でしょう?」ケイトリンは吐き気をおぼえた。

アレックスがうなずいた。「ああ、近親相姦だ。当時、その手の話題はタブーだった。チェルシーが警察に訴えても、誰も信じてくれなかった」

「そんな……」

「だから、チェルシーはマリッサを誘拐して、州外の友人宅にかくまった」アレックスの唇がゆがんだ。「パーネルの訴えによって、チェルシーは逮捕され、誘拐罪で投獄された。そのまま、一年二カ月がたった。チェルシーはマリッサをパーネルに渡すくらいなら、ここで朽ち果てたほうがましだと言った」

「すばらしい勇気ね」

アレックスがうなずいた。「たくましい女性だよ。そのころ彼女の弁護士が、パーネルが別の児童に性的虐待を加えたという証拠を発見した。それには悪質な暴力行為も含まれていたため、チェルシーは釈放された」

「パーネルはどうなったの?」

「刑務所に送られた。その後、七カ月もたたないうちに〝事故〟で死んでいる。子どもに性的虐待を加えるやつは受刑者のあいだでも忌み嫌われているからな」

ケイトリンは深い満足感が込み上げるのに気づいて、愕然とした。復讐は不毛だというのが彼女の信条だが、どういう形であれ、無力な子どもが犠牲になり、しかも加害者が実の父親だと思うと、怒りで胸が締めつけられた。話を聞くだけでこれほど激しく感情を揺さぶられるのに、チェルシーはどんな思いだったろう。急に彼女のことが身近に感じられた。

「チェルシーはマスコミがその話を蒸し返すのを心配してるの？」

「彼女がハリウッドで名を馳せたとき、過去はすべてほじくり返され、タブロイド紙によって暴露されたよ。だが、チェルシーはひるむことなく、メディアと世間に向かって啖呵《たんか》を切ったんだ。スクリーン上の芝居だけで満足できないやつは地獄へ堕ちろ、とね」

「彼女らしいわね」

「ああ、一本芯の通った女性だ」エレベーターの扉が開くと、アレックスはケイトリンをうながし、にぎやかで明るいロビーへ出た。「想像力をかきたてるすばらしい女優であると同時に、女性がつい自分と重ね合わせてしまうような人間らしい面を持っている」

「ヴァサロみたいだわ」埠頭で会ったときのチェルシーの姿が脳裏をよぎった。美しい顔には疲れがうかがえたが、いつでも闘いに臨める準備を固めていた。そう、チェルシーはヴァサロに似ている。自分の前に投げ出された要素をすべて受け入れ、それに耐えて花を咲かせるのだ。「彼女がイメージモデルになってくれてうれしいわ」そう言ってから、ケイトリンは渋面をつくった。「わたしの意見なんて誰も求めてないでしょうけど」

「広告は全面的にまかせてくれる約束だろう」

「わかってるわ。文句を言ってるんじゃないの」ケイトリンは晴れやかな笑みを浮かべた。

「それに、あなたは香水の名前を守るために闘ってくれたわ」

「そんな目で見るのはやめてくれ」アレックスがぶっきらぼうに言った。「譲歩してもらえるとわかっていたから強気に出ただけだ」

「自信なかったくせに」ケイトリンは彼の腕に自分の腕をからませた。「チェルシーの言うとおり、冷酷なふりしてるけど、実は違うのね」

アレックスが頭を振って、釘を刺した。「かいかぶるのはやめてくれ」

「あなたがどういう人か、わかったとは言わないけど」ケイトリンは満面に笑みを浮かべた。「少しずつわかりはじめた気がするわ」

アレックスは彼女をいらだちと優しさの入り混じった表情でながめ、やがて振りきるように視線をそらした。「これからパリに直行する。あさってピエール・デザルメと会う約束だ」

ケイトリンの頭の中からすべてが消し飛んだ。ピエール・デザルメは香水業界でも一流のパッケージ・デザイナーだが、彼女の好みではない。「いやよ」

アレックスの顔に驚きの色が浮かんだ。「いやだと？」

「アンリ・ラクレールにして」

「彼がどれほどの売れっ子か、わかっているのか？」アレックスは信じられないというように片方の眉を吊り上げた。「どう説得しても、われわれの香水瓶を作るためにディオールやコティの仕事をあと回しにはしてくれないだろう」

「無理を承知で頼んでみましょう」ケイトリンはためらってからつけ加えた。「二年前にある雑誌で役に立ちそうな記事を読んだのよ」

「マスコミの記事など当てにならない」

「ええ、なんの効果もないかもしれない……でも、当たるだけ当たってみたいの」

「わかった。空港から彼の事務所に電話して、会う約束を取りつける」アレックスが笑顔をつくって正面玄関のガラス戸をあけると、冷たい風が吹きつけて、ふたりの顔を撫でた。

「状況を見て、こっちの都合のいい方向に話をもっていけるかどうか、やってみよう」

「ラクレールの求めるものを突き止めて、それを差し出せばいいんじゃないの」ケイトリンはアレックスの言葉を引用しながら、興奮で全身がうずくのをおぼえた。このめまぐるしい世界にアレックスはすっかり溶けこんでいるようだが、自分はいまだになじめない。それでも、国から国へと飛びまわり、チェルシー・ベネディクトやジョナサン・アンドリアスのような有名人を相手にすることで気分が高揚するのは否定できなかった。

「きみの言うとおりだ」ケイトリンの紅潮した頬と輝く瞳を見て、アレックスの顔に妙な表情がよぎった。彼は道端で立ち止まると、彼女のコートの襟を優しくかき合わせ、身を切るような冷気がこれ以上侵入するのを防いだ。

チェルシーはマリッサの寝室のドアをノックしてからあけた。「ふたりとも帰ったわよ」マリッサが顔を上げて、にっこりした。「よかった。これで母さんもルームサーヴィスを注文して、眠れるわね」彼女はベッドの上で体を丸めて代数の教科書を開き、らせん綴じのノートに何か書きこんでいるところだった。すらりとした長身のマリッサが色褪《いろあ》せた古いブルーのパジャマを着ると、少年のように見えた。「紅茶といっしょに届けてもらったスコーンは食べた?」

チェルシーは首を振って、ベッドへ向かった。「まともに見ることもできなかったわ。まだ胃が落ち着かないの。むかむかするわ」

マリッサがベッドの端に寄ったので、チェルシーは娘のかたわらに横たわった。満足そうな吐息を漏らして目を閉じると、一日の緊張が解けていった。「横になると楽だわ。ほんとうに疲れた」

マリッサはノートをわきに押しやって、心地よい沈黙に浸り、チェルシーがふたたび口を開くのを待っている。

闘うこともなく、強さや才気や魅力を前面に押し出すこともなく、寝そべっていられるのはすてきな気分だった。すぐにまたいつもの自分にもどらなくてはいけないのはわかっているが、今はただ、マリッサのそばに横たわっていたかった。娘の規則正しい小さな息づかいが聞こえて、ナイトテーブルに飾られたアイリスと白いライラックのさわやかな香りが漂ってきた。それは、チェックインしたときにホテル側が用意してくれたもので、部屋に届けられたとき、マリッサはいつものゆったりとした聡明な笑みを浮かべて、ベルベットのようなアイリスの花びらにそっと触れていた。

チェルシーはマリッサからにじみ出る落ち着いた雰囲気が体に染みこむにつれて、心が安らぐのをおぼえた。どうしてそんなまねができるのだろうとふしぎだった。マリッサの経験した痛みは、彼女を傷つけはしたが、痕《あと》は残さなかった。「生まれ変わりはほんとうにあるんじゃないかと思うことがあるわ」

「生まれ変わり？　どうして？」

「世の中には生まれながらにして魂がトップギアに入っていて、すぐに始動できる人がいるのよ」チェルシーはまぶたを開いて、目の前の壁に飾られた北極光の写真を思案顔でながめた。「だから、その人は何が起ころうと変わらないし、人格がそこなわれることはないの。あたしが何を言いたいか、わかる？」

「魂の成熟した人がいるということでしょう」

「そういうこと」マリッサにわからないはずがない。ゴディバの店で好きにしていいと言われたチョコレート中毒者が商品を貪《むさぼ》り食うように、本を貪り読んでいるのだから。チェルシーは娘のほうを向いた。「あなたもそのひとりだと思うの」

マリッサがくすくす笑った。「疲れているんじゃないの。母さんがそんな哲学的なことを言うの、初めて聞いたわ」

「哲学的？　あたしが？」チェルシーは驚きの目を向けた。「たしかに、あなたの言うとおりかもしれないわね。シャーリー・マクレーンみたいなことを言ってしまったわ」彼女は上体を起こした。「頭がふらふらする。何か食べたほうがよさそうね。サラダとスープをふたりぶん注文するわ。それでいい？」

「ええ」マリッサがヘッドボードに寄りかかると、チェルシーはルームサーヴィスを注文した。

「さてと」チェルシーは受話器を置いて、立ち上がった。「あたしは退散するから、料理が届くまでのあいだ、宿題をやんなさいよ」

「退散する必要はないのに」

「あるわよ」チェルシーは居間に続くドアのほうへ歩いていった。「ほんとうはじゃまなのに、気をつかって黙ってるんでしょう」

「そんなことないわ」

「いいえ、そうよ」チェルシーはドアの前で足を止めると、振り返った。心配と憂いが半分ずつ入り交じった娘の表情を見ると、ふいにいとおしさが込み上げて、胸が詰まった。ああ、自分はほんとうに幸せ者だ。これまで多くの間違いを犯してきたが、ひとつだけ正しいことができた。「気を悪くしたわけじゃないのよ。あなたがあたしを愛してくれてるのはわかってるから」眉根を寄せて、「女優を母親に持つのは楽なことじゃないでしょうね」

「ええ」マリッサがにっこりした。「でも、とてもおもしろいわよ」

「いやな子ね」チェルシーは娘から視線をそらした。「香水のイメージモデルを引き受けたわ」

　マリッサの瞳が驚きに見開かれた。「どうして？」

　チェルシーは肩をすくめた。「条件がよかったから」ひと呼吸置いて続けた。「その香水を作った女性は南フランスのヴァサロという農園で花を栽培してるの。香水が発売されるまでの数ヵ月間、あなたはそこで過ごしてちょうだい」

マリッサの体がこわばった。「マスコミ対策ね」

「こうするのがいちばんなの」

「そうでなくても勉強が遅れているのに、新学期に何ヵ月も休むことになるわ」

「遅れなら取りもどせるわ。あなたは成績優秀だもの」

マリッサが母親をじっと見つめた。ただ行き先を選んで、ちょっと身を隠すだけで」

「逃げるわけじゃないのよ。ただ行き先を選んで、ちょっと身を隠すだけで」

「同じことよ。母さんはいつも愛する相手を守ろうとする。わたしなら守ってもらわなくても平気よ」

「そうはいかないわ。あなたは人食い鮫《ざめ》のような連中がひとをどれだけずたずたにできるか知らないから、そんなことが言えるのよ」チェルシーは笑みをつくった。「口答えしてもむだよ。愛する相手を守ろうとするのはあなたも同じでしょ。でなきゃ、鯨なんかのために船を出して、捕獲の妨害なんかしなかったはずよ」

「それとは話が違うわ」

「ええ、そうね。あなたの体重は八トンもないから」チェルシーはなだめるような声を出した。「ヴァサロに行ってくれる?」

断られるだろうと思ったが、しばらくしてマリッサはうなずいた。「わかったわ。行けばいいんでしょう」

7

「入国審査が永遠に終わらないかと思ったわ」ケイトリンはタクシーに乗りこみ、やわらかいシートにもたれかかって、安堵《あんど》の吐息をついた。「みんな、険しい顔をしてたわね。機関銃をかまえた兵士がいるの、見た？」

アレックスがうなずいてタクシーに乗り、運転手にメモを渡した。「神経質になるのも無理はない。きのう、ウィーンのバッハ・フェスティバルでブラック・メディナがテロを起こし、ふたり死んでいるんだ」

ケイトリンは身震いした。「知らなかったわ」

「機内で読んだ新聞に書いてあった」タクシーが走り出した。

「怖いわね。そういった暴力になんの意味があるのかしら。そのテロ組織はいったい何が望みなの？」ケイトリンは窓の外に目をやった。「まだなんの要求もしてないんでしょう？」

「ああ。だが、近いうちに声明を出すだろう」

「新たな恐怖時代ね」彼女は今の話を頭から振り払おうとしてたずねた。「きょうはどこのホテルに泊まるの？」

「ホテルは取ってない」

「でも、レイキャヴィークの空港で一時間も電話してたじゃない」

「ああ、泊まるところは確保してある」アレックスが微笑んだ。「空港のカウンターで封筒を受け取ったのはそのためだ。きっと驚くぞ」

四十分後、タクシーはパリのマレ地区のヴォージュ広場に面した一軒家の前で停まった。それは煉瓦と石で造られた二階建ての屋敷で、急勾配の屋根はスレートでふかれ、過ぎ去りし時代の優雅なたたずまいを見せている。

「ここに泊まるの？」ケイトリンは興奮したようにアレックスの腕をつかんだ。「信じられない。アンドリアス家の別荘じゃないの。大学生のころ、一度見に来たけど、使用中で入れてもらえなかったの」

「今はアンドリアス家のものじゃない」アレックスがタクシーの運転手に料金を払いながら答えた。「ジャン・マルクとジュリエットの夫婦がフランスを離れたあと、国民公会に没収されたんだ」彼は荷物を手に取り、石段の上まで運んだ。「それ以来、アンドリアス家は一度もここを利用していない」空港で受け取った封筒から鍵を取り出して玄関のドアをあけ、「それをいうなら、ヴァサロ家も利用していないがな。二年前、ケニア在住の銀行家が買い取ったんだ」

「どうしてここを？」ケイトリンは玄関広間に足を踏み入れて、頭上に輝くクリスタルのシャンデリアに見とれた。「わたしのためにわざわざ借りてくれたの？」

「ちょっとわけがあってね。世の中は私利私欲で動いていると教えただろう」

「どうして素直になれないの、アレックス・カラゾフ」ケイトリンは腰に両手を当てて、いらだたしげににらみつけた。「わたしのために借りたと素直に認めればいいじゃないの」

アレックスがにやりとした。「わかった、わかったよ。きみのために借りたんだ」石段をのぼりはじめてから、つけ加えた。「半分はね」

ケイトリンは笑い声をあげて、隣に並んだ。「ほんとうに頑固なんだから」と言うと、アレックスのわきをすり抜け、一段飛ばしで二階へ向かった。「カトリーヌの部屋はどこかしら」廊下を走り、寝室の扉を次々にあけ放つ。「この家について書かれたくだりをもっと真剣に読んでおくんだったわ」

「丸暗記していないとでもいうつもりか？　信じられないな。飛行機の中で、日記の内容を一ページ残らず、暗唱してみせたじゃないか」

「いやみはやめてちょうだい。歴史や祖先というものに多少なりとも敬意をいだいていれば、そんなこと――」

「いやみじゃない」アレックスが彼女のあとから廊下を進んだ。「からかっただけだよ」

「まあ、いやみでも冗談でもかまわないけど。それより、ほんとうにすてきね……この部屋を見て」ケイトリンは広い寝室の入り口で足を止め、窓辺に駆け寄った。「きっとここだわ。窓から庭が見渡せるもの。庭の見える部屋だと書いてあったわ」観音開きの窓をあけて、「この部屋を使ってもいい？　このながめをごらんなさいよ。庭の向こうにあのスレート葺《ぶ》きの愛らしい屋根が見えるわ。いかにもパリらしい光景だと思わない？」

「答えようがないな」アレックスはスーツケースを下ろして、窓辺のケイトリンのかたわらに立った。「パリに来るのは初めてなんだ」

「初めてって……」ケイトリンは絶句して、驚きのまなざしを向けた。「ヨーロッパに住んでいながら、パリに来たことがないの？」

「冒瀆《ぼうとく》行為だということはわかっている」アレックスがまじめくさった面持ちで返した。「暇がなくてね」

「パリは暇があったら来るところじゃないわ。暇をつくって詣でるべきところよ」ケイトリンは満面に笑みを浮かべた。「まかせてちょうだい。街じゅう案内してあげるから。散歩に行かない？　パリは自分の足で歩いてまわるべきよ。学生時代、放課後によく行っていたオープンカフェに寄ってから、シュリ橋を渡りましょう」その瞳が熱を帯びて、輝いた。「ノートルダム寺院にも行かなくちゃ。薔薇《ばら》窓のステンドグラスがきれいよ。サンタントワーヌ大聖堂も忘れるわけにいかないわね。パリでいちばん好きな教会なの。そのあと、セヴィニェ夫人が住んでいたカルナヴァレ館に――」

「それだけ観光して、ムッシュー・ラクレールに会う時間が取れると思うのか？　滞在中に二、三度は会っておきたい」

ケイトリンの顔から笑みが消えた。「そうよね、仕事で来たんですものね。ただ、せっかくだからと思って……でも、わたしのパリは気に入ってもらえないかもしれないわ。学生時

代はお金がなかったから、五つ星のレストランなんか知らないし——」パッケージの件を

「きっと気に入るよ」アレックスは彼女の言葉をさえぎった。「それに、パッケージの件をラクレールの手にゆだねてしまえば、時間はたっぷり取れる」

ケイトリンの顔から憂いが消えて、熱っぽい表情がもどった。「じゃあ、すぐに出かけましょう。荷物はあとでかたづければいいわ。シュリ橋の夕暮れの景色を見せてあげたいの」

アレックスが頬をゆるめた。「自分で田舎者というわりに、この大都会に驚くほど執着しているんだな」

「ここは大都会じゃないわ。パリよ。たしかに大きな都会だけど——」ケイトリンはアレックスが笑い出したのに気づき、渋面で言葉を切った。「しばらくパリにいれば、あなたにもわたしの気持ちがわかるわよ」

「かもしれないな」アレックスはあいかわらず笑いながらかがみこみ、ケイトリンの鼻のてっぺんにキスをした。「ラクレールの事務所に電話して、あすの面会の確認をしたら、出かけよう」

ケイトリンはうなずいた。「靴を履き替えておくわ」と言って、窓の外の街並みに目をやった。「前とは違って見えるわ。歳をとると、ものの見かたが変わるからふしぎね」

「九百六十九年生きたという聖書のメトシェラ族長じゃあるまいに」

「でも、もうティーンエイジャーでもないわ」

「大学を卒業したのはいつだ?」

「二十二のときよ。大学院に進みたかったんだけど、銀行が……いいえ、ヴァサロがわたしを必要としていたの」

「ヴァサロのために進学をあきらめたのか」

「犠牲になったつもりはないわ。古代文明の研究を続けられないのは残念だったけど、ヴァサロを守って維持していくのが自分の義務だということは、子どものころから承知してたから。ヴァサロほど大切なものはないわ」

アレックスはしばらく黙然と彼女を見つめていた。「なぜだ?」

「それは――」ケイトリンはいったん言葉を呑みこみ、やがてのろのろと口を開いた。「ヴァサロはいつもそこにあって、けっして変わらないからだと思う。この世はそれほどすばらしいところじゃない。例のテロ組織のように狂った連中もいれば、ドラッグの売人もいるし、戦争だってある。世界はあわただしさを増す一方で、つねに変わりつづけ、一カ所にとどまることはない。でも、ヴァサロは違う。世の中のすべてのものが変わっても、ヴァサロは変わらないわ」

「ものごとに例外はない。なんだって変わるんだよ、ケイトリン」さとすような口調だった。

「ヴァサロは違うわ。根本的には変わらない。月日はすぎても、季節がめぐると、花が咲き、収穫期が訪れ……」ケイトリンはアレックスのいぶかしげなまなざしに気づいて、ふいにばつが悪くなった。「つまり、心の支えを持つのは大切なことだと言いたいの」

「どんなものであれ、頼りすぎるのは危険だ。それをきみから取り上げるのは造作もないことだ」

「ヴァサロはものじゃないわ」

アレックスがうなずいた。「きみにとってはな」

「あなたは何を支えに生きてるの、アレックス」

「自分だ。わたし自身だよ」

「それで満足?」

「ふるさとだの、ルーツだのには興味がないと言っただろう」アレックスはドアに向かった。

「電話は十分ですむ。靴を履き替えたら、下で会おう」

「ええ」

アレックスが振り返った。「わたしがまずどこへ行きたいか、わかるか?」

「どこ?」

「ルーヴル美術館だよ。ジュリエットの《畑にたたずむ少年》が見たい」

ケイトリンは勢いこんでうなずいた。「橋の前に美術館に寄りましょう。あれはいい絵よ、アレックス」

「だろうな」

ケイトリンは彼が部屋を出る前に窓のほうに向き直った。まだ正午すぎで、太陽がまぶしく照り輝き、澄んだ空気がすがすがしい。なのに、黄昏《たそがれ》どきのジャスミン畑を走りまわった少女時代に舞いもどったような気がした。世界はやわらかい金色の靄に包まれ、その中で、あらゆる可能性に満ちた新しい生命が生まれているのだ。

「尾けられてる気がする」ケイトリンはルーヴル美術館の前庭に建つ、ガラスのピラミッドの前を歩きながら、アレックスに言った。「あの男、家を出たときにも広場にいたわ」

「どの男だ？」

「ミラー・サングラスをかけて、赤いシャツを着た人」

アレックスはさりげなく肩越しに目をやった。「ガイドブックを持った太っちょか？」

「ええ」

「なるほど。きみをさらって、売春組織に売るつもりかな」

「アレックスったら、まじめに話してるのに」

「わたしだってそうだ。中東の男どもは長身のブロンド娘が好きだと聞いている。とりわけ巨乳には目がないらしい」

「わたしはブロンドじゃないわ」

「日に当たると、ブロンドに見える。いや、虎猫のような縞模様《しまもよう》のブロンドと言ったほうがいいかな。あるいは――」

「何かしたほうがいいんじゃない？」

「髪を染めるとか？」

「警察に通報するのよ」

「まだ誘拐されてもいないのに？」

「きっとすりだわ」

「どちらかというと、売春組織説のほうを買うな。みだらな想像をかきたてられる。宝石を埋めこんだ革製の手錠、媚薬《びやく》、わたしを欲情させようと踊る裸の美女……」

「あなたの場合、欲情させてもらう必要はないんじゃないの」ケイトリンは声をたてて笑った。「しかたのない人ね。さっき広場でも見かけたと言ったでしょう」

「ヴォージュ広場はパリ最古の広場で、どのガイドブックにものっている。だいたい、赤いシャツを着てミラー・サングラスをかけたすりがいると思うか？」

「それはそうだけど」

「ルーヴルを出たあとも見かけたら、通報しよう。それでいいね？」

ケイトリンはうなずいた。

「じゃあ、ジュリエットの絵まで案内してくれ。教養の冷水を浴びて、暴走した性欲をなだめないと。ハーレムのヴェールをつけたきみの姿が頭に浮かんで離れないんだ。その愛らしいお尻をくねらせながら、かがみこんで……」

ケイトリンはくすくす笑った。「あなたは変態よ。間違いないわ」

「この話を持ち出したのはきみのほうだろう。ドラクロワの描いたハーレムの女官《オダリスク》の絵は展示されていないのかな。きみにハーレム暮らしが合うかどうか、それで確認しよう。個人的には、きみがシルクのクッションの山にもたれかかった姿はさぞなまめかしいだろうと思う。いや、それより、その上に横たわって夜のお愉しみを心待ちにする姿のほうがいいな」

ケイトリンは笑いながら、彼のたわごとに真剣に答える努力をした。「ドラクロワはどうかしらね。オダリスクの絵は一枚あったけど、ジャン・オーギュスト・ドミニク・アングルの作品よ」

「オダリスクの絵は一枚じゃない。画家という人種は時代を問わず、ハーレム幻想に取りつかれているようでね。アングルのオダリスクは冷静で落ち着き払っているが、ドラクロワが描いたのは、肉欲に溺《おぼ》れきった裸の女たちだ。きみはアングルよりドラクロワに近い」アレックスは美術館のドアをあけて、ケイトリンを中へうながした。「とにかく名画だ。両方とも展示されているかどうか、きいてみよう。比較するといい」


アレックスは水音に耳を傾けて、ケイトリンがシャワーを浴びているのを確かめると、バスルームの前をすばやく通りすぎて階段を下り、居間に入った。

そして電話の受話器を取り上げ、決然とした面持ちでヴァージニア州クアンティコの番号を押した。

三回の呼び出し音のあと、電話がつながった。「チャールズ・バーニーです」

マクミランの有能な右腕だ。「バーニー、マクミランに代わってくれ」

「アレックスか?」バーニーのひそめた声には非難の響きが感じられた。「用向きを聞かせてもらおう。わかっているだろうが、納得のいく理由がないと電話はまわせない」

「バーニー」アレックスは強調するように一語一語ゆっくりと発音した。「彼に代われと言ったんだ」

バーニーが嘆息を漏らした。「わかった」

しばらく待たされたあと、ロッド・マクミランの声が聞こえた。「マクミランだ」

「マクミラン、尾行をはずすか、まともな仕事のできるやつに変えてください」

「アレックスか？」その声は絹のようになめらかだった。「単なるルーチンワークにトップレベルを期待されては困る。おまえがあちこち飛びまわるから、やむをえず、外部の応援を頼んだのだ。今回は女連れらしいじゃないか」

「あいつをはずさないなら、こっちで始末します」

「そいつはすすめんぞ」マクミランの口調がわずかに乱れを見せた。「もう少し協力的な態度を見せても損はないはずだ。パーヴィルが死んだとき、裏で手を回してスイス警察を丸めこんでやったのは誰だと思っとる」一拍、間があいた。「尾行が単なる保険だということはおまえも承知しとるだろう、アレックス」

「あす、彼女にもう一度姿を見られたら、あの男は始末します」

アレックスは唇を固く引き結んで受話器を置くと、きびすを返して居間をあとにした。美術館の前庭を最後に、ケイトリンがCIAの尾行者であるあの男に気づくことはなかったが、疑いをいだかせるようなことはしたくない。運よく、彼女はジョナサンの暴露話を好意的に受け取ってくれたが、彼の過去に向き合うのと、現在に向き合うのとでは話が違う。

あと一歩のところまで来て、失敗は許されない。

バスルームの壁に張られたデルフト焼きのタイルは青い小花模様で、うっとりするほど愛らしく、シャワーカーテンの花柄に合っている、とケイトリンは夢見心地で考えた。顔を上げて温かいシャワーを浴び、熱が体にしみこんでいくのを感じながら、満ち足りた吐息を漏らす。もちろん、このタイルは屋敷ほどの年代ものではないが、それをいうなら、鉤爪《かぎづめ》状の脚のついた浴槽も、バスルームそのものもそうだ。装飾様式から考えて、一九三〇年代に化粧室をバスルームに改装したのだろう。ヴァサロでは、一九三五年にケイトリンの曾祖母がやはり化粧室をバスルームに改装している。伝統も結構だが、現代の快適な給水設備には代えられない……。

「やあ」アレックスが厚手のシャワーカーテンをあけ、裸で浴槽に入ると、カーテンを閉めた。「湯気が充満していて、浴槽までたどり着くのがひと苦労だったよ」

ケイトリンは驚いて、振り返った。「それはその……シャワーは熱いほうが好きだから。くつろげるでしょう」

「くつろいでいるようには見えないが」

「あなたが驚かせるからよ。シャワーはいつもひとりで浴びることにしてるの」

「別にシャワーを浴びに来たわけじゃない」アレックスが前かがみになって、ケイトリンを見つめた。湯気の向こうで、日に焼けた頬が湿気でてかり、淡いブルーの眼がすぼまって熱を帯びた。ふしぎだ。どうして、初めはこの瞳を冷たいと思ったのだろう。「きみの舌が欲しい」

ケイトリンの心臓が早鐘を打ちはじめた。「どういうこと?」

「舌を出してくれ」

ケイトリンはのろのろとその言葉に従った。アレックスがさらに身を乗り出して、ほんの刹那《せつな》、舌と舌を触れ合わせた。すぐに離れたせいで、このうえなく官能的な行為に感じられた。

「よし」アレックスのてのひらが彼女の頬を包みこんだ。「今度は壁のほうを向いて前かがみになり、両手をタイルにつくんだ」

口から頼りない笑い声が漏れた。「バスタブから出てベッドに行ったほうがいいんじゃないかしら」

「想像力が貧困だな」アレックスは壁に取りつけられた青い大理石の石鹸置きから石鹸を取った。「こっちを見ずに、言うとおりにしてくれ」

ケイトリンは彼に背中を向けて、両方のてのひらをタイルにつけた。「何かのゲームのつもり?」

「ああ、そうだ。とても愉快なゲームだ」アレックスは彼女の胸と腹部にゆっくりと円を描くようにして、石鹸をこすりつけた。「今度は脚を開いて」

彼は石鹸を腿のあいだに差しこみ、ゆっくりと前後にこすりつけた。石鹸の思いがけないなめらかさと、もっとも敏感な部分を愛撫する彼の手のぬくもりとたくましさに、ケイトリンの腹部の筋肉がこわばった。やがて石鹸がバスタブの中に落ちる音がした。「石鹸が落ちたみたい――」

はっと息を呑んだ。二本の指が中に差しこまれ、ピストン運動を始めたのだ。

ケイトリンは胸を大きくふくらませて、締めつけられた肺になんとか空気を送りこもうとした。アレックスが彼女の中を満たすように、熱い湯気が肺の中を満たしている。「いったい……なんのまね……」

アレックスがかがみこんで左の耳たぶを噛み、指を抜いた。そして両手でヒップを撫ではじめた。「奴隷とハーレムのことを考えているうちに、自分でも欲しくなってね」

「ハーレムが?」

「そんなに欲張るつもりはない。奴隷はひとりでじゅうぶんだ」丸みを帯びた臀部をアレックスの親指と人差し指が優しくつねった。ケイトリンは快感に打ち震えて、タイルについた手を思わず握った。

温かく湿った舌が左耳に侵入した。「ゲームに参加するだろう?」

「わたし……うまくできる自信がないわ」

「そっちは受け身の役だ」アレックスは彼女の脚を広げて、自分自身を押しつけた。「きみなら完璧にこなせる。保証するよ」ひと思いに突くと、ケイトリンの口から低いうめき声があがった。「わたしにまかせてくれ。きみは奴隷で、わたしはきみを買った主人だ。きみのことをかわいいおもちゃだと思って遊びたいんだ」アレックスの唇が耳のうしろの敏感な肌をかすめた。「今、われわれはサハラ砂漠のまん中にいる。きみは走って逃げようとしたが、出口にたどり着く前に捕まって、テントの壁に押しつけられた。声をあげても誰にも届かないし、助けてくれる者もいない」

「野蛮な発想ね」

「男は誰でも野蛮な一面を持っている」アレックスはいっそう奥深く突いて、そのまま動きを止めた。「今ふたりはひとつになっている。わかるな?」

ケイトリンは下唇を噛《か》んだ。「ええ」

「怖いのか?」

「いいえ」

「騎兵隊に助けに来てほしいか?」

胸いっぱいにかぼそい息を吸いこむ。「いいえ」

「それはよかった。残念ながら、サハラ砂漠には騎兵隊が嘆かわしいほど少ない」アレックスが腹部に手を回してぴったりと押さえこみ、おもむろに腰で円を描いた。「こうされるのは好きか?」

「ええ」ケイトリンは目を固く閉じて指を開き、濡れて滑るタイルに手をついた。渇いた喉から声を絞り出すのに苦労した。体の中に彼自身がきついくらいに埋めこまれている。

「だったら、じっとしていろ。動いたり、こっちを見たりしたら、やめるぞ」

アレックスがゆっくり腰を引いてから、このうえなく緩慢な動きでふたたび埋めた。ケイトリンはその形を、長さを、熱くてなめらかな感触を、あますところなく味わった。声が出そうになるのを、下唇を嚙んでこらえる。

アレックスがまた腰を引くと、ケイトリンは逃すまいとして、思わず腰を突き出した。「だめだ」アレックスは彼女の肩を押さえて前を向かせたまま、完全に抜いた。「動いたらやめると言っただろう」

ケイトリンはやるせないほどの空虚さをおぼえた。彼を取りもどしたかった。歯嚙みして、すがるような声で訴えた。「アレックス、お願い……」

「欲しいのか?」

「ええ!」

「じゃあ、おとなしくしていろ」やはり気の狂いそうなほどの悠長さで、彼が中に入ってきた。「ぴくりとも動くなよ」

ケイトリンは歯を食いしばった。こんな経験は初めてだった。彼ではなく、自分自身の欲望に屈服させられた気分だった。のろのろとした拷問さながらの誘惑は数分続き、彼女にはそれが数時間にも思えた。背後からアレックスの荒い息づかいが聞こえる。肩をつかむ彼の手は濡れていて、今にも滑り落ちそうだった。両手をついたタイルの青い花柄模様は立ちのぼる湯気で見えない。喉の奥からすすり泣くような低い声が漏れた。

「動きたいか?」アレックスが耳もとでささやいた。

「ええ」ケイトリンはやっとの思いで答えた。「動きたいわ」

「どうしても?」

「どう……しても」

「だったら、どう感じているのか、言え」アレックスの手が彼女の胸を包みこんだ。「ここはどうだ」

「張りつめて……固くなってるわ」

片方の手が下がり、巻き毛に覆われた秘所を撫でた。「では、ここは?」

「熱くほてって……うずいてるみたい」

「動いたら、もっとよくなるのか?」

「ええ」

「じゃあ、動け」アレックスが彼女の尻を軽くたたいた。「さあ!」

ケイトリンは拘束を解かれたように腰を突き出し、無我夢中で奥深くまで彼を呑みこんだ。アレックスは抜けることのないよう彼女の腰をしっかり支えて、静止を強いられた時間にふくれ上がった欲望と絶望を、彼女が発散させるにまかせた。

ケイトリンはやみくもに動くうちに激しい絶頂を迎え、タイル張りの壁にもたれて、涙を流した。

「何も言うな」アレックスが湿った頬をケイトリンの頬に寄せて、彼女の背中に寄りかかった。「楽にしていればいい」

「楽にですって?」ケイトリンは神経質な笑い声をあげた。「楽になんかできるはずないでしょう」

「だが、気に入っただろう?」

アレックスが相手なら、自分はどんなことでも気に入りそうだ。「竜巻にさらわれたみたいな気分だった」

アレックスがほくそえんだ。「それはどうも。自然の脅威にたとえられたのは初めてだよ」彼はシャワーを止めてカーテンをあけ、彼女の体を支えて浴槽から出た。「当分、水を浴びる必要はないいな」ラックからタオルを取り、ケイトリンに手を貸して浴槽から出すと、体をふいてやった。「ほんとうに奴隷用の服を買ってやらないとな」

「勘弁してよ」

「いやなのか?」

「いやよ。ハーレムの奴隷ゲームはこれきりにしましょう。わたしにはこういう役は合わないわ」

アレックスの口から溜め息が漏れた。「残念だ。夢を壊されたよ。こうなったら、赤シャツ男を雇ってきみを誘拐させ、サハラ砂漠のテントに監禁するしかない。もちろん、その前にテントを買ってサハラ砂漠に設営し、それから――」

「赤シャツ男……」ケイトリンはうわの空でつぶやき、アレックスの好奇心をそそってこの情炎のひとときのきっかけを作った、太めの旅行者のことをようやく思い出した。

「哀れなやつだ。こんなにあっさり忘れ去られたのを知ったら、さぞ肩を落とすだろう」アレックスは彼女の髪をタオルで包み、ふきはじめた。「美術館を出てから、彼の存在すら忘れていたようだな」

「だって、あれ以来、見かけてないもの。それに、ハーレムの話を持ち出したのはわたしだとあなたは言うけど、実際は――」

「自分だって奴隷と主人のゲームを楽しんだくせに、ひとを卑怯者呼ばわりするのはやめてくれ」アレックスはケイトリンの体をタオルで包み、ドアのほうへうながした。「風邪を引く前にベッドへ行こう」


アンリ・ラクレールは退屈していた。

繊細な長い指が大理石の柄のついたレターオープナーを所在なさそうにもてあそんでいる。十分前、ケイトリンとアレックスが事務所に通されたとき、このパッケージ・デザイナーの顔にはかしこまった表情が浮かんでいたが、やがて忍耐の表情に変わり、今では飽き飽きしているのがあきらかだった。

ケイトリンはいらだたしげにバッグの留め金をいじった。アレックスの概要説明が終わった。ラクレールはひょろりとした体つきと三角形の細い顔をした男で、容姿に恵まれているとは言えないが、あいだの離れたグレーの瞳はたぐいまれな輝きを放っている。

ラクレールが唇の片端を持ち上げて、皮肉めいた笑みをつくり、首を振った。「お話はよくわかりましたし、たいへん魅力的な申し出だということは否定できませんなあ。だからこそ仕事時間を削って、最後まで話を聞いたんですわ」彼は華奢《きゃしゃ》な肩をすくめた。「とはいえ、わしはしょせんしがない職人で、実利を無視するわけにはいきませんでな」

しがない職人がロレックスの腕時計をはめて、ルネ・ラリックの鳩の像をペーパーウェイト代わりにしているとは……。ケイトリンは部屋の中を見まわした。家具はパイン材のきわめてシンプルなもので、ワイン色のカーペットとベージュのカーテンが落ち着いた雰囲気を添えている。西側の壁には、黒と金と薔薇色で描かれたエルテの絵が飾ってあった。ケイトリンの正面の壁には二メートル近いガラスの飾り棚があり、アンティークの香水瓶がずらりと並んで、照明に浮かび上がっている。部屋に通されたときに間近で見たかったのだが、すぐに席をすすめられて、機会を逸してしまった。

アレックスは笑顔をつくり、椅子の上で身を乗り出した。「われわれが来たのは、ほかの仕事をあと回しにして、この仕事を引き受けることが、いかに実利的であるかをご理解いただくためです。この提示金額では不足だとおっしゃるのなら——」

「いや、報酬は申し分ない」ラクレールが彼の言葉をさえぎった。「ただ、新規の仕事を受ける余裕はないんですわ。今はコティの香水瓶をデザインしとるところで、そのあとはゲランに取りかかる予定です。なんといっても、何もないところから芸術を生み出すことはできませんからなあ。インスピレーションが必要だ。これ以上話しても、おたがい、時間のむだじゃないですかね」

今度ばかりはアレックスの思惑どおりにいきそうにない。ラクレールは断るつもりなのだ。うすうす予測していたこととはいえ、ケイトリンは落胆のあまり、胸が締めつけられた。ラクレールが最高のパッケージ・デザイナーであることはたしかなのだ。

正面の飾り棚の香水瓶にすがるような目を向けた。もっと近くでながめることができれば……。

アレックスが言った。「コティの仕事を断るよう、お願いしているわけではありません。ただ、われわれに――」

「ムッシュー・ラクレール」ケイトリンは彼の言葉をさえぎった。飾り棚を手で示して、「そばで見てもかまいませんか?」

ふたりの男が驚いたように彼女のほうを向いた。

「失礼します」ケイトリンは飾り棚から目を離さずに立ち上がった。「どうぞお話を続けてください。ちょっと見せていただければ……」言葉は尻すぼみに終わった。明かりで照らされた棚に近づき、その前に立つ。あった! 照明を浴びて、青い炎が燃え上がっている。

「申しわけありません、ムッシュー・ラクレール。わたしのパートナーはアンティークに目がないんです」アレックスの声が聞こえた。気分を害しているのはあきらかで、一瞬、罪悪感に駆られたが、すぐさま振り払った。ラクレールに引き受ける気がないのなら、自分がなんとかするしかない。

「わしのコレクションがそれほどお気に召したとはうれしいですな。自慢の品なんですわ」

ラクレールが立ち上がって、ケイトリンに歩み寄った。「子どものころから、こつこつ集めてきたんです。香水瓶を作り出すのにどれほどの芸術的才能が必要か、理解してくれる人はあまりおりませんでな」彼は銑眼つき胸壁と煙突までが正確に再現された、陶器の城を指差した。「あれは香炉で、煙突から香りがたちのぼります」続いて、小さな陶器の壺《つぼ》を指で示した。「これはエジプトの女王の墓で発見された軟膏入れです」

「あちらは?」ケイトリンは洋梨型の大粒のサファイアがふたの役目を果たしている、三段目の棚の銀製の香水瓶を指した。

ラクレールが相好を崩した。「お目が高い。あれは二年前のオークションでようやく手に入れた逸品でしてな」彼の眉間にしわが寄った。「あのとき、このお仕事がいただけたらよかったんですがね。あれを手に入れるのに、まる一年ぶんの稼ぎをはたきましたよ。もともとの持ち主は——」

「マリー・アントワネットでしょう」ケイトリンは瓶をながめたまま、あとを引き取った。「たしか、ルビーのふたの香水瓶と対でしたね」

ラクレールが凍りついた。「ルビーのほうは、国民軍が女王をヴェルサイユ宮殿からパリに連行するとき、なくなったんですわ。盗まれたんでしょう。それより、どうしてご存じなんです? おたくも蒐集のご趣味がおありですか、マドモアゼル」

ケイトリンは首を振った。「もともと、この瓶には個人的に興味を持っておりまして、あなたがこの香水瓶を購入なさったことを雑誌で読んだんです」

アレックスが突然、ふたりの横に肩を並べた。「ジャン・マルク・アンドリアスだな、ケイトリン」

彼女が話して聞かせたカトリーヌの日記の内容を、アレックスが忘れるはずがない。「きっとそうよ。日記の記述と一致するもの」

「この対の香水瓶は兄のジョーゼフからの贈りものだそうですぞ」

ケイトリンは微笑んで、首を振った。「それは、王族の名前をふたつ挙げて価値を高め、値段を吊り上げるための作り話でしょうね」

「確信ありげにおっしゃる」ラクレールは好奇心をそそられたようだ。「おわかりでしょうが、自分のお宝にまつわる歴史を知るのも蒐集の楽しみのひとつでしてな」

「ほんとうにこの瓶のことかどうかはわかりません。確かめようがありませんから」ケイトリンは穏やかな口調で言った。「でも、わたしの知っている香水瓶とそっくりなのはたしかです」

「それで、対だということを知っておられたのか」ラクレールが彼女をしげしげとながめた。「ほんとうにこの瓶の歴史をご存じなのかね?」

「ええ。これにはヴァサロで作った薔薇の香水が入っていました」ケイトリンはにっこりした。「ジョーゼフから女王に贈られたものではありませんが、実際の話のほうがはるかにおもしろいと思っていただけるはずです」

「マリー・アントワネットのいちばんのお気に入りは薔薇の香水だと、競売人が言っておったな」

ケイトリンはうなずいた。「すみれの香水も同じくらい好きでしたけど」

ラクレールが笑顔をつくった。「ぜひお話をうかがいたい。三人で昼食でもいかがかね」

痩せこけた顔に生き生きした熱っぽい表情が浮かぶのを見て、ケイトリンはふたたび希望をふくらませた。幸運か、偶然か、あるいは運命のいたずらか、再度、チャンスがめぐってきたのだ。

相手の求めているものを突き止めて、それを差し出す。

しかし、自分の求めるものを手に入れるのが先だ。

アレックスを見ると、かすかに笑みを浮かべて、こちらのようすをうかがっていた。

ケイトリンはラクレールのほうに向き直った。「その前に仕事の話をすませませんか」と言って、無邪気な笑顔をつくる。「この香り、きっと気に入ってもらえると思います」

三時間後、ラクレールは全力を尽くして三十日以内にヴァサロの香水瓶の見本を仕上げることに同意していた。

それから二週間がたった。ケイトリンが書斎に入ると、アレックスがピーターから届いたウインドダンサーの写真をながめていた。彼は驚いたふりをして顔を上げ、わざとらしく両腕で写真を隠した。「殺さないでくれ。ただながめていただけなんだ」

「そんなもの見たって、なんにもならないわよ。きのう受け取ったときに、ひととおり目を通したの。それなら、ホログラフィーのほうがましよ」ケイトリンは眉根を寄せた。「きのうピーターに電話して、日記の翻訳をいまだに送ってくれないなんてひどすぎると言ってやったわ」

「またか？」

ケイトリンはきまり悪そうな顔をした。「まだ三回めよ」アレックスが眉を吊り上げてこちらをじっと見つめている。「四回めかもしれないけど」ケイトリンはあわてて言い直した。

「でも、そのうちの半分は留守番電話だったわ。ピーターが時間稼ぎをしているのでなければ、翻訳を頼まれた人間がお金だけもらって、さぼってるのよ。ヴァサロではそんなこと許さないのに……。日給をもらうからには、ちゃんと一日ぶんの働きをしてくれないと」

「ピーターにきみの労働観を語って聞かせたのか？」

「訳者のお尻をたたいて急がせてほしいと言ったわ」

アレックスが苦笑した。「で、向こうはなんだって？」

「適当に言いくるめられたわ」ケイトリンは渋面をつくった。「ウインドダンサーのこととなると、どうしても力が入ってしまうの。あんまり長いあいだウインドダンサーの研究をしてきたから、人生の一部になってるのよ」そこで肩をすくめた。「そんなことを話しにきたんじゃなかったわ。イメージモデルの発表会の会場だけど、リッツ・ホテルは断ったわよ。もっといい場所が見つかったから」

アレックスが顔をしかめて、写真をわきに押しやった。「気でも狂ったのか？　あれ以上の場所があるはずないだろう。パリでパーティーを開くなら、リッツしかない」

「それがあったのよ」ケイトリンはデスクについて、満面に笑みを浮かべた。「どこだと思う?」

興奮に頬を紅潮させたケイトリンは、拍子抜けするほど子どもっぽく、アレックスのいらだちは消えた。「エッフェル塔か?」

「レベルが低いわね。エッフェル塔でパーティーを開くくらい、誰にだってできるわよ」

「じゃあ、セーヌ川の遊覧船」

ケイトリンが首を振った。「エッフェル塔より悪いわ」と言い、身を乗り出してささやいた。「ヴェルサイユ宮殿よ」

今度はアレックスがかぶりを振る番だった。「それは無理だ。歴史的建造物だぞ」

「それが無理じゃないのよ。予約できたもの」灰緑色の瞳が興奮できらめいた。「業界の大物たちがこぞって足を運びたがる会場はどこだろうと考えてみたの」

アレックスは甘やかすような表情にならないよう、注意して笑みをつくった。「その答えは?」

「ヴェルサイユ宮殿の鏡の間」ケイトリンのほっそりした指がひざの上で落ち着かなげに組み合わされた。「調べてみたら、めったにないことだけど、外交等のパーティーの場合、使用許可が下りるのがわかって――」

「ほんとうに下りたのか?」

ケイトリンはうなずいた。「ジョナサンに電話して、複数の政府高官への圧力を頼んでから、宮殿の管理団体の職員に会って、室内に損傷を与えた場合の保証金として五十万ドル支払うと申し出たの。もちろん、枝つき燭台は運び出して、木の床にはカーペットを敷かなきゃいけないけど、それでも……何がおかしいの？」

「わたしの金なんだから、五十万ドルと申し出る前に相談してほしかったな」

ケイトリンの目が困惑したように見開かれた。「怒ってるの？　単なる保証契約だし、なにしろヴェルサイユ宮殿なのよ」

アレックスは唇に笑みを浮かべたまま、首を振った。「怒ってはいない。感心しているんだ」

ケイトリンの頬がいっそう赤みを増した。「自分でも感心してるわ。許可が下りるかどうか、自信はなかったの。ひと月前なら、当たってもみなかったでしょうね」彼女は両手を開いてスカートのしわをのばした。「昔から……こういうことは苦手なの」

「またそれか。苦手なのは、やってみたことがないからだと思わないのか？　自信を持ちたければ、うまくできるようになるまで、何度も繰り返すことだ。ふた月後には、きみはきっと――」

「善良なる神《ル・ボン・デュー》のおかげで、ヴァサロにもどってるわ。わたしにふさわしい場所にね」そう言ってから、ケイトリンはまじめくさった顔でうなずいた。「でも、あなたの言うとおりかもしれない。最近――」そこで口ごもり、言葉を探しながら、「体の中で爆発が起きてるような気がするの。日に日にわたし……」語尾を濁して、頭を振った。「どう説明すればいいのか、わからないわ」ケイトリンは立ち上がり、ドアに向かった。「招待客リストを作らないと。あなたは弁護士に連絡して、賃借契約書を作ってもらってちょうだい」

「了解《ウィ》、マドモアゼル」

ケイトリンはドアの前で足を止め、いたずらっぽい笑みを向けた。「ひとつわかったことがあるわ。わたしは呑み込みが早いみたいよ、アレックス」

次の瞬間、ケイトリンが廊下に出てドアが閉まったが、アレックスはすぐに電話の受話器を取り上げようとはしなかった。たしかにケイトリンは呑み込みが早いし、彼女が言いあぐねていた変化も理解できた。この二週間、ケイトリンが進化し、成長するのをこの目で見てきたのだ。彼女は抑圧から解き放たれて、自信と度胸をつけた。それがふたりの関係のおかげだなどと、うぬぼれる気はない。理想的な形で希望が成長をうながし、ケイトリンはその光を浴びて輝き、花開いたのだ。アレックスはいつのまにか次の変化を期待しながら見守るようになっていた。

彼はふいに椅子をうしろにずらして立ち上がった。弁護士がなんだ。招待客リストがなんだ。輝く太陽、そしてここはパリ。ふたりでセーヌ川を散歩して、さっき彼女が書斎を出るときに見せたいたずらっぽい笑みをもう一度引き出せるかどうか、試してみよう。

またケイトリンの姿が消えている。

居場所はわかっていた。

ベッドにぽつんと残された枕を見てあきらめたように頭を振ると、アレックスは上掛けをはがしてベッドから出た。歩きながらガウンを着て、靴も履かずに廊下に出る。

次の瞬間、階段を駆け下りて、玄関広間に向かっていた。おいおい、もう朝の四時じゃないか。翌週に迫ったパーティーの準備で夜明けから日暮れまで働きづめだというのに、それだけでは足りないらしい。夜になると、ベッドを抜け出して書斎へ行き、ミック・ジャガーにのぼせ上がったグルーピーがポスターに見とれるように、あの愚にもつかない写真に見入っているのだ。アレックスは客間を抜けて書斎のドアを乱暴にあけた。

ケイトリンが驚いて顔を上げた。白い畝織りのゆったりしたガウンを着て、化粧っけのないつややかな肌をした彼女は、いたずらを見つかった子どものようだった。

「いますぐベッドにもどれ」アレックスは書斎に三歩踏みこむと、ケイトリンの手から拡大鏡を取り上げてデスクに置いた。「あすの朝十時に仕出し業者との打ち合わせが入っていると言ったのはきみだろう」

「眠れないの。疲れ方が足りないんだわ。ふだんはもっと体を使ってるから」

それで、いつものエネルギーがあり余ってしまい、はけ口が必要になったのだろう。「たしかに、室内装飾品のレンタル会社を探してパリじゅうを駆けずりまわるより、畑仕事のほうが多少は重労働かもしれない」アレックスの唇がゆがんだ。「だから、そっとベッドを抜け出し、ここでウインドダンサーの写真を見ているというわけか。今週に入って、もう三度めだぞ」

ケイトリンが目をしばたたいた。「気づいてたの？」

「あたりまえだろう」アレックスは吸い取り紙の上に置かれた、八×十《エイト・バイ・テン》の写真十数枚を見下ろした。「こんな写真、なんのたしにもならないと言っていたじゃないか」

「あれとは別よ。これはおととい届いたの」

「多少は役に立ちそうなのか？」

「ないよりはましね。この写真は何かを訴えてる気がするから」

「疲労のせいだよ」

「疲れてないと言ったでしょう」

「体は疲れていなくても、神経はバイオリンの弦のように張りつめているはずだ」

「そうかもしれない」ケイトリンはだるそうに手の甲で目もとをこすった。「自分ではわからないけど……。きっと待ちくたびれたんだと思う。早く日記が読みたいわ」

アレックスはわきを回りこんでデスクの前に立ち、卓上に尻を半分のせて彼女をながめた。

「口を開けば、日記、日記だ。なぜそんなに重要なんだ？」

ウインドダンサーのことをきくたびにはぐらかされるので、今回も何もきき出せないだろうと思ったが、ケイトリンはしばらくためらったあと、口を開いた。「アンドリアス家はカテリーナの日記の内容が外部に漏れないよう、異常なほど神経をつかってきたわ。せいぜいリリー・アンドリアスが本を書いたくらいで、それも一般的な事柄に終始していた」

「きみは〝歴史におけるウインドダンサー〟という論文を書いたんだろう」

「噂《うわさ》に伝説、ヒットラーに命じられてウインドダンサーの警備に当たったドイツ連隊の将校たちの乏しい記録を並べてね。でも、由来については何も探り出せなかった」ケイトリンが下唇を噛んだ。「歴史的文書の中でウインドダンサーの名が初めて出たのはトロイに関する記述で、それには、アンドロスがウインドダンサーをかかえて、ギリシャ神話に出てくるヘレネと思われる女性といっしょに秘密のトンネルを抜け、トロイの町から逃げ出したと書いてあるの」

「アンドロスというのは？」

「アンドリアス家の始祖よ。もともと海賊で、トロイ人につかまり、トロイとギリシャのあいだで戦争が始まったときに投獄されたの」

「ギリシャ人なのか？」

「はっきりしないけど、ギリシャ人なら、トロイ城が包囲されたときに殺されてるはずよ。トロイ王の兄のパラディグネスがアンドロスにウインドダンサーを託して、町から逃げ出す方法を教えたの」

「なぜだ？」

「わたしにわかるはずないでしょう」ケイトリンの声にいらだちがにじんだ。「答えのない疑問が山ほどあるのよ」

「日記の中にも答えはないかもしれないぞ、ケイトリン」アレックスはなだめるように言った。

「でも、あるかもしれない」

「これで生死が決まるような真剣な口ぶりだな。わたしのことは好奇心旺盛だと非難するくせに」

ケイトリンは首を振った。「単なる好奇心じゃないの。ウインドダンサーは……」言葉を切り、目を伏せた。それから早口でひと息に言った。「わたしに何かを語りかけようとしてるの」

「どういう意味だ？」

眉間にしわが寄った。「いかれてると思ってるんでしょう」

「完全にいかれてい《フォル》る」

「だから言いたくなかったのよ」ケイトリンは写真に視線を注いだまま続けた。「初めてウインドダンサーの写真を見たのは八歳のときよ。ほら、調香室にあるリリー・アンドリアスの本にのってたの。しばらくはどこへ行くにもその本を持ち歩いたわ。いつも目の届くところに置いておきたかった。わたしにとっては、特別な意味を持ってたの」

「ペガサスはおとぎ話に出てくる動物だ。子どもなら、誰でも心を奪われる」ケイトリンのように親から見捨てられた子どもはなおさらだ。「星まで連れていってくれる空飛ぶ馬だからな」

「そうじゃないの。なんていうか……誰も知らない秘密をウインドダンサーと共有してるような気がしたのよ」ケイトリンは力なく頭を振った。「ただ、その秘密が何かは、いまだにわからないけど」顔を上げて、アレックスの目をまっすぐにのぞきこむ。「でも、ウインドダンサーはわたしにその秘密を知ってほしいと思ってる。解き明かしてほしいと思ってる。だって……」と言いかけてから口をつぐみ、言葉を探した。

「なんだ？」

「わからないの？　歴史上の偉大な指導者たちはウインドダンサーを権力の象徴とみなしてきた。そう考えるのには何か理由があるはずよ」

「貴重な美術品だからだろう。値のつけられないほど高価なものが宗教的な畏怖《いふ》の念を持って崇められるのは、珍しいことじゃない」

「そうじゃなくて……」卓上ランプの明かりの中で、ケイトリンの瞳がきらめいた。「別に宇宙人が地球に持ちこんだものだとか、一種の宗教的シンボルだと言うつもりはないわ。でも、存在するということは作った人がいるわけで、わたしたちにこれだけの影響を与えるのには何か理由があるのよ。あの銘文が鍵を握っているはず」

「ええと、ステーキのおいしい焼き方は――」アレックスは彼女の表情を見て、ふざけた言葉を途中で呑みこんだ。この数カ月、ケイトリンはウインドダンサーについてずっと沈黙を保っていたのに、ようやく話す気になってくれたのだから、ちゃかすのは失礼だ。「もう寝たほうがいい」彼はデスクから体を離して、ケイトリンを立たせた。「写真を見にくることくらい、いつだってできる。ウインドダンサーは数千年前からこの世に存在しているんだ。

あした消えてなくなったりはしない」

ケイトリンが溜め息をついた。「気がふれたと思ってるのね」

「そんなことはない」アレックスは彼女のこめかみに優しくキスをして、ドアのほうへとうながした。「理解しがたい、独特の感受性の持ち主だとは思っているがな。だが、アレクサンダー大王もウインドダンサーに入れ上げていたそうだから、非難はできない」

「ウインドダンサーが何か訴えるなんてありえないと思ってるんでしょう。理解してもらえるとは思わなかったけど」

「たしかに、きみのような目でウインドダンサーを見ることはできない。ペガサス像に夢中になったり、花畑を駆けまわるような子ども時代は過ごしていないからな。わたしの世界はいつも無情で厳しい論理の上に成り立っていた」アレックスは優雅な弧を描く階段の前で足を止め、二本の指でケイトリンの首にそっと触れた。「だが、きみの話を信じたい。証明してくれ。それが真実だという証拠を見せてくれ」

ケイトリンは真剣な顔でアレックスをながめていたが、やがてまばゆい笑みを浮かべた。「ええ、見せてあげるわ」彼女は階段のほうに向かい、のぼりはじめてから振り返った。「あなたは寝ないの?」

「写真をかたづけて明かりを消したら、すぐに行く」アレックスはにやりとした。「体に染みついた習慣でね。パズルのピースはなくす前に安全な場所にしまうことにしている」

「ピーターから翻訳が届くまで、しまっておくほどのピースはないと思うけど」ケイトリンがぼやいた。「最近はいつかけても留守番電話なの」

「メッセージを吹きこんでも連絡がないのか?」

「ええ、翌日に別の写真を速達で送ってくるだけ。書斎のデスクの抽斗《ひきだし》に写真が何百枚あるか、知ってる?」

「いっぱい食わされたと思っているんじゃないだろうな」

「思ってるわよ」ケイトリンは無理やり笑みをつくった。「ほんとうにひどいわ。わたしにはあの日記が必要なのに」

「あしたも電話する気だろう」

「フィルムもいつかは尽きるはずよ。あの人のおかげでコダックは大忙しね」ケイトリンはそのまま階段を上がったが、踊り場でふたたび足を止めて振り返った。「なんだか怖いわ」

アレックスは顔をしかめた。「ばかばかし――」

「違うの。ウインドダンサーのことじゃないの」ケイトリンがじれったそうに左手を振った。「きょうの午後、ラクレールの事務所に最終見本を取りに行く予定でしょう。出来が悪かったら、どうしよう」

「ウインドダンサーが稲光の中から生まれたとしたら、どうする?」アレックスは含み笑いを漏らした。「可能性としてはどちらも同じだ。ラクレールはすばらしい職人だよ。悩むのはやめて眠るんだな」

ケイトリンはばつの悪そうな笑みを浮かべ、背中を向けて階段を駆け上がった。

アレックスは階段の下で彼女を見送った。心を許したからこそ、あれほど慎重で、基本的には現実主義者のケイトリンが今の話を打ち明けてくれたのだ。アレックスは貴重な贈りものをもらったような気分だった。

彼はきびすを返して書斎にもどった。写真をていねいに重ねて、デスクのまん中の抽斗に納める。そして卓上ランプを消そうと、腕をのばした。

デスクの上の電話が鳴った。

アレックスは手を止めて電話機を見た。この番号を知っているのはゴールドバウムとカトリンだけで、緊急の用でもないかぎり、こんな時間にかけてくるはずがない。

アレックスは受話器を取った。

「やあ、アレックス。おれを捜してるそうだな」

体に衝撃が走った。「レッドフォードか?」

「ほかに誰がいる? おまえと同じくらい策謀に長《た》けてるのは、おれしかいないぜ」

受話器を強く握りしめると、こぶしがまっ白になった。「この蛆虫《うじむし》め。心臓をえぐり出してやるから、待っていろ」

レッドフォードが低い声で笑った。「パーヴィルを使ったささやかな伝言がお気に召さなかったようだな。だが、あれはおまえのためにやったんだぞ、アレックス。おれのことを甘くみるから、警告してやったのさ。むだだとわかってたがね。ヨーロッパじゅう、おれを探しまわってるそうじゃないか。数ヵ月前からおまえに電話したくてうずうずしてたんだが、ついに誘惑に負けてしまったぜ」

「なぜここにいるとわかった?」

「あんたにはあんたのつてがあるように、おれにはおれのつてがある。言っとくが、おれの居場所を突き止めてもなんにもならないぜ。あんたにおれは倒せない」

「じゃあ、居場所を言ったらどうだ」

「そんなことをしたら、すべてだいなしだろ。あんたが仕掛けようとしてるゲームを楽しみにしてるよ」

「何も仕掛けてはいないぞ」

「しらばっくれるな。昔あんたとよくやったチェスと同じだ。賭け金がはるかに高いだけでな」そこで間があいた。「わかるか、アレックス。おれがどんなに孤独か」

「わかるか、レッドフォード。わたしはそんな話、聞きたくもない」

レッドフォードはアレックスの辛辣《しんらつ》なもの言いを無視して続けた。「ほんとうだ。野心のある人間は孤高であることを強いられる。あんたとクアンティコにいたころが、おれの人生でもっとも幸せで、もっとも気楽な時代だったぜ」

怒りで思考を鈍らせるな。この恥知らずに話を続けさせろ。もっと多くの情報を引き出すのだ。「で、わたしが仕掛けているとかいうのはどんなゲームだ?」

「そりゃ、かくれんぼさ。決まってるだろ。おれから見れば化かし合いの要素もあるがな。なにしろ屈辱的な敗北を喫してるもんだから、おまえを見ると、ついからかいたくなる。おまえがCIA《カンパニー》を辞めたとき、おれがどれだけのものを失うはめになったか、最近はいやでも考えちまうんだ。古傷がうずいてしかたない」レッドフォードはひと呼吸置いてから続けた。「さてと、今夜はどんなちっぽけな手がかりを与えてやるかな。おれの居場所が知りたいと言ってたな。今、おれはアテネから電話してるが、いうまでもなく、あんたがパリから飛んでくるころにはここにはいない」

「ゲームなんぞにかまけていたら、もともとの壮大な計画が水の泡になるんじゃないのか?」

レッドフォードが声を荒らげた。「あんたに皮肉は似合わないぜ。今回の計画に抜かりはない。おれのひとり勝ちだ」

「ひとり勝ち? 仲間はどうするんだ?」

「おれは他人と長いあいだ手を組んでいられるたちじゃない。あいつにはうんざりだ。頭は悪くないが、おまえみたいな才能を授かってないからな」レッドフォードが声をたてて笑った。「授かるといやあ、おまえにひとつ授けてやりたいものがある」

「皿の上にあんたの生首をのせてくれるとありがたい」

「よくもそんな残酷なことが言えるな。贈りものってのはいいぞ。その品物が多くを語ってくれる。あんたあてのプレゼントが今ごろ玄関先に届いてるはずだから、そろそろ切るぜ」

「待ってくれ。その前に——」

「じゃあな、アレックス」電話は切れた。

アレックスはたたきつけるようにして受話器を置くと、書斎を飛び出して玄関広間に向かい、ドアをあけた。

玄関の石段の上に、上品な紙で包み、赤いサテンのリボンをかけた箱が置いてあった。中には、パーヴィルの首に巻きついていたのと同じ、男もののカシミアの水色のマフラーが入っていた。

8

「もらってきた?」その日の午後、ケイトリンはアレックスを玄関で出迎えるなり、たたみかけるようにきいた。アレックスの持つブリーフケースに視線を向けて、「中身を見た? どうだったの?」

「ちゃんともらってきたよ」アレックスが屋敷の中に入って、ドアを閉めた。「質問責めにするのをやめて客間に来てくれれば、見せてやる」

「ごめんなさい。つい興奮してしまって……」ケイトリンはアレックスのあとについて、玄関広間の隣にある金色の客間に入った。「仮見本をひとつも見せてくれないから、一カ月間、この瞬間を待ちわびてたのよ」

「あやまることはない」アレックスは中央のテーブルの上にブリーフケースを置いて、留め金をはずした。「きみが興奮するのを見るのは楽しいからな」

ケイトリンはブリーフケースからアレックスの顔に視線を移した。性的な含みはかけらもない、ただの軽口だったが、アレックスの全身からは奇妙な緊張感が漂っていた。「どうしたの? 気に入らなかった?」

「いや、すばらしい作品だ。きみも気に入るだろう」アレックスが発泡スチロールに包まれた、小さな瓶を取り出した。「これだよ」

クリスタル製の瓶は、優雅な曲線を描くピラミッド型で、ガラスそのものがやけにぶ厚く見え、水晶玉や澄んだ深い湖をのぞきこんでいるような錯覚にとらわれた。ケイトリンは人差し指で触れてみた。「きれいね。どうして三角形にしたのかしら」

「三角形がピラミッドや永遠や神秘といったイメージを呼び起こすと考えたらしい。ヴァサロという名前は金色の筆記体で入れて、古代エジプトの象形文字に似せるそうだ」続けて、ブリーフケースから小さな黒い箱を取り出した。「これが瓶を入れる箱だ。どう思う?」

「すてき」ボール紙製なのに木箱にしか見えず、窓から差しこむ午後の陽光を浴びると、ニスが厚く塗られているかのように、漆黒の鈍い光沢を放った。「この箱にも同じ金色の文字でヴァサロと入れるの?」

アレックスがうなずいた。「そして、これが問題の品だ」と言って、最後に包みから小さなふたをそっと取り出した。「ペガサスだよ。雲と土台は省くことにしたようだ。ウインドダンサーをそのまま再現するのは不可能だから、彼なりのペガサスを作り上げたというわけだ。本物同様、走る姿に仕立てて、ウインドダンサーを思い起こさせながらも、安っぽいコピーには見えない」

「ラクレールは天才ね」ケイトリンはクリスタル製のペガサスを受け取って、うっとりと見入った。アレックスの言うとおり、ウインドダンサーとは別ものだが、躍動感にあふれていて、流麗な線でできた、洗練のきわみの作品だ。「芸術品だわ」細心の注意を払って瓶にふたをすると、うしろに下がってながめた。「狙いどおりの効果をあげてるわね。まるで……魔法だわ」

「ヴァサロよりウインドダンサーのほうが強調されているのが不満じゃないのか?」

「不満なはずないでしょう。ウインドダンサーはヴァサロの歴史と深く結びついてるの」ケイトリンはにっこりした。「ふたつを切り離して考えることはできないわ」

アレックスはしばらくケイトリンの晴れやかな笑顔をながめてから、視線をそらした。「そう言ってもらえて、ほっとしたよ」彼は香水瓶とふたを包みはじめた。「ジョナサンには、契約書へのサインをうながす手紙といっしょに航空特急便でレプリカを送った。あすには着くだろう。ジョナサンもこれなら文句はあるまい」

「同感よ」ケイトリンは箱を手に取って、光沢のあるなめらかな表面に指を走らせた。ラクレールはどうやって木のような質感を作り出したのだろう? 「彼に引き受けてもらえて、運がよかったわ」

「運がよかっただと?」アレックスの片方の眉が吊り上がった。「今年はついていないことばかりだと言っていたくせに」

「運勢が変わったのかもしれないわ」

「運なんか関係ない」アレックスはケイトリンから箱を受け取ってブリーフケースにしまいこんだ。「ラクレールはきみの香水を認めたからこそ、質の高い商品作りに参加したいと思ったんだ」

「そのせいで、報酬を二倍払うはめになったけど」

「そうでなくても引き受けてくれたはずだ。これほど短期間では無理だがな」アレックスは音をたててブリーフケースを閉めた。「パッケージ・デザイナーは、その芸術性がなかなか世間に認められることのない職業だ。われわれがウインドダンサーを使って派手な広告を打てば、ラクレールは自分の才能を世間に見せつけて、しかるべき賞賛を得ることができる。そういう余禄がなければ、どれほど金を積んでもむだだったよ」

「彼の求めているものを突き止めて、差し出したのね」

アレックスがうなずいた。「きみとふたりでな。追い返されそうになったとき、彼の気を引いて説得の時間を稼いでくれたのはきみだ。ラクレールも、これほどの香水なら消費者に長く愛されて、自分の作品が市場から消えることはないと踏んだんだろう」

「その結果、彼はわたしたちの求めるものを与えてくれた」ケイトリンの口もとがほころんだ。「あなたの戦術は効き目があるような気がしてきたわ」

「あるに決まっているだろう」アレックスは目をそらして、ブリーフケースをテーブルのわきに置いた。「一〇〇パーセントとは言えないが」

ケイトリンの視線がさっと彼の顔に向けられた。「何かあったの?」

「バカラから色よい返事が来なくてね。巨額の割増料金を払っても、香水瓶の製造には半年かかると言っている」

「半年？　そんなに待てるの？」

「いや、待てない」アレックスの顔に苦笑が浮かんだ。「だから、あすアイルランドに飛んで、ウォーターフォードに掛け合ってくる」

「あなたはバカラ一本に絞ってるんだと思ってたけど」

「ああ、最終的にはバカラに頼むつもりだ。ただ、ウォーターフォードなら期限内に用意できることを連中に教えてやりたいんだ。ウォーターフォードの鼻面に人参をぶら下げれば、バカラが奪いに来るに違いない」

「やり方が少し残酷なんじゃないの」

「それがビジネスというものだ」アレックスはケイトリンの顔を見ずに言った。「契約書にサインしたら、ヴァサロあてに送るよう、ジョナサンに頼んでおいた。あすのニース行きの便を一席予約してある。ジャークに電話して、空港まで迎えに来てもらうといい」

　ケイトリンはうろたえてアレックスを見つめた。「どういうこと？」

「きみはヴァサロに帰ってくれ」アレックスは今も彼女と目を合わすのを避けていた。「わたしはバカラとの交渉と、ウインドダンサーとチェルシー・ベネディクトのパリ来訪に関するマスコミへの対応があるから、ここに残る。だが、きみはいなくてもいいだろう」

　それをいうなら、ラクレールが香水瓶を作るあいだもいる必要はなかったが、アレックスがそばにいることを望んだのではないか。ケイトリンは呆然《ぼうぜん》とした。しかし、もう気が変わったらしい。「そうね」ケイトリンはすばやくまつげを伏せた。「ヴァサロに帰るのも悪くないわ。ホームシックになりかけてたの。こっちには、いつもどればいい？」

「二週間後でいい。十月三日だ。それまでにパーティーと四日の記者会見の準備をすませておく」

パーティー。拒絶された衝撃で頭の中がまっ白になり、そのことをすっかり忘れていた。わたしのパーティー。ヴェルサイユ宮殿のパーティー。それを成功させるため、長いあいだ身を粉にして働いてきたのに……。怒りの炎がみじめな思いを焼きつくした。どうしてわたしはアレックスの言葉におとなしく従おうとしていたのだろう？「冗談じゃないわ」

アレックスが身を固くした。「なんだと？」

「ふたりの関係を終わりにしたいからって、ヴァサロに送り返されてはたまらないわ」ケイトリンはアレックスを正面から見据えた。「これはわたしの香水で、わたしのパーティーよ。ヴェルサイユ宮殿のパーティーが終わるまで、パリを離れる気はないわ」

「そうはいかない」

「あなたの指図は受けないわ」ケイトリンは挑発するような目を向けた。「あなたがわたしに飽きたという理由だけで、わたしの香水もヴァサロもだいなしにはさせない」

「きみに飽きたわけじゃない」アレックスがぶっきらぼうに言った。「ただ、今はいっしょにいないほうがいいんだ」

「そうでしょうね。あなたは忙しい身だから」ケイトリンは無理やり明るい笑みをつくった。「それはわたしも同じよ。同じパリにいても、顔を合わせる必要はないわ」背中を向けて、ドアのほうへ歩き出す。「いったんヴァサロに帰るけど、母のサインをもらって、あすにはもどってくるわ。そのときはチェルシーとジョナサンが泊まることになっているインターコンチネンタルにチェックインするわね」

「それじゃ、だめだ。パーティーの日までパリを離れていてほしい」

「何もかもあなたの望みどおりになると思ったら、大間違いよ」

「ケイトリン、事情は言えないが、きみがここにいてはいけない理由があるんだ」絶望のにじんだ口調だった。「それも、もっともな理由が……」

「わたしがここにいるべき理由のほうがもっともだと思うわ。それはヴァサロよ」ケイトリンは足早に客間を出ると、階段を上がった。カトリーヌの部屋のドアを後ろ手に閉め、スーツケースを収めた戸棚に駆け寄る。忙しくしていれば、胸の痛みも消えるだろう。そもそも、こんなことで傷つくほうがどうかしている。彼とのあいだには、最初にふたりを引き寄せた欲望しか存在しないと、わかっていたはずなのに……。

いや、実際はそれだけではなかった。

肩を並べて散歩したり、オープンカフェで食事したり、ヨーロッパ諸国間の経済障壁の緩和がもたらす利点と欠点について議論したり、芸術や宗教や官僚主義に関する意見を交わしたり……。このひと月というもの、ふたりは情熱だけでなく、笑いと目的をともにして、友情というはかない絆《きずな》を紡いできた。

そう、それだ。友情だ。ケイトリンはいい口実が見つかったとばかりに、その言葉にやみくもにすがりついた。友人からそばにいてほしくないと言われたら、誰でも傷つく。つらくて当然だ。

ケイトリンはスーツケースをベッドの上にのせて、荷物を詰めはじめた。とうぶんパーティーの準備に追われるし、そのあとは、自分のいるべき場所に、ヴァサロにいつでも帰ることができる。

アレックスの言うとおり、しばらく離れていたほうがよさそうだ。

ドアをノックする音がして、アレックスが部屋の中に入ってきた。彼は唇を固く引き結んで、後ろ手にドアを閉めた。「話しておきたいことがある」

「わたしを利用したの？」ケイトリンは小声でたずねた。

アレックスがたじろいだ。「ああ、否定はできない。前もって熟慮を重ね……計画的に進めたことだ」

「なんのために？」

「六月にパーヴィルという友人が殺されたと話しただろう。あれは、わたしが偶然、あることに気づいたからで……つまり、わたしのせいだ。いつものようにくだらない謎に取り組んでいるとき、美術品の盗難事件がブラック・メディナのしわざであることに気づいた。CIA時代の同僚、ブライアン・レッドフォードがよく使っていた手口だった。パーヴィルはわたしがそれ以上、首を突っこまないよう、見せしめとして殺されたんだ」

「じゃあ、ウインドダンサーは？」

「レッドフォードは昔からウインドダンサーに惚《ほ》れこんでいた。ヨーロッパに持ちこめば、かならず奪いに来るだろう」

「そのために、わたしとジョナサンを利用したのね」

「ああ」

ケイトリンは目を閉じた。「あやつり人形になったような気がする」

「きみを傷つけるつもりはなかった」その声はかすれていた。

「傷ついたわよ」ケイトリンが目をあけると、涙が光っていた。「傷つかないはずないでしょう。こんなふうにあやつる権利があなたにあるとでも思ってるの？」

「わたしはただ利用したわけじゃない。きみが求めるものをすべて与えてやったのを忘れたのか？」

口から神経質な笑いが漏れた。「ええ、そのとおりね。公平な取り引きだったわ。あなたはそれぞれに求めるものを与えて……」ケイトリンが言葉を詰まらせると、アレックスが反射的に一歩踏み出した。

「来ないで！」ケイトリンはすばやくあとずさった。「そういうことはしないで。もうたくさんよ。気づかうふりはやめてちょうだい」

「きみへの気持ちを偽ったことは一度もない」

「そんなの信じられると思う？」ケイトリンは途方に暮れて、頭を振った。「これからどうすればいいのかしら」

「パリを離れてくれ。ここにいると危険だ」

「どうして？　そのレッドフォードとかいう人が憎んでるのはあなたでしょう」

「あいつには……ゆがんだところがある。あいつがパーヴィルを殺したのは単なる警告のためじゃない。わたしの友人だから殺したんだ」

「ゆがんだところがあるですって？　だったら、言ってやりなさいよ。わたしとあなたとはなんでもなくて、ただ利用しただけの女だとね。そうすれば納得してくれるんじゃない？」

「ケイトリン、そんなつもりは――」アレックスはあとの言葉を呑みこんで、力なく肩をすくめた。「なぜあえて、すべてを打ち明けたと思う？　玄関にマフラーが置いてあったと言っただろう。レッドフォードは何をしでかすか、わからない男だ。あいつはわたしがここにいるのを知っているし、きみのことも知っているはずだ。しばらくはヴァサロにいたほうが安全だ」

「それでもここに残ると言ったら？」

「ウインドダンサーに関するニュースがあしたからメディアをにぎわすだろう。そのあとは何も保証できない」

「保証してくれなんて頼んでないわ」ケイトリンはベッドの端に腰を下ろして、痛みはじめたこめかみを指で押さえた。「最善の解決策を考えないと」

「ヴァサロへもどるのがいちばんだ」

「それは選択肢に入ってないわ」

「いったいなぜだ?」

「ウインドダンサーが来週、パリに到着するからよ」

アレックスが凍りついた。「まさかジョナサンに電話して、今の話をぶちまけるつもりじゃないだろうな」

「まさか。わたしだってヴァサロのためにウインドダンサーが必要なの。言うはずがないとわかってて話したくせに」

「言わないでくれればいいとは思っていた」

「押すべきボタンを心得ていたというわけね」ケイトリンの顔に皮肉めいた微笑が浮かんだ。

「そうやって、わたしを同罪に仕立てあげたのよ」

「責めはひとりで負うから、言うとおりにしてくれ」

「冗談じゃないわ。ウインドダンサーをパリに呼ぶからには、わたしの罪で、わたしの責任よ」ケイトリンは立ち上がり、両のこぶしを握りしめて彼のほうに一歩近づいた。「でも、ジョナサンを裏切るようなまねはさせないわ」

「そんなつもりは最初からない」

「あなたがどんなつもりかなんて知らないわ」血の気の引いた顔の中で、目だけが怒りに燃えていた。「ウインドダンサーを盗ませるわけにはいかない。わたしはここに残って、この目でそれを確かめる。あなたがその変態とどんなゲームを楽しもうが勝手だけど、ほかの人間に累が及ぶのは許さない。わかった？」

「よくわかった」

「なら、いいわ」ケイトリンはそそくさと背中を向けると、荷物の準備にもどった。「したくがすむまで、部屋の外で待って、そのあと空港に送ってちょうだい。今はあなたの顔を見たくないの」


傷つけてしまった。

アレックスはシャルル・ドゴール空港のロビーを遠ざかるケイトリンをながめながら、車のハンドルを握りしめた。彼女が振り返ることは一度もなく、ヴォージュ広場を出発したときの冷淡でよそよそしい態度は最後まで変わらなかった。すべてかたづいたら、埋め合わせをしよう。誠意を尽くせば、わかってくれるはずだ。

ずっとヴァサロにいてくれればいいのだが……。アレックスは心底、そう願っていた。彼にできるのは、パーティーがすむまでケイトリンを遠ざけ、危険性を最低限にすることだけだ。そうすれば、おそらくレッドフォードも、彼女のことをアンジェラ同様、アレックスの人生にとって重要な人物ではないとみなして、手出しするのを控えるだろう。

〝おそらく〟だと？

それは、納得するにはあまりに漠然とした危険な言葉であり、概念だ。確実にケイトリンの身を守る必要がある。

うかつに行動して、パーヴィルのように見せしめのために殺されることだけは避けたかった。

「すばらしい」ジョナサンは感心したようにデスクの上のクリスタルの香水瓶をながめた。

「ラクレールは気むずかしい男だと聞いている。よく引き受けてくれたものだ」

「まだ何かひっかかってるようだな」とピーター。

「結局、アレックスについては、あれ以上、何も探り出せなかった。彼はなぜこの仕事にこれほど入れこんでいるんだ？　なぜケイトリン・ヴァサロと手を組んだ？」

「個人的な理由があるのかもしれないぞ。見たところ、特別な思惑があるとは思えないが」

「見たところだと？」ジョナサンは短い笑い声をあげた。「見ただけでは、あの男のことなど、何もわからない。きみの言うとおり、あの男は……ええと……地下生活者だったか？　それのようだな」

「ケイトリンのことが心配なんだな」

「ああ、彼女は実にいい人だ」ジョナサンの眉間にしわが寄った。「そしてアレックスは安全な男とは言えない」

「ウインドダンサーはどうする気だ？　もしかして最近の美術品盗難事件に、あいつが一枚嚙んでると思ってるのか？」

「まさか。彼はうなるほどの金を持っていると言ったのはきみだろう」

「じゃあ、契約書にサインするんだな」

「まだ決めていない」

ピーターはためらってから、おずおずと口に出した。「危険だよ。ジェニングズなら止めるだろう。大統領候補の指名を受けたら、きみの一挙一動が注目の的になる。うさんくさい輩とかかわったら、世間が黙っちゃいない」

「指名されるかどうかはまだわからないぞ」

「自分がどうしたいかはわかってるんだろう」

「やりがいのある仕事だとは思う」ジョナサンはひと呼吸おいて続けた。「だが、やりがいのある仕事ならほかにもある」

「世界一の大国を動かすのとはくらべものにならないぜ」

「それはそうだが」

「ジェニングズだったら――」

「アル・ジェニングズは共和党の実力者かもしれんが、彼に人生の指図を受ける気はない」その声は鋼のように鋭かった。「いかなる組織であろうと、あやつり人形にされるのはごめんだ。もし契約を断ったとしても、それは共和党のご機嫌をそこねるのが怖いからではない」

ピーターが声をたてて笑った。「誰かにけんかを売りたくてたまらないようだな。この前の訴訟でキュナード汽船をやりこめて以来、楽しいことがなかったからな」

その言葉にジョナサンのいらだちが吹き飛んだ。「そうかもしれない」彼は目の前の書類に視線を落とした。「契約を断れば、きみは貴重な日記を読む機会を失い、アレックスも銘文の解読から手を引く」

ピーターは何も言わなかった。

「きみにとっては大きな痛手だろう」

「きみが大統領候補の指名を失うほうが痛手だ。日記のことなら、ほかの方法を探すまでだ」

「この前アレックスには、条件がすべて揃えば契約すると言った。チェルシー・ベネディクトの署名入りの契約書は二日前に届いている」

「ああ」

「そして、今度はラクレールの手になる香水瓶が届いた」ジョナサンは椅子の背にもたれて、書斎の奥の壁に飾られたルイ・シャルル・アンドリアスの肖像画に目をやった。「契約書にサインしてほしいという旨の手紙つきでな。前言を撤回してサインを拒否したら、アレックスはどう出ると思う?」

「まあ、どんな手を使ってでも目的を果たすだろうな」

「彼が天才的な策士であることはすでに証明ずみだ。おとなしく契約を結んで、主導権を握ったままでいたほうが安全かもしれない」

「ジェニングズはそうは思わないだろうな」

「党の指図は受けないと言ったはずだ」ジョナサンは語気を強めた。「わたしの契約する相手はケイトリン・ヴァサロであって、たとえアレックスと関係ができたとしても、それはごくささやかなものでしかない」

ピーターが立ち上がった。「この件には口を出さないよ。自分で決めるんだな」

ジョナサンはにやりとした。「卑怯《ひきょう》者め」

ピーターが真顔でうなずいた。「きみなら史上最高の大統領になれると思ってるから、せっかくの機会を踏みにじってほしくないいんだ」

ジョナサンの顔から笑みが消えた。「まだ契約するとは言っていないぞ」

ピーターはドアのほうに向かった。「聞かなくてもわかるさ。きみの気持ちは契約するほうに傾いてる」

「おそらくな。ともかく、じっくり考えてみる」

「あいつが金銭的価値に関係なく、ウインドダンサーに熱を上げていたときのために、警備を強化しておくよ」

その午後、ジョナサンは契約書にサインし、ピーターを通じて航空特急便でヴァサロのケイトリン宛てに送った。

「マリッサはほんとうにすてきな女性ね。もの静かで、控えめで」カトリンはケイトリンについて彼女の部屋に入り、娘がベッドの上に小型のスーツケースを置くのをながめた。「映画女優の娘と聞いて思い浮かべるようなタイプとはまったく違うわ。カンヌやニースに案内すると言ったのに、この二週間で彼女を連れ出せたのは、モンテカルロにあるジャック・クストー海洋博物館だけ。あとはジャークの手伝いをするか、畑を散歩していたわ」

ケイトリンはスーツケースの留め金をはずして、ふたをあけた。「いい子なのね。母さんに迷惑がかからなくてよかったわ。だいじょうぶだろうとは思ってたけど」

カトリンが眉根を寄せた。「いい子だなんて……マリッサは子どもじゃないわよ」

ケイトリンは母親に驚きの目を向けた。「まだ十六歳じゃないの」

「でも、そうは思えないわね……」カトリンは言葉を濁して、ふいに話題を変えた。「アレックスはいっしょじゃないの?」

「仕事があるし、わたしもあすにはパリにもどるから」ケイトリンは視線をそらした。「おかげさまですべて順調よ」

「彼に会えなくて残念」カトリンがにっこりした。「でも、おかげでもうしばらくランボルギーニを貸してもらえるわね。あの車でニースを走ると、気分がいいのよ」

ケイトリンは母親のほうを振り返った。「アレックスが乗っていいと言ったの?」

「もちろんよ。アメリカに行く前にキーを貸してくれたわ」カトリンはきれいに整えられた眉を片方吊り上げて、唇をとがらせた。「彼に無断で使うはずないでしょう」

「それもそうよね。知らなかった……」ケイトリンはスーツケースから荷物を出しはじめた。「そんなこと、ひとことも言ってなかったわ」

「こまかいところまで気を配ってくださる方ね」

「ええ」彼がアンドリアス家の別荘だった屋敷をわざわざ借りてくれたことをふと思い出し、ケイトリンは失ったものの大きさに愕然《がくぜん》とした。ふと視線を落とすと、いつのまにか濃紺のスカートを握りしめているのに気づいて、あわてて手を離した。畑に出よう。畑仕事をすれば、すべて忘れられる。「ソフィアに荷物の整理を頼めないかしら。着替えて畑へ行って、ジャークに会いたいの」

カトリンがうなずいた。「母さんがやってあげるわ。今は暇だから」彼女はベッドに近づき、たたんで重ねた服のいちばん上にある濃紺のスーツを見て、眉をひそめた。「まさか、こんな流行遅れの服を着たわけじゃないでしょうね。しかも、新しい服が一枚もないじゃない。パリで買いものもしないで、いったい何をしていたの？」

ケイトリンは苦笑を漏らした。「いろいろと忙しかったの。言っておくけど、今回は仕事で行ったのよ。母さんが契約書にサインしてくれたら、あすには向こうにもどってパーティーの準備をしなきゃいけないの」ボタンをはずしてブラウスを脱ぎ、チェストのほうに歩いていくと、作業用のシャツを取り出した。「でも、パリはいつ行っても楽しいわね。美術館もあるし」

それに、アレックスがいた。湯気のたちこめるバスルームで体を重ねる彼が……。

ルーヴル美術館の中庭で笑い声をあげる彼が……。

レストランの隣のテーブルに、ボーイ長が老婦人とそのペットのアフガンハウンドを案内するのを見て、驚きに眉を吊り上げる彼が……。

「あなたは昔から、美術館が好きだったわね」カトリンが洗いたてのデニムのジーンズを娘に手渡した。「ルーヴル美術館の警備が二倍に強化されたとテレビのニュースで言っていたわ。銃を持った警官がずらりと並んでいるようなところへよく行く気になるわね」

「鑑賞のじゃまにはならなかったけど」

「ともかく、帰ってくれてひと安心だわ」カトリンは娘がジーンズを穿《は》くのをながめた。「きのう、またブラック・メディナがアテネで事件を起こしたものだから、ラルス・クラコウがテロ対策本部を設置して、逮捕に全力をあげると発表したの」

「よかった。あの連中を止められるのはクラコウくらいしかいないもの」それなら、レッドフォードに脅える日々も長くはないだろう。

カトリンの顔に笑みが浮かんだ。「昔、クラコウの話をたくさん聞かされたわ。彼は幼いころの母さんの英雄だったの。国じゅうの子どもたちが彼とドゴール大統領の写真をスクラップ帳に貼っていたものよ。ナチスを倒したんだから、この悪党《カナーユ》たちもきっとつかまえてくれるわ」カトリンが身震いした。「ありがたいことに、カンヌやニースのような文化都市ではそんな物騒な事件は起こっていないけど。大都市であればあるほど、危険もふえるのね」

「わたしがいるあいだは、パリも平和だったわよ」ケイトリンはジーンズのファスナーを上げてベッドに座り、ブーツをはいた。「唯一の違いは空港に兵士がいたことね」

それ以上、話すことを思いつかず、ケイトリンは気まずい沈黙が垂れこめるのを感じた。

数少ない共通の話題が尽きると、いつもそうだ。

カトリンは意に介していないようすだった。濃紺のスーツを見て、また顔をしかめている。

「こんなやぼったい服、捨ててしまいなさいよ。ほんとうにみっともないったら」

ケイトリンがオランダ水仙の畑を進んでマリッサ・ベネディクトに近づくと、マリッサが顔を上げて微笑んだ。「ケイトリンですか？　レイキャヴィークの船着き場でお会いしましたね」マリッサの瞳が輝いた。「お母さまにアルバムの写真をたくさん見せていただいたから、お会いしていなくてもわかったでしょうけど」

「母がアルバムを見せたの？」

「ええ、あなたのことが自慢でしかたないようです」マリッサは汗ばんだひたいをシャツの袖でふいた。「言うまでもなく、ご存じでしょうけど」

「いいえ」ケイトリンは母親と別れたときの気づまりな空気を思い返し、おもむろに屋敷のほうを振り返った。カトリンには驚かされることがある。そのたびにもっと理解する努力をしようと思うのだが、今はそんな暇はない。「知らなかったわ」と言って、ケイトリンはマリッサのほうに向き直った。「畑仕事を手伝う必要はないのよ。あなたはお客さまなんだから」

「好きでお手伝いさせていただいているんです」マリッサは花を一本摘んで籠に入れた。「それに、夏休みはいつも働いていますから。去年とおととしの夏は、サンディエゴ海洋研究所でイルカの世話をしました。将来は海洋生物学者になりたいんです」

「そうなの」ケイトリンも作業に取りかかった。「それでアイスランドまで鯨を救いに？」

「誰かが行動を起こさないといけませんから」マリッサが手を止めて、畑を見渡した。「ヴァサロは美しいところですね。招いてくださって感謝しています」

「とんでもない。たいしたおもてなしもできないし、ずいぶん手伝ってくれてるみたいね」

「花を摘むと、心が落ち着くと思いませんか？」マリッサが静かな口調できいた。「シュノーケリングに似ていますね。そこはまったくの別世界で、どちらを向いても、美しい新鮮な景色が広がっている。それがわたしたちを取り囲み、体じゅうに染みこんで、醜いものや苦痛をすべて消してくれるんです」

ケイトリンは聡明な顔立ちの少女をじっと見つめて、胸が締めつけられるのをおぼえた。マリッサはおとなの入り口に立ったばかりだというのに、今言ったような、この世の醜いものや苦痛をいやというほど味わってきたのだ。「ええ、そのとおりね」

マリッサがケイトリンのほうを向いて、穏やかな笑みを浮かべた。「あなたはいい人だと母が言っていました。友だちになってもらえますか？」

ケイトリンは微笑を返した。「もちろんよ」

トルコ

《ロンドン・タイムズ》の日曜版の写真がブライアン・レッドフォードの目をとらえた。彼は手を止めて、小さく口笛を吹いた。「美しい。やっぱり最高だぜ、こいつは」

「誰のことだ?」ハンス・ブラッカーがテーブルの向かいで金色の頭を上げた。ほかの獣が縄張りに侵入してきたのを嗅ぎ取ったライオンのように、優雅だが、敏捷《びんしょう》で不気味な動きだった。

「おまえの興味を引きそうな話じゃない」レッドフォードは新聞から目を離さずに答えた。

「それより、ちゃんと食事しろ」

「興味があるから、きいてんだろ」形のいい唇が不機嫌そうにゆがんだ。「それに腹は減ってねえ」

「ゆうべ遅くに泳ぎに行ったときに思ったが、少し痩《や》せたな。心配してるんだよ。体は大切にしろ」

「知るか」しかし、ほどなくしてハンスはトーストを食べはじめた。

すっかり飼い慣らされやがって、とレッドフォードは心の中でぼやいた。相手を手なずける前には腕が鳴るが、いざ目的を果たすと、いつもこんなふうに空しくなる。一年あまり前のブラック・メディナ結成時に、ハンス・ブラッカーを仲間に引き入れたのは、ブロンドへアの端正な容姿と同様、爆弾使いとしての力量に魅力を感じたからだ。天使のような美貌と非情な狂暴性という組み合わせに、ひさしぶりに胸が躍った。

ハンスはミュンヘンの路上で育ち、十二歳で正義の子というテロ集団に入り、一年後、初めて人を殺した。その名がレッドフォードの耳に入るころには、いくつもの巧妙かつ不愉快な方法でさらに九人の命を奪い、プラスチック爆薬や爆弾の製造と設置の天才と目されていた。弱冠十八歳にして賢すぎることもなく、乱暴で生意気で、レッドフォードのいみ嫌うマッチョ信奉者。完璧な人材だ。声をかけずにはいられなかった。レッドフォードは当時を振り返って、ほくそえんだ。

体を奪うのは無理でも、頭と心を意のままにあやつるのは可能だと思われた。手間をかけて調教するだけの価値はあると判断し、まずは〝観察〟から始めて、最高の操縦法を見つけ出した。経験上、孤児が恋人よりたくましい父親的存在になびきやすいのは知っていたし、それはハンスのような殺人鬼の場合も例外ではなく、しかも、父親役を演じることにかけてはレッドフォードの右に出る者はいない。半年後、ハンスはレッドフォードに依存しきっていた。残念ながら、もう手応えは感じられなかった。

「美しいって誰のことだよ」

嫉妬しているのだ。その激しく深い愛情がさながら性の奴隷のようだと気づいたら、ハンスはどれほど驚き、ショックを受けることか。レッドフォードはしばらく気を揉ませてやりたいという誘惑に駆られたが、やめておいた。ハンスには異常な一面があり、逆上させるのは賢明ではない。

「何を心配してるんだ。ただの美術品の話だぞ」レッドフォードは新聞を掲げてみせた。

「ウインドダンサーだ。きれいだろ?」

「なんだ」ハンスは写真を見ようともせずに、体から力を抜いて、口もとをほころばせた。

「そいつを盗むのか?」

「そのつもりだ」

「盗みはもうしないって、あいつが言ってたぞ」

「だったら、盗む気にさせるまでのことだ」レッドフォードはふたたび写真に目を落とした。

「どうしても手に入れたい。新聞社に電話して、ウインドダンサーがパリに来るというニュースの出所を調べてくれ」

「自分でしな。おれはあんたの奴隷じゃねえ」

「おれを喜ばせるのが好きなんだろう」レッドフォードは新聞から視線を離さず、ベルベットのようになめらかな声を出した。「おれのためにぜひとも調べてほしいんだ」

顔を上げなくても、ハンスの色白の頰が熱くほてっているのがわかった。うんざりするほど反応の読める男になってしまった。ハンスは悪態をつきながらも椅子をうしろにずらして、電話機に向かった。

レッドフォードは椅子の背にもたれかかり、新聞の写真をながめて思いにふけった。ウインドダンサーを盗んでも、この完璧な計画に支障はきたさないと、仲間を説得する必要がある。計画の費用を負担すると申し出れば、納得してくれるだろうか。いや、それだけですむはずがない。数週間前から拒否しつづけてきた、ある任務を遂行するよう、迫られるだろう。その任務には抵抗があった。どうして歴史あるものの美しさがあいつに理解できないのか。フン族のアッティラ王なみに無教養な男なのだ。

ハンスが受話器を置いた。「アレックス・カラゾフだとさ」

レッドフォードは頭をのけぞらせて、腹の底から笑い声をあげた。「こいつは傑作だ。やってくれるぜ」と言って、ひざを打った。「やっぱりあいつか。どうやってウインドダンサーを借り出したんだろう」

「知り合いか？」

「まあ、そうふくれるな。おれの旧友のアレックスを忘れたのか？　見せしめのためにやつの親友を懲らしめてやったじゃないか」

ハンスが顔をしかめた。「ああ、思い出した。六月のあれだな。おれは連れてってもらえなかった」

なぜ連れていかなかったのだろう、とレッドフォードは自問した。当時は調教のまっ最中で、ハンスなら喜んでパーヴィル・ルバンスキーを手にかけたはずだ。そもそも自分がアレックスと顔を合わせることもなく、処理できたに違いない。

しかし、なぜかアレックスとの邂逅《かいこう》にはハンスを噛ませたくなかった。誰も介入させたくなかった。アレックスには相反する感情をいだいていると言ったが、最近ではそれがどう相反しているのか、自分でもつかめなかった。

今でも誰かを愛することができるのだろうか？　そういった感情を閉め出してからずいぶんたつので、今ではそれがどんなものかすら、忘れてしまった。レッドフォードはアレックスを憎むと同時に、求め、尊敬していた。ときには彼を守ってさえきた。憎しみは愛情と背中合わせだという。自分はアレックス・カラゾフを憎むのと同様、愛しているのだろうか？

「そいつを殺すつもりか？」

「そうなるだろうな」

「だったらおれにやらせてくれ。あんたのためにやってやる」ハンスが力をこめて言い、ブルーの瞳が熱っぽく輝いた。「さっき言われたとおり、あんたを喜ばせるのが好きなんだよ」

「おれたちはたがいを慈しみ合ってるからな。父と子のように」まれに見る美青年だとレッドフォードはあらためて思い、手をのばして、ハンスの顔にかかった金色の髪を優しく払いのけてやった。出会ったころのハンスは、天使のようなイメージを払拭してマッチョに見せるため、髪を極端に短く刈っていた。それを説得し、わずか五カ月でここまでのばせたのは、調教の成功のあかしだ。つややかなブロンドヘアに触れると、ハンスがぴくりと体を揺らした。アレックスは最後までこうはいかなかったと思うと、あらためて不満が込み上げた。

「いや、やるときは自分でやる」

ハンスの瞳に怒りの炎が燃え上がった。「そいつのことが好きなんだな」

「ばかばかしい。誰が好きなもんか」レッドフォードは笑顔を見せて、ウインドダンサーの写真に視線をもどした。アレックスにしろ、ウインドダンサーにしろ、好きというような単純な言葉では言い表せない。しかし、ある意味で、その両方にはよく似た情熱をいだいていた。「それよりまず、旧友のアレックスが何をたくらんでるのか、探り出さないとな。あいつに頼むか。この前、アレックスの屋敷までささやかなプレゼントを届けてくれた男、名前は……」指を鳴らして、「フェラーツォだ。パリのフェラーツォに電話して、アレックスの動きを二十四時間、見張らせろ」

「おれが行く。おれが見張ってやるよ」

レッドフォードは声をたてて笑った。「おまえにまかせたら、二、三日後には、アレックスはどこかの路地裏で熟れすぎたすいかみたいにばらばらになってる。フェラーツォに電話しろ」

「気に入らねえな」

「気に入らなくてもいいから、言われたとおりにしろ。おれはブリュッセルに電話して、われらがうるわしき友と交渉するから、静かにしててくれ」レッドフォードは電話機に向かった。しばらくして電話がつながり、彼は望みを伝えた。

「だめだ」

「これまではあなたの要望どおり動いてきました。どうしても欲しいんです」

しばらく間があいた。「その見返りは？」

レッドフォードの口から嘆息が漏れた。「わかりました。わたしの美学にはそぐいませんが、例のものを爆破してさしあげますよ」

「どちらも大昔から存在するという意味で、フェアな取り引きかもしれんな。そもそも、おまえがなぜああいった時代遅れの遺物に執着するのか、理解できん。過去のがらくたは一掃して、明晰な思考と現代的で公正なやり方という新世界への道を切り拓くべきときが来たというのに」

「それでも、ウインドダンサーは手に入れます」

「じゃあ、わしの取り分は四だ」

レッドフォードは考えをめぐらせた。「それでは、こちらの取り分が極端に減ってしまいます。三にしてください」

ふたたび沈黙。「もうひとつ仕事を受けてくれるのなら、よしとしよう。最近、スマイスが目ざわりでならん。おまえの相棒の助けを借りて、消すことになりそうだ」

レッドフォードはベランダにいるバンスに目をやった。白い籐《とう》椅子にゆったりと腰かけて、ジーンズを穿いた脚を片方、ひじ掛けにのせている。レッドフォードの唇が小さくほころんだ。「方法は？」

「暴力的なのは困る。心臓発作でよかろう」

「それじゃ、ハンスががっかりしますよ。かなりいらだってて、鬱憤《うっぷん》を晴らす機会を待ち望んでますから。で、いつにします？」

「あすリヴァプールに行ってくれ。ヒルトンで会議があって、わしとスマイスも出席することになっとる。あすの晩、彼はヒルトンに泊まって、翌日、ロンドンに帰るそうだ。その前に昼食をとりながら、最終的な話し合いをする予定だ」

レッドフォードは低い声で笑った。「最終的という言葉が鍵ですね」

「別れ際に握手をしたら、この任務は中止だ。握手しない場合は、やつにほかの人間と話す機会を与えることなく、かたづけてくれ。わかったな?」

「わかりました」レッドフォードは穏やかな口調で続けた。「いまだにわたしを頭の鈍い男と思ってらっしゃるようですね。わたしがいなければ、この計画の成功は望めないと思いますがね。冴え渡る弁舌でメディアを振りまわすことはできても《モナリザ》は盗めません」

「ああ、百五十万ドルの賄賂《わいろ》が必要だ」

「そして、一度も賄賂を受け取ったことのない道徳的な男の信念を、数カ月かけてぐらつかせることがね。わたしの心理分析能力もあなたに負けてないと思いませんか?」

また沈黙が下り、相手の頭の中で歯車が回って、なだめるのと威圧するのと、どちらが最良の方法か、計算する音が聞こえたような気がした。「おまえの知性を疑ったことなど一度もないぞ、レッドフォード。そうでなければ、仲間に引き入れるわけなかろう」

おれなら手足として動かせると思ったからだ、とレッドフォードは醒めた頭で考えた。利害が一致しているあいだはそれでもかまわないが、自分だってその気になれば、綿密に練り上げた計画をまるごと覆せるということを教えてやったほうがいいかもしれない。「では、あしたハンスをリヴァプールに行かせます」

「スマイスと握手をしたら、中止だ。あいつを引きこめればいいんだがな。カートライトを利用するには必要な人材だ」

「彼なら消しても問題ないですよ」そう言うなり、レッドフォードは電話を切って、相手がこのぶしつけなふるまいにどれほど憤慨しているかを想像し、快感に打ち震えた。居丈高な低能男め、心臓発作を起こせばいい。

「お待ちかねの仕事だぜ、ハンス」レッドフォードはハンスに向かって言った。「われらが友が、例の爆破にラニャップをつけてほしいそうだ」

「なんだ、そのラニャップってのは」

「ルイジアナの言葉で、ちょっとしたおまけという意味だ。パン屋でクッキーを十二個買ったら一個よけいにくれることがあるだろう。あれだ。だが、おまえなら、わざわざ頼むまでのことはないか。仕事をまかせるたびに、いつもおまけをつけてくれるからな」

ハンスがとまどったように顔をしかめた。「方法は?」

「心臓発作だ」

「消す相手は?」

「ヨーロッパ経済共同体(EEC)の特使であるアマンダ・カートライトの補佐官、ジョン・ローランド・スマイス閣下だ。カートライトの出張の手配その他を担当している。きまじめな男で、鼻薬も効かず、嘆かわしいほどの慎重派だ。説得しようが脅そうが、なびきそうにはないし、かと言って、味方に引き入れられないまま、生かしておくには多くを知りすぎてる」

「イギリス人は殺したことないな」

「じゃあ、楽しみがふえたというわけだ」

「なんで心臓発作なんだ? 注射器を使うのは好きじゃねえ。ほかにも方法はあるだろ」

「おまえが満足できないのはわかる」レッドフォードは美しい形をしたハンスの唇を人差し指でたどった。「だが、自然死に見せかけなきゃいけないんだ」

ハンスが渋面をつくった。「わからねえな。こないだまでは派手にぶちかませと言ったくせに、今度はばれないようにしろと言う。どうしてだ?」

「おまえが理解する必要はない」

ハンスの口もとがこわばった。「なんでだよ」

レッドフォードは溜め息を漏らした。ハンスはうんざりするほど頑固なときがある。「いいか、ハンス。新聞さえ読まないようなやつにいったいどう説明しろと――」彼はあとの言葉を呑みこむと、小さな子どもに語りかけるように、ゆっくりとていねいに説明を始めた。「十二に及ぶEEC加盟国はあらゆる障壁を撤廃する方向へ動いてる。ポンド、リラ、フランといった世界から脱して、共通の通貨を持つことさえ検討中だ。数年前には、加盟国を単一政府のもとに統合することを目指す連中まで現れた。統合されたヨーロッパを支配することが、どれほどの権力と利益につながるか、わかるか?」

ハンスがじれったそうに眉間にしわを寄せた。「それがおれたちとなんの関係があるんだ?」

「統合には反対意見も多い。今のところ、おれたちの仲間はヨーロッパの新聞社の五五パーセントとケーブルテレビ二局を牛耳って世論を動かしてるが、加盟国の全特使を説得するにはまだ何年もかかる」レッドフォードは笑みをつくった。「そこで、ブラック・メディナの誕生だ。おまえは西部劇が好きだったな。荷馬車が一ヵ所に集まってインディアンの襲撃から身を守る場面を見たことがあるだろ？」

ハンスがうなずいた。

「つまり、荷馬車みたいに加盟国を団結させてやるんだよ。あと二、三回襲撃すりゃあ、やつらは悲鳴をあげて助けを求める。自国の政府が当てにならなければ、当てになりそうなところにすがりつく。おれたちの最後の任務でそういう状態に持ちこめるはずだ」

「トルコに来てから聞かされたあの任務だな」

レッドフォードはうなずいた。「準備が整ったら、何が起こったか気づかれる前に、まとめてこちら側に抱きこんでやる。中でもイギリスはあれこれ文句をつけてくるから、われらが友は頭を悩ませてるんだ」

「ふうん」しばらくの沈黙のあと、ハンスがきいた。「で、スマイス殺しはどうして注射なんだ？」

話が振り出しにもどってしまい、今の説明の何割がこの美しい金色の頭に染みこんだのだろうと、レッドフォードはいらだちに駆られた。「あと数ヵ月は、カートライトの周辺に不穏な動きがあることを知られたくない。こちらの息のかかった協力的な人物をスマイスの後釜に据えるのがむずかしくなるからな」

「カートライトのばあさんも殺す気だな」

レッドフォードは身を縮めた。「ばあさんなんて言うな。まだ女盛りの年頃だ。永遠に十九歳でいられる者はいない」

「ばあさんも殺したことはないな」

「それはおまえの仕事じゃない」

「なんでだ？」

「この仕事には、計画をこと細かに練り上げ、周辺の状況を調整する能力が必要だ」

「おれにだってできる。頼むよ」ハンスはレッドフォードの手を両手で包みこみ、唇に当てた。「おれに……やらせてくれ」

「本気か？　なぜそこまでこだわるんだ」

「昔のおれは――」ハンスは口ごもって、言葉を探した。「みんなに尊敬されてた。どの部屋に入っても、ここはおれの場所だという気がした。あんたに会うまでは……」言葉は尻すぼみになり、やがてささやくような声で続けた。「おれは自分で考えて、自分で行動してた」

レッドフォードは小さな笑い声をあげた。「おれと組んでると、自尊心が傷つくか？　りっぱな息子ってのは、すべてに敬意を払い、従うものだと教えたはずだぜ。だが、おまえを不幸にはしたくない。手を切ったほうがおまえのためかもしれないな」

「いやだ！」レッドフォードの手を握るハンスの指に力がこもった。「そんなつもりで言ったんじゃないのはわかってるだろ。ただ、もっといろんなことがしてえんだよ」

「考えておく」レッドフォードは微笑をつくった。「あすのスマイスの件で、おまえの手並みを拝見させてもらおう」その顔から笑みが消え、考えこむような表情で続けた。「せっかく古きよきイギリスに行くんだから、スマイスをかたづけたあと、ヨークシャーのキレーンダウンズまで足をのばしてもらうとするか」

エレベーターの前で足を止めたときも、その卑劣漢が握手しようとしなかったので、スマイスはほっと胸を撫で下ろした。あんな話を聞かされたあとでは、彼の手に触れるのもおぞましかった。

「もう一度、じっくり考えてくれたまえ。ほかに方法はないのだ」

「わかりました」スマイスはエレベーターのボタンを押した。「のちほど連絡します。あなたはそれが正しい道だと信じていらっしゃるようですが、安易に決められる問題ではありませんので」エレベーターの扉が開くと、スマイスはそそくさと中に乗りこんだ。「ご理解いただきたいのですが、まさに寝耳に水だったんです。ひじょうに意外なお話でした。じっくり検討して――」その先を続けることはできなかった。相手の顔にさげすむような薄笑いが浮かんでいたのだ。自分では隠しているつもりだったが、嫌悪感が露骨に顔に出ていたのだろう。スマイスは狼狽《ろうばい》した。

エレベーターの扉が閉まり、相手の堂々とした優雅そのものの姿が見えなくなると、スマイスは息を深く吸いこんで六階のボタンを押した。部屋にもどったら、事務局に電話しなければ……。職員が派遣されてきたら、ともにダウニング街へおもむき、さっきの話を政府に報告するのだ。

それは恐るべき内容だった。

彼らがスマイスに求める役回りを聞かされたときと同様、怒りが込み上げてきた。たしかに部下として仕えるにはアマンダ・カートライトは厄介な相手かもしれないが、会議をここまで引っ張ってきた貢献者であり、個人的には嫌いではなかった。会議の場で彼女に恥をかかせるようなまねはできない。

エレベーターの扉が開くと、スマイスは急ぎ足で廊下に出て自分の部屋へ向かった。鍵穴に鍵を差しこみ、ドアをあける。

「ヘル・スマイス、お話があるんですけど」

一瞬、心臓の鼓動が止まって筋肉がこわばり、恐怖が全身を駆けめぐった。振り返ると、エレベーターの方角からひとりの若者が歩いてくるところだった。スマイスの肩から力が抜けた。年のころは十八、九で、去年、オックスフォード大学に入った息子のロバートと同年代だ。細身のジーンズ、黒いタートルネックのセーター、白いウインドブレーカーというでたちで、輝く鐘のような金色の髪を耳の下までのばしている。ありがたいことに、ロブは同世代のたいていの若者より保守的な服装をして、髪も短く切り揃えている。しかし、この若者は、すくなくともロブの大半の友人より清潔で感じがよかった。「申しわけないが、急いでいるんだ」

「遠くからわざわざ来たんですよ、ヘル・スマイス」青年がスマイスの横に並んで微笑むと、端正な顔立ちが天使のように輝いた。左手が何げなくウインドブレーカーのポケットに入っていく。「時間は取らせません。約束しますよ」


ケイトリンがインターコンチネンタル・ホテルでアレックスの電話を受けたのは、九月三十日の午後のことだった。彼の口調は事務的でそっけなかった。「チェルシー・ベネディクトは記者会見の四日前にパリ入りする。あすは一日スケジュールをあけて、一時にホテルのロビーで出迎えてくれ」

「そんな必要あるの?」

「チェルシーのたっての希望だ。彼女が上機嫌でいてくれれば、仕事もうまくいく。最終的な判断はきみにまかせるよ」

「いいわ。迎えに出ましょう。結局、バカラは引き受けてくれたの?」

「ああ、問題ない。発売日までには必要なだけの数が揃うよ」

「今回もあなたの勝ちね。相手の求めるものを取り上げると脅す方法は、求めるものを差し出すのと同じくらい効果的なのね」

「バカラに圧力をかけたことに関して言いわけをするつもりはない」

早く電話を切って彼の声から逃れたいのに、どうしてけんかを吹っかけるようなまねをしてしまうのだろう。「非難したわけじゃないの」ケイトリンは疲労のにじむ声で言った。「あまりに姑息《こそく》な手段のような気がしただけよ」

「そのとおりだ」しばらく間があいた。「わたしは姑息な男だからな」

「それは否定できないわね」ケイトリンは話題を変えた。「マスコミへの対応はうまくいってる？」

「新聞を見ていないのか？」

「最近はまともに読んでないわ。一日の半分は香水工場のセルドーと電話で打ち合わせ、残りの半分はパーティーの準備に忙殺されてて……。新聞にのったの？」

「ウインドダンサーがフランスにやってくるというニュースはあらゆる新聞とテレビで報道されたよ」

「またもや、あなたの望みどおりになったのね」

アレックスが妙に硬い口調で答えた。「ああ、そうだ」と言ってから、おもむろにつけ加える。「きみとわたしの望みどおりにね。では、チェルシーに電話して、きみが出迎えることを伝えておくよ」


翌日の午後一時、ケイトリンがロビーに下りていくと、山積みの荷物、恍惚《こうこつ》顔のベルボーイ数人、運転手の制服姿の男、コンシェルジュが寄り集まった中央に、チェルシーが立っていた。レイキャヴィークで会ったときの普段着姿の彼女とはまるで別人だった。きょうは体にぴったりした褐色のワンピース姿で、華やかな髪がいっそう輝いて見える。まさに都会的な女性だった。

「あら、ケイトリン」チェルシーがこちらに気づいた。「すぐに行くから、待ってて」彼女は神業のように、その言葉を実行に移した。手際よくコンシェルジュにチェックインを頼み、ベルボーイ全員にチップを渡し、運転手についてくるよう指を曲げてうながすと、きびきびとした足取りでロビーを横切り、ケイトリンに近づいてきた。「ああ、忙しい。ケイトリン、こちらはジョルジュよ。パリにいるあいだの運転手をお願いしてるの」

ケイトリンのぎこちないあいさつが終わらないうちに、チェルシーは彼女を玄関から連れ出して、カスティリョーネ通りに停まっている、長くて黒いリムジンの前に立たせた。「気を悪くしないでほしいんだけど、あなたの荷物をあたしのスイートに移すよう、コンシェルジュに頼んだの。先に許可を得るべきなのはわかってたけど、VIP用のスイートルームはどこもフットボール場みたいに広いから、あたしの顔を見たくなければ、見ずにすむわ。ホテルにひとりで泊まるのはいやなのよ」

「わたしはかまいませんけど」ケイトリンはリムジンの後部座席に文字どおり押しこまれながら、驚いてたずねた。「どこへ行くんですか?」

「買いものよ」チェルシーは質素なグレーのワンピース姿のケイトリンをながめまわした。「でも、その格好じゃ、クリスチャン・ラクロワで門前払いを食らうわね。そうだ、あなたは五年前からコンゴに行ってたことにしましょ。いくらなんでも、外交使節を放り出したりはしないわ」そう言うと、リムジンに乗る前に胸いっぱいに息を吸いこんだ。「パリの匂いって大好き。ほかのどんな匂いとも違うわ。焼きたてのクロワッサン、ワゴンで売られてる花、観光バスの排気ガス……」

ケイトリンは声をたてて笑った。「おまけに、カメラのシャッター音」

「それは音よ。匂いじゃないわ。五感はきっちり区別しておかないと」チェルシーが車に乗りこむと、ジョルジュがドアを閉めた。「さあ、香水の充満するラクロワの匂いを嗅ぎに行きましょ」

ケイトリンはベルベットのシートの背にもたれかかった。「わたしはヴァサロの匂いのほうが好きです。あなたもヴァサロにいらっしゃれば、そうお思いになりますよ。CM撮りはいつですか?」

「すぐよ、もうすぐ。パーティーが終わりしだい、撮るんですって。監督にはポーリー・ハートランドを起用したそうよ」ケイトリンの顔になんの表情も浮かばないのを見て、チェルシーが説明した。「すぐれたテレビCMに与えられるクリオ賞を二年連続で受賞した人よ」

ケイトリンは瞳をきらめかせ、真顔でうなずいた。「じゃあ、腕のいい監督なんですね」

「最高の監督よ」

「ウインドダンサーといっしょに撮るんですか?」

「ええ、でもヴァサロで撮るのはあたしだけなの。保安上の理由でウインドダンサーを畑に持ち出すわけにはいかないから、屋内で一本撮影するそうよ」チェルシーが眉根を寄せた。

「でも、ロケハンしても、なかなかいい場所がないみたい」

「どういうところを探してるんですか?」

「レストランかクラブ。おしゃれというより、ロマンチックなところ」

「ラ・ロトンドはいかがです？」

　チェルシーが問いかけるような視線を向けた。

「ニースのネグレスコ・ホテルにあるカフェです。テーブルやブースのあいだを回転木馬が上下しながら回ってて、中央には等身大の女の子の人形が置かれて、白いヴィクトリア朝風のドレス姿で手回しのオルガンを弾いてるんです」ケイトリンは目を閉じて、中のようすを思い出そうと努めた。「店内にはウィンナワルツが静かに流れてて、窓にはひだが美しく、愛らしいピンク色のオーストリアン・シェードがかかってます」

「すてきじゃないの」

「ええ」ケイトリンは目をあけて、なつかしそうに微笑んだ。「子どものころ、いつも父がそこで誕生日を祝ってくれたんです」父親が去ったあとのつらさだけをおぼえていて、こういう楽しい時間を忘れていたなんて、おかしな話だ。

「ポーリーに連絡して、誰かに見に行かせるわ」リムジンがすべるように走り出すと、チェルシーはケイトリンのほうを向いた。「マリッサはあなたのことがすっかり気に入ったみたいね。電話するたびに、あなたの話題が出るの」

「いいお嬢さんですね。まだ少女なのに、しっかりなさってて」

「マリッサは少女なんかじゃないわ」手袋をはめたチェルシーの両手がハンドバッグをきつく握りしめた。「少女じゃなくなってしまったのよ。あのろくでなしが――」チェルシーはあとの言葉を呑みこみ、冷静な口調で続けた。「あの子は父親を愛してたのに、彼はあの子をこれ以上ないくらいに傷つけた。それが子どもにとってどういうことか、わかる?」

「わかります」

チェルシーが視線を上げて、ケイトリンの顔に探るような目を向けた。「そうでしょうね。でなきゃ、娘がこんなに早く打ち解けるはずないもの。きっとあなたたちは似た者同士——どうしてそんな目であたしを見るの?」

「なぜ娘さんをヴァサロへ送りこまれたのだろうとふと思ったものですから」

「あなたのことが気に入ったからよ」

「でも、わたしがパリを離れられないことはご存じだったはずです」ケイトリンは子細顔で彼女を見つめた。「それに、子どものこととなると過保護なほどのあなたが、ただ気に入ったというだけで、よく知りもしない相手の家に娘さんをやるはずがありません」

チェルシーの眉間にしわが寄った。「鋭いわね」いささかきまりが悪そうな顔をして、「実は身上調査させてもらったわ」

「えっ?」

「あなたのこと、調べたの。派手にやらないよう釘を刺しておいたから、だいじょうぶよ。近所の人たちがあなたのことを斧《おの》を振りまわす殺人鬼か何かじゃないかと勘ぐったりはしないわ。あなたの家族はみんなに愛され、尊敬されてるみたいね」

ケイトリンはほころびそうになる口もとを引きしめた。「ありがとうございます」

チェルシーが心配そうにケイトリンの顔をのぞきこんだ。「怒らないの?」

ケイトリンはくすりと笑った。「ええ、愉快な話だとは思いますけど」

チェルシーの口から安堵《あんど》の吐息が漏れた。「よかった」ケイトリンから視線をそらして、ためらいながら続けた。「娘によくしてくれて、感謝してるの。あの子、のびのびと過ごさせてもらってるみたいね。そこまでは契約に入ってなかったわ」

「喜んでいただけてうれしいです。それより、例のフォトジャーナリスト、予想どおり騒ぎを起こしたんですか？」

チェルシーが首を振った。「記事の中では家庭の事情にいっさい触れなかったし、あたしの写真が表紙を飾ることもできたわ」そう言って、顔をしかめた。「ああいう手合いは何を考えてるのか、わからないわね」

「あなたが思うほど悪い人じゃないと、マリッサが言ってましたよ」

「それでも、最悪の事態に備えるに越したことはないし、あの子もヴァサロの生活を楽しんでるようでよかったわ」リムジンがサントノレ街の一軒の店の前で停まり、運転手が車から降りて後部座席のドアをあけると、チェルシーが微笑みかけた。「さてと、仕事着を選びに行きましょ」

「わたしがお役に立てるとは思いませんが……。母にはいつも、救いがたい最悪のセンスと言われているんです」

「はっきり言ってそのとおりね。初めてあなたを見たとき、マリッサみたいだと思ったわ。あの子にとっては、服なんて体を覆って寒さを防ぐものでしかないの」

「あなたにとっては?」

「雰囲気づくりの小道具。自己主張するための衣装よ」チェルシーは褐色のワンピースを手で示してきいた。「この服を着てると、あたしはどんなふうに見える?」

「都会的で、積極的で、華やかな女性に見えます」

「あなたにはもっと落ち着いた雰囲気の服がいいわね。派手じゃないけど、上品な服」

「わたしですか?」ケイトリンはチェルシーに困惑顔を向けた。「あなたのものを買いにきたんだと思ってましたけど」

チェルシーが首を振った。「あたしなら、アイスランドからアメリカに帰ったとき、シャネルのラガーフェルドに電話してパーティー用のドレスを注文したから、あとは試着するだけよ。きょうはあなたの服を買いにきたの」

「だとしたら、ここじゃ場違いです」

「何言ってんのよ」チェルシーがブティックの入り口へと歩きはじめた。「一オンス二百ドルの香水を売り出すんでしょ。世間はあなたのことを、その香水にふさわしい女性だと思うわ。だったら、役割に合った装いをしなきゃ。言ってみれば、仕事着ね」

「そんなものを買う余裕は——」

「あるわ、あたしにね」チェルシーがつっけんどんな口調でさえぎった。「娘に優しくしてもらったお礼がしたいの」

「マリッサとは二日間いっしょにいただけです。ふだん面倒をみてるのは母です。こんなこと、してもらうわけにはいきません」

「じゃあ、お母さんにも何か買ってあげればいいわ」

「そんなわけには――」

「いいから、黙ってついてきなさいよ」制服姿のドアマンが入り口の扉をあけると、チェルシーは店の中に入った。「今回の仕事に、あたしは三百万ドルの報酬を要求してるの。むずかしく考えないで、少しは取り返しなさいよ」

ケイトリンはためらったあと、急ぎ足であとを追い、店内に入った。たしかに、これから数日間は見ぐるしくない格好をする必要があるが、あでやかなチェルシーの前に立つと、自分がいつも以上に地味で、影のような存在に感じられた。「では、ほんとうに必要なぶんだけ。ふだんのわたしの生活にこういう服は――」

チェルシーはもう聞いていなかった。「宝石の色がいいわね」とケイトリンをじっくりながめまわす。「ワイン色かエメラルド色、でなきゃ、やっぱり黒ね。その髪なら、黒が映えるわよ。身ごろにひだを寄せて流れるようなラインを作った、ギリシャ風ドレスがいいかしら。胸の大きさが目立つとやぼったいし、シルエットも崩れるし」そう言ってから、眉根を寄せた。「何が似合うのか、わからないわ。あたしが孔雀《くじゃく》なら、あなたは白鳥だから」

「白鳥？」ケイトリンは声をたてて笑った。「醜いあひるの子でないにしても、白鳥はほめすぎです」

「まあ、見てなさいよ」洗練された服装の店員がケイトリンをじろじろながめながら、銀白色の厚い絨毯《じゅうたん》の上を音もなく近づいてきた。チェルシーがかばうように体を寄せて、ささやいた。「そのひどいワンピースのせいよ。びくびくすることないわ。ここの女狐どもは客を縮み上がらせて何か売りつけるたびに特別手当がもらえるの。びびらせるのもショーのうちなのよ。堂々とした態度で澄ましてれば、あとはあたしがやってあげる」

ケイトリンはしかるべき威厳を取りつくろおうとしたが、侮蔑のまなざしで見つめられては、それもかなわなかった。

チェルシーが戦いに赴く戦士のようにつかつかと前に進み出た。次に口を開いたときには、ハリウッド映画調のしゃべり方はなりをひそめ、ロイヤル・シェイクスピア劇団ばりの口調に変わっていた。「ボンジュール、マダム。こちらはマドモワゼル・ケイトリン・ヴァサロよ。紹介するまでもなく、ご存じでしょうけど」店員が首を振ると、チェルシーは驚いて見せた。「ご存じないんですの？　ほんとうに？　彼女のコンゴでの無私無欲の奉仕に対して、来週、大統領が戦功十字章をお授けになる予定ですのに」店員にあわれむような視線を向けて、「ケイトリン、やっぱりディオールへ行きませんこと？　違うお店を試してみたいというお気持ちはわかりますけど、慣れ親しんだところがいちばんですわよ」チェルシーは一拍、間を置いてから、女狐と視線をからませ、うむを言わせぬ挑戦状をたたきつけた。「ねえマダム、こちらではわたくしの友人のために、ディオールにできないような、どんなことがしていただけますの？」

9

「買いすぎですよ」ケイトリンはリムジンのシートに背中をあずけて、ほっと息をついた。たった三時間だが、高級ブティックの気取った雰囲気の中にいると、ヴァサロの畑でまるまる二十四時間働くよりも疲れた。「母の服を三着買ってくださったのはありがたいんですけど、わたしにはこんなにいらな――」

「いらないはずないでしょ」チェルシーがさえぎった。「夜用のドレスが三着、昼用のドレスが二着、スーツ一着、カクテルドレス二着。靴さえ買ってないのよ」彼女はしばらく思案してから言った。「パーティーには黒のベルベットのドレスを着るといいわ。あなたの肌によく映えるわよ」

「その肌がかなり露出されますけど」ケイトリンは皮肉っぽい口調で返した。「ご自分のものはひとつもお買いにならなかったんですね」

「パーティー用と記者会見用に必要な二着はオーダーしてあるから」チェルシーは身を乗り出して、運転手に告げた。「サンジェルマン街の一四番地までお願い、ジョルジュ」

「ホテルにもどらないんですか？」ケイトリンはきっぱりと首を振った。「買いものはもう勘弁してください。これ以上、おつきあいできません」

「安心して。買いものじゃないわ」チェルシーはシートの背にもたれかかって、にっこりした。「すてきな老夫婦のお宅でお茶をごちそうになるの」

「できればホテルにもどって、ひと休みしたいんですが」

「そんなの、あとでいいじゃない。先にムッシュー・ペルドーに会ってよ。心配しなくても、楽しいわよ。パリでいちばんチャーミングな方たちなの」

驚いたことに、チェルシーの言葉どおり、ケイトリンはその後の二時間を心から楽しんだ。ジャンとミニヨンのペルドー夫妻は、アンドリアス家の別荘と同時代に建てられたと思われる、小さな邸宅で暮らしていた。客間に通された瞬間、すり減った神経が癒《いや》されるのを感じたのは、部屋に並ぶヴィクトリア朝時代の趣のある調度品のおかげだろう。マダム・ペルドーの淹《い》れてくれたカモミール・ティーもそれにひと役買い、向こうが透けて見えそうなほど薄く繊細なセーブルで供された。室内には、背もたれが曲線を描く、深紅のベルベット張りのソファが置かれ、白大理石の暖炉では小さな炎が燃えていた。オーク材の床にはオービュソン織りの絨毯が敷いてあり、その白い薔薇《ばら》と緑色の蔓《つる》の模様に合わせて、青々とした鉢植えの椰子《やし》がいくつか、部屋の隅に効果的に配置されている。アーチ形の縦長の窓のかたわらには小さなテーブルがあり、美しいベネチアン・レースを敷いた上に、銀製や象牙製のかぎ煙草入れ、たくさんの写真立て、駝鳥《だちょう》の黒い羽の扇子がところ狭しと並べてあった。

ペルドー夫妻はその住まいにふさわしい、優雅で温かい人たちだった。ミニヨンは白髪の小柄な女性で、コマッグミの卵や夜明けの空を思わせる、水色のすばらしく仕立てのいい服を着ていた。ジャンは背が高く、痩せていて、ライオンのたてがみのような銀髪と鋭いブルーの瞳をしていた。ふたりとも上品で機知に富み、人目をはばかることなくたがいやチェルシーに対する愛情を表現し、ケイトリンへの気づかいも忘れなかった。

チェルシーがついに立ち上がっていとまごいを告げると、ケイトリンは名残り惜しさに胸が詰まった。

ジャン・ペルドーが玄関までふたりを送り、チェルシーの頬にキスをした。「なんとも胸の悪くなる服じゃな」彼は闊達《かったつ》な口調で言った。「それだけのプロポーションならば、あえてひけらかすこともあるまいに……。まったくもって似合っとらん」

古風なほどの慇懃《いんぎん》な態度を崩さなかった男が荒っぽいもの言いをしたのに驚き、ケイトリンは目を見開いた。

「そう言われると思ったわ」チェルシーが平然とした顔で返した。「だから、わざと着てきたの」

ジャン・ペルドーの目尻にしわが寄り、笑い声が漏れた。「いやはや《ボンデユー》、あんたにはかなわん」

「でしょ」チェルシーがケイトリンのほうを示して言った。「彼女、白鳥みたいだと思わない？」

ジャンが首を振った。「白鳥というより、強く根を張り、茎をまっすぐにのばした、背の高い深紅の薔薇じゃな」彼は、ケイトリンをまじまじとながめた。「しかも、棘がついておる」

「棘？」チェルシーが渋面をつくった。「そうは思わないけど」

「まだ見たことがないだけじゃろ」ジャンがほくそえんだ。「このご婦人は自分でも気づいておられんかもしれんが、棘を持っておる」彼はケイトリンの手を握り、唇に当てた。「きょうはほんとうに楽しかった。またぜひ寄ってください」

「ありがとうございます、ムッシュー・ペルドー」

ジャンは戸口に立って、ふたりがリムジンに乗りこむのを見送った。

「彼、あなたのことが気に入ったみたいね」リムジンが縁石を離れると、チェルシーが満足げに言った。「思ったとおりだわ」

「さっきは、顕微鏡でのぞきこまれている虫のような気分でした」

「あら、あれはほめ言葉よ。興味を引かれなければ、何かにたとえたりしないわ」

「そうなんですか？　彼は何者なんです？　霊能者か何か？」

「世界一のデザイナーよ」

ケイトリンはぽかんとしてチェルシーを見つめた。「それにしては、名前を聞いたことがありませんけど」

「彼の名前も、世界一厳守されてる秘密なの。顧客はどんな服を作ってもらおうが、デザイナーの名を口外しないことを誓わされるの」

「どうしてです？」

「ジャンはペルドー銀行の一族の人間で、お金を必要としてないの。この道四十年以上になるけど、芸術性のさまたげになるから、オートクチュールのブティックを開くようなまねはしたくないんですって。顧客の個性に合ったドレスを彼がデザインして、マダムが縫うのよ」

「信じられません」

「あたしも初めはそう思ったわ。仕事だって、引き受けるより断るほうが多いのよ」チェルシーの唇がほころんだ。「たとえば、ダイアナ妃も断られたのよ。十年に二、三人しか新しい顧客を受け入れないの」

「あなたはそのうちのひとりに選ばれたんですね」

「運がよかったのよ。五年前、顧客の中でも古株のひとりに引き合わせてもらったら、ジャンは意欲をかきたてられたみたい」

ケイトリンにはその気持ちが理解できた。

「彼は注文は取らないの。勝手にドレスを作って、ご嘉納いただきたいというメッセージをつけて送り届けるだけ。あたしがアカデミー賞の授賞式で着ていたのが彼のドレスよ」

「ぜひ拝見したかったです。残念」

「評判よかったわよ、あのドレス」チェルシーが微笑んだ。「ホテルにもどったら、パリに着いた日に彼から届いたドレスを見せてあげるわ」

当たりはやわらかだが、実は陰険なサントノレ街の高級ブティックで何時間も過ごしたせいで、もうドレスは死ぬまで目にしたくないと思っていたが、あのデザイナーがチェルシーをどうとらえているのか、ふいに好奇心がわいた。「ええ、お願いします」

チェルシーがリア・ウインドー越しに何げなく目をやった。「彼、なかなか優秀ね」

「ムッシュー・ペルドーのことですか?」

チェルシーが首を振った。「あなたを尾行してる男のことよ」

ケイトリンは身を固くした。「尾行?」

「ダークグレーのルノーを運転してる男がいるでしょ」

ケイトリンが呆然としていると、チェルシーが続けた。「ほら、あなたが美術品をかかえてレンタル会社とヴェルサイユ宮殿を行き来するあいだ、盗難にあわないよう、アレックスが雇った探偵よ」その瞳にとまどいの色が浮かんだ。「アレックスが教えてくれたの。知らなかった? だってほら、誘拐目的じゃないかと勘違いするといけないし、あたしが気づかないはずないから」眉間にしわを寄せて、「映画の撮影中は、映画会社が投資金をどぶに捨てずにすむよう、いつも尾行をつけられてるの」

「あなたがご存じだとは知りませんでした」そもそも、尾行がついていることすら知らなかった。パリにもどって以来、ケイトリンはわざと仕事を詰めこみ、毎晩、憔悴《しょうすい》しきってベッドに倒れこんでいたので、レッドフォードのことすら思い出さなかったが、アレックスは忘れていなかったのだと知り、恐怖心が甦《よみがえ》った。

「だいじょうぶ？」チェルシーが心配そうにこちらをうかがっていた。

ケイトリンは苦労して笑みをつくった。「ちょっとくたびれただけです」

ホテルにもどり、チェルシーがロビーを突っきって、兵に召集をかける将軍のようにベルボーイを呼び集めると、その小隊が大量の荷物をまたたく間にスイートルームの羽目板張りの居間へ運び、十八世紀の錦織りのソファの上に積み上げた。チェルシーはうっとり顔のベルボーイたちにとびきりの微笑とふんだんなチップをふるまってから退室させ、急ぎ足で寝室に向かった。その立ち居振る舞いのひとつひとつが優雅で美しく、生命力にあふれていた。

「こっちへいらっしゃいよ。ジャンにもらった宝物はここの衣装だんすの中よ」

「今、行きます」ケイトリンは足を投げ出すようにしてハイヒールを脱いだ。「足が痛いので時間がかかりますけど……。まるで我慢大会ですね」

「熱いシャワーを浴びれば、元気になるわよ」

湯気の向こうからこちらを見つめる、アレックスの燃える瞳……。

なんの脈絡もなく、唐突に思い出が甦った。アレックスのことを考えてはいけない。ケイトリンは懸命に、そう自分に言い聞かせた。彼はわたしを利用し、ヴァサロを利用したのだ。胸の痛みなどすぐに消える。きょうだって、彼のことを考えたのはこれが初めてで、傷が癒えてきた証拠だ。

チェルシーが衣装だんすをあけて、奥の暗がりに手を差しこんだ。「すっごく気に入ってるの。ジャンって天才だと思わない？」

チェルシーが取り出した銀色のイヴニングドレスを見て、ケイトリンはその言葉の意味を理解した。ドレスというより、ワンピースだ。ハイネックの長袖で、丈は短い。シンプルでゆったりとしたデザインは、チェルシーの曲線美を強調するものではない。何よりも見る者の目を引いて離さないのは、その生地だった。銀色の布を張り合わせて、きらめく鎖帷子《くさりかたびら》をかたどっている。これを着れば、チェルシーは中世の若き騎士に見えるだろう——ただし、とてつもなくセクシーで女らしい騎士に。チェルシーは自分のことを孔雀と称していたが、ジャン・ペルドーは戦士やアマゾネスとしてとらえているようだ。チェルシーが娘を守るために、埠頭で記者に食ってかかったこと、そしてラクロワで店員がさげすむような目を向けたとき、かばうように進み出てくれたことを思い出して、ケイトリンはおもむろにうなずいた。「あなたのおっしゃるとおりです。あの人は天才ですね。パーティーではこれを着るつもりですか?」

チェルシーは首を振って、きらめく銀色のドレスにそっと触れた。「これじゃ派手すぎるわ。イメージモデルを務めるからには、自分じゃなく、商品を引き立たせないと。それに、ウインドダンサーより目立つのはどうやっても無理だから、悪あがきはやめて運命を受け入れるわ」そう言って、ドレスを衣装だんすにしまった。「これは特別な機会にとっておきましょう」

「またアカデミー賞をもらったときのためにですか?」

「それも悪くないわね」チェルシーは衣装だんすの扉を閉めた。「ルームサーヴィスを頼むから、シャワーを浴びてらっしゃいよ。今夜はここで食事をとって、ゆっくりしましょう。あすの朝は記者会見だし、午後には靴を買いに行かないと」

「記者会見?」また買いものに連れまわされるという懸念は、新たな懸念事項の前に消し飛んだ。「どうしてわたしが出席しなきゃいけないんです?」

「何言ってるの。あなたの作った香水でしょ」チェルシーが微笑んだ。「心配しなくても、質問責めにあわないようにしてあげる。マスコミの対応も仕事のうちですからね」

「仕事のうちというより、完全にあなたの仕事です。わたしはこれから二日間、ヴェルサイユ宮殿に詰めることになると思います」

チェルシーがうなずいた。「あなたが使用許可を取りつけたそうね。アレックスがひどく感心してたわよ」

「そうですか」つい、ぞんざいな口調になった。「それはうれしいですね。実は、ウインドダンサーの祖国帰還を祝うには宮殿しか考えられないと言ったら、あっさり承諾してくれたんです」

チェルシーの鼻の上にしわが寄った。「チェルシー・ベネディクトもいることをお忘れなく」

「心配しなくても、ほとんどの人はウインドダンサーよりあなたに目を奪われますよ」

「気をつかってくれてありがたいけど、そうはいかないでしょうね。ともかく、このパーティーの招待状をみんな喉から手が出るほど欲しがってるのはたしかよ」チェルシーはケイトリンをじっと見つめた。「自分では気づいてないかもしれないけど、あなた、変わったわね」

「わたしがですか？　どんなふうに？」

「そうね……前はもっとおどおどしてたわ」

「ラクロワの店員を前にしたときには、おどおどしましたけど」

チェルシーが小さく笑った。「ラクロワに行ってびびらない女なんて、この世にひとりもいないわよ」彼女の顔から笑みが消えた。「あなたたちは最強のチームね。この国の言葉を借りれば、あなたとあなたのアレックスは恐るべき《トレ・フォルミダブル》人たちだわ」

「彼はわたしのアレックスじゃありませんし、わたしが最強だなんてとんでもない」ケイトリンはドアのほうに歩き出した。「でも、すくなくとも彼はそうでしょうね。あれは恐るべき人です」

「じゃあ、あとでね」チェルシーは鏡の間の入り口で足を止めると、白いドレスの上にふわりと縫いつけられたシフォンの位置を直して、意識的に威厳を身にまとった。そしてケイトリンに片目をつぶって見せた。「さあ、ショータイムよ！」

ケイトリンがあわててうしろに下がると、部屋じゅうのレポーターやテレビ局のカメラマンが、磁石に吸い寄せられる釘のように、チェルシーのほうへいっせいに押し寄せた。ここ数日、チェルシーの〝ショータイム〟に何度も同席した結果、自分は黒子に徹するほうが性に合うことをケイトリンは思い知らされていた。ひと月間の苦労の結晶ともいえるこのパーティーでは、なおさらそうだ。チェルシーはどこへ行っても、その存在だけであっさり場をさらってしまう。美しさとユーモアを兼ね備え、スターとしての必須条件である、華のある女性なのだ。

チェルシーがたちまち人だかりの中に消えると、ケイトリンはゆっくりと鏡の間に入って、奥に引き下がった。彼女の役目はほぼ終わり、あとはパーティーがとどこおりなく進行するよう、見守るだけだった。正面の壁際で四重奏団がヴィヴァルディーを演奏していたが、にぎやかな話し声とグラスの触れ合う軽やかな音にかき消されて、ときおり旋律が漏れ聞こえるだけだった。白い上着姿のウェイターが客のあいだを縫うように歩き、具をたっぷりのせたカナッペ、ルイ・ロデレール・クリスタル・シャンパン、酒を飲まない人のためのオレンジジュースを配っている。

木製の床にはサヴォヌリー織りの絨毯が敷かれ、頭上高くにはクリスタルのシャンデリアが輝いていた。アーチ型の縦長の窓のかたわらには、ダマスク織りのクロスをかけた長テーブルが設置され、ラクレールのペガサスにそっくりのみごとな氷の彫刻とともに、ベルーガ・キャビアやロブスターやパンが並べてある。

ケイトリンは、壁の十七枚の鏡に映った客たちが行きつもどりつしながら笑いさざめく姿をながめて、カトリーヌの時代の舞踏会もこんな感じだったのだろうと、ふと思った。カトリーヌは鏡の間の舞踏会には出席していないが、その友人のジュリエットはまさにここに来て、今のケイトリンと同じようにアーチ型の天井を仰ぎ、宮廷画家ルブランの描いた太陽王、ルイ十四世の輝かしい姿をながめたに違いない。

「ここにいたのかね。探していたんだよ」

天井に向けていた視線を下ろすと、目の前にジョナサンがいた。以前会ったときより恰幅《かっぷく》がよく、りっぱに見えた。「こんばんは、ジョナサン。おおぜいの中で知った顔を見るとほっとしますね」ケイトリンの頬がゆるんだ。「映画俳優三人、首相ひとり、石油王ひとりを見かけて、気圧されてたところなんです」

「気圧される必要はないだろう。今夜は胸を張って楽しみたまえ。あなたのおかげで大盛況だな」ジョナサンに手を握られると、ケイトリンは初対面のときと同様、名状しがたい幸福感に満たされた。「それにきょうのあなたは美しい。実に堂々としている。まるでここの住人のようだ」

ケイトリンは笑い声をあげて首を振った。「それを言うなら、精神病院の住人のような気分です。ここ何日か、神経を逆撫でされることばかりで……。つねに世間の注目を浴びながら暮らしてる方は、どうやってやりすごしてらっしゃるんでしょう」

「慣れるものだよ」ジョナサンは、そばを通りかかった白い上着姿のウェイターのトレーからシャンパンのグラスを取って、ケイトリンに差し出した。「だが、こういったものが気分をほぐしてくれることもある」彼は自分のシャンパンを飲んで、周囲に何げなく視線を走らせた。「ミズ・ベネディクトは世間の注目を糧に生きているようだな」

ケイトリンは部屋の中央で招待客に取り巻かれたチェルシーをながめた。「ええ、ほんとうに感心させられます。どんな相手でも五分間いっしょにいるだけで虜にしてしまうんですから。記者会見でも、マスコミをすっかり自分のペースに巻きこんでましたよ」

「いつもこれほど外交的なわけではないと聞いているが」ジョナサンがケイトリンのほうに向き直った。「彼女のことが気に入っているようだな」

ケイトリンはうなずいた。「ええ、大好きです。最高の女性ですよ。ご紹介しましょうか?」

「それには及ばない。去年、ホワイトハウスのディナーでごいっしょしたのでな」ジョナサンはシャンパンを飲み干すと、空になったグラスをダマスク織りのクロスのかかった長テーブルの上に置いた。「わたしはここにいる大半の人間と面識がある。よければ、ミッテランやクラコウに紹介するが」

「クラコウがいらっしゃってます? 出席していただけるかどうか、自信がなかったんです」

「鉢植えの棕櫚《しゅろ》の木のそばに立っているのが彼だよ」

ケイトリンは伝説の人物に好奇の目を向けた。落胆はしなかった。新聞の写真では短く刈った髪が白く見えたが、実際は薄い金と銀の中間色だ。長身痩軀《そうく》を包んでいるのは大半の男性客と同じ、平凡な礼服だが、左の頬の肉をゆがめる傷痕と、落ちくぼんだ悲しげな黒い瞳が際立っていた。まるで聖人……いや、殉教者のようだ。カトリンによると、その傷は、子どものころコペンハーゲンのレジスタンス本部を探すゲシュタポに拷問されたときのものだそうだ。彼は最後まで口を割らず、ついに解放されたときには、全治二年の重傷と骨折を負っていた。長じて、彼は国民的英雄となり、戦後はヨーロッパの政治を動かすまでにのしあがった。「あれが噂のクラコウですか。わたしの母が彼を崇拝してるんです。お知り合いなんですか？」

「通商会議で何度か顔を合わせたことがある。ひとを引きこむのがうまい人物でね」

含みのある言い方だったので、ケイトリンはクラコウから視線をはずして、ジョナサンの顔を探るようにながめた。「彼のこと、お嫌いなんですか？」

「今、言ったように、ひじょうに魅力のある男だ。好き嫌いが言えるほど、よく知っているわけではない」ジョナサンの視線がクラコウの話し相手に向けられると、その表情が厳しくなった。「だが、善良なるムッシュー・ダルプレのことはよく知っている。インターポールの本部長で、今回のウインドダンサーの件では役所風を吹かせ、ピーターとわたしにさんざんいやな思いをさせてくれた。警備はこちらで手配すると言ったら、日程をこと細かに知りたがってな」

クラコウが圧倒的な存在感を誇っているため、ケイトリンはそう言われるまで、彼の隣に立って熱心に話しかけている褐色の髪の細身の男に気づかなかった。「なんだか説得してるみたいに見えますけど」

「ラウル・ダルプレは熱心なヨーロッパ統合派だ。おそらく自分の陣営に誘いこもうとしているのだろう」ジョナサンが肩をすくめた。「クラコウを引き入れれば、百人力だ。彼はずっと強硬に反対を表明してきたからな」

「あなたはどうお考えなんですか?」

「単一政権下の統合は強大な権力を生み、経済的な意味だけでなく、大いなる脅威になりかねない。ミスター・ダルプレが要注意人物であることは間違いない」

「最近読んだ新聞には、中枢となる、より堅牢な管理組織があれば、テロリストによる攻撃や盗難は実質上、消滅すると書いてありました。ヨーロッパが力を失ったのは官僚政治とコミュニケーション不足のせいだというのが大半の意見のようですね」

ジョナサンはふたたび肩をすくめて、「たしかに」と言い、話題を変えた。「先ほどの質問に答えてもらってなかったな。クラコウに紹介しようか?」

ケイトリンはクラコウに目をやった。彼と話をしたと母親に自慢したいのはやまやまだが、あいにく今は饒舌《じょうぜつ》なムッシュー・ダルプレの相手で精いっぱいのようだ。「母に怒られそうですけど、遠慮しておきます。わたしは会場をまわって問題がないか確かめ、できるだけ目立たないようにしています」

「それは無理だ。愛らしい女性は控えめにしていることはできても、目立たないことはできない」ジョナサンは彼女のひじに手を添えて人をかき分け、広い通廊の奥にある平和の間へと向かった。「しばらく仕事のことは忘れて、ピーターに声をかけて安心させてやってくれないか?　きみに会ったらシシカバブのように串刺しにされると思いこんでいるのだよ」

ケイトリンは顔をしかめた。「串刺しも悪くないですね。早く日記が読みたいのに、ピーターったら、まだ送ってくれないんですよ」

「では、あの哀れな男のところへ案内するから、面と向かって文句を言うがいい」ジョナサンの唇がひきつった。「留守番電話に食ってかかるより、そのほうがすっきりするだろう」

「ピーターは元気にしてます？」

「ああ、会えばわかる。赤外線カメラと自動警報装置を設置して、宮殿の隅々に警備員を配するだけでは満足できないようでな。みずから見張りに立っている」彼は巧みにケイトリンをうながして、厚い胸に派手な勲章をずらりと並べた軍服姿の太り肉《じし》の紳士のわきを回りこんだ。「だが、アレックスの徹底した仕事ぶりには感心していたよ」

「彼は完璧主義者なんです。ご満足いただけてよかった」

「満足しないはずないだろう。きょうの午後、空港まで迎えに来たかと思うと、警備態勢を確認し、自分で指揮をとってウインドダンサーを宮殿まで運んでくれた。こちらの手配した警備員だけでは安心できないらしく、今夜はさらに人員を雇って、警備に当たらせている。いましがた彼を見かけたが、まるで戦場を歩くような顔で巡回していたよ」思案深げに眉を寄せて、「彼らしくもない。アレックスはむしろ、陰で糸をひくタイプだと思っていたが」

「彼のこと、マキアヴェリみたいにおっしゃるんですね」

「そうか？」ジョナサンが微笑んだ。「いろいろな意味でマキアヴェリは損をしている。時代と環境があああいう男を生んだ、それだけのことだ。おそらくアレックスも同じだろう」

赤いベルベットの紐《ひも》で仕切られた一郭に来ると、その中でピーター・マスコヴェルが周囲に目を光らせていた。しみひとつない黒と白のタキシード姿だが、ジョナサンのように着衣が貫禄を添えてはいなかった。それどころか、ポート・アンドリアスで会ったときよりも顔色が悪く、相当やつれているように見えた。

ピーターがケイトリンに気づき、痩せこけた顔を笑みで輝かせた。「やあ」彼はかたわらの黒い大理石の飾り台にのっているペガサス像を手で示した。「ぼくに会いに来たのかい？それとも、ここにいるぼくの相棒かな？」

「両方よ」ケイトリンは微笑を返した。「調子はどう、ミスター・マスコヴェル。少々お疲れのようね」

「上々だよ」ピーターがにやりとした。「いや、まあまあと言ったところかな。ちょっと時差ぼけでね」

ジョナサンが顔をしかめた。「頼むから、ホテルにもどって休んでくれ。役目はもう果たしただろう」

「パーティーが終わって、ウインドダンサーがホテルの貴重品保管室に無事しまいこまれるまでは、果たしたことにならないよ」

「お部屋の居心地はいかが？」とケイトリン。「わたしとチェルシーは四階のスイートルームを使ってるの」

ジョナサンがうなずいた。「快適だよ。ピーターとわたしも同じ階のスイートにいる。アレックスがプライヴァシー確保のために、階ごと借りてくれたんだ」

「じゃあ、ぼくらはお隣さんか」ピーターがケイトリンに追従するような笑みを向けた。「お隣さんの皮をはぐようなことはできないよな」

ケイトリンはその訴えを無視して、いかめしい顔をつくった。「中世にはそれくらい珍しくなかったわ。早く翻訳を送ってよ、ピーター」

ピーターが嘆息を漏らした。「きみはジョナサン以上に人使いが荒いんだな。ドメニコ神父の翻訳作業は終わったから、あとは彼のメモをもとに仕上げるだけだ。一週間もあれば、完成するだろう」

ケイトリンは目を見開いた。「神父さん?」

「十五世紀のイタリア語を正確に翻訳できる学者は多くない。だからヴァージニアの修道院へ行って、ドメニコ神父の助力を仰いだんだ」

ケイトリンは、ピーターの留守番電話に残した、友好的とは言えないメッセージの数々をうしろめたい思いで振り返った。「誰か雇って専属で訳させてるんだと思ってたわ。それならそうと言ってくれればよかったのに」

「修道院へはジョナサンが寄付をたんまりはずむから、ご心配なく」ピーターは穏やかに彼女を見つめた。「それに、黙っているほうがおもしろいと思ったんだ。きみが留守番電話に残す痛烈なメッセージがだんだん楽しみになってきてね。ぼくの暮らしに彩りを与えてくれたよ」

ケイトリンは笑い出した。「よく言うわね。たしかわたし、そいつに重い腰をさっさと上げて仕事しろと伝えてほしいと吹きこんだはずよ」

ピーターが目を輝かせた。「そのまま伝えるのは差し控えたよ。どうせドミニコ神父に理解できるはずないからな。時間ができたら、最後の二十ページを清書して、すぐに送るよ。全部手書きで、しかも神父はかなりの悪筆なんだ」

「だったら、平和な環境を提供して、仕上げてもらったほうがよさそうね。二、三日、ヴァサロで過ごす気はない？」ピーターが意気ごんだ表情をするのを見て、ケイトリンは微笑み、静かな口調でつけ加えた。「カトリーヌの日記を読んでもらうのなら、ヴァサロ以外、考えられないわ」

ピーターの体がこわばった。「本気かい？」

ケイトリンはうなずいた。「このひと月、あなたを責めつづけた、せめてものお詫びよ」

「いつならいい？」

「いつでも」

「じゃあ、あした」そう言ってから、ピーターは首を振った。「いや、あしたは無理だな。ウインドダンサーをニースへ届けなきゃいけない。あさっては？」

ケイトリンは声をたてて笑った。「いいわよ。母に電話して、あなたが行くことを話しておくわ」

「いつまでいていいのかな」

「お好きなだけどうぞ。チェルシーとわたしはネグレスコ・ホテルでのCM撮りのためにあしたニースへ向かうけど、それが終わったら、ヴァサロでCMを撮る予定なの」

「なんだか力がわいてきたぞ」ピーターが一歩前に進み出て、ケイトリンの手を両手で包みこんだ。「ありがとう。なんてお礼を言ったらいいか……」

「そのかわり、ひとつだけお願いがあるの」

「翻訳のことかい？」

ケイトリンはうなずいた。「それもだけど、頼むから、これ以上、写真を送ってこないで」

ピーターが笑った。「そういう契約だろう」

「言っておくけど、カトリーヌの日記は銘文解読の助けにはならないわよ。銘文にはまったく触れられてないの」

「銘文より、一族の歴史のほうが大事だ。銘文の解読は、ぼくにとってはおまけにすぎない」その顔に優しい微笑が浮かんだ。「ふたりで手を組めばうまくいくよ、ケイトリン。きみの助けになりたいんだ。出し抜こうなんて考えちゃいない」

ケイトリンの胸に温かいものと――罪悪感が込み上げた。ピーターに対して、自分は口うるさすぎた。「その言葉を忘れないようにするわ」ピーターの視線を追って、ともにウインドダンサーをながめると、初めて見たときと同様、その魅力に一瞬、引きこまれた。彼女は小声で言った。「わたしにとってはとても大切なことなの。なんとしても解読せずにいられないのよ、ピーター」

「わかってる」

ジョナサンがケイトリンの腕に触れた。「ミズ・ベネディクトをイメージモデルとして紹介する準備が整ったと、彼女に伝えてきてくれないか？」彼はようやく聞き取れるくらいに声をひそめた。「さっさとパーティーを終わらせて、ピーターをベッドで休ませてやりたいんだ。こんなに疲労困憊するまで働いてはいけない」

ケイトリンはうなずいた。「伝えてきます」と言って、チェルシーが女王然として取り巻きをしたがえている場所へと歩き出した。

「見違えたよ」

アレックスの声だった。

ケイトリンは足を止め、心の準備をしてから、振り返った。見違えたのはアレックスも同じだった。優雅で洗練されていて、屈強で凶暴そうに見える。「こんばんは、アレックス」「すてきなドレスだな。黒を着たきみを見るのは初めてだ」アレックスの目が、肩紐のない黒のドレスからはみ出た胸に吸い寄せられる。「きみの肌はまるで――」アレックスはあとの言葉を呑みこんで、彼女の顔に視線を移した。「全部、順調か？」

ああ、彼とのことは忘れろとあれだけ自分に言い聞かせたのに、どうしてこんな気持ちになってしまうのだろう。ケイトリンはやりきれない思いだった。頭では彼のしたことに腹を立てていても、体のほうはおかまいなしに反応してしまう。乳首が硬くなり、性急で熱い欲望が全身をほてらせた。ケイトリンはヴァサロの畑でたがいの体をむさぼり合ったときと同じくらい、彼を求めていた。笑顔を向けるのがひと苦労だった。「順調よ。予定どおり進んでるわ」そう言ってから、小声でたずねた。「そっちは?」

「やつの姿はない」

ケイトリンの唇がゆがんで苦笑を形づくった。「拍子抜けするのはわかるけど、残念だという気にはなれないわ」

「今から来ないともかぎらない」

ついひややかな声が出た。「そのときは何がなんでも彼を捕まえて、ウインドダンサーを盗まれないようにすることね」

アレックスがふいに険しい表情に変わった。「そんなことは、言われなくても百も承知だ。ゆうべふたりで警備態勢の再確認をしただろう。わたしがどれだけ念を入れているか、きみは知っているはずだ」

「そんなこと知らな――」ケイトリンは途中で言葉を切って、唇を湿らせた。彼から離れたほうがいい。皮肉の応酬には耐えられないし、体が反応していることを知られるのも耐えられない。「もう行くわ」

「ああ、それがいい」

それはかすかにロシア語訛《なま》りを帯びた、濁った声で、彼が興奮したときの話し方に似ていた。ケイトリンははっと顔を上げた。アレックスの表情が目に入ったとたん、息を吸いこみ、体のわきで握りしめたてのひらに爪をめりこませた。彼に触れたくてしかたがない。ケイトリンはすばやく視線をそらした。「チェルシーに声をかけてくるわ。ジョナサンが早くパーティーを終わらせたがってるの」

「それはわたしも同じだ」アレックスはこわばった口調で言うと、きびすを返した。「ほんとうに、何もかも終わらせてしまいたいよ」

次の瞬間、彼の姿は人波に消えていた。

やつはどこだ？

アレックスはチェルシーを紹介するジョナサンのスピーチには耳を貸さず、鏡の間の片隅から室内に目を光らせていた。

不審な動きはなかった。

えさは、このうえなく目立つ場所に置いてある。

罠は仕掛けられた。

ブライアン・レッドフォードはいったいどこにいる？

ジョナサンがスイートルームのドアをあけると、ピーターが廊下に立っていた。「ウインドダンサーを無事にしまいこんだと報告に来たんだ」

「貴重品保管室にか？」

ピーターがうなずいた。「中に入れるくらい広い部屋で、外に見張りをふたりつけてある。フォートノックスの連邦金塊貯蔵所に負けないくらい安全だ」と言ってから、彼は案じるように眉をしかめた。「しばらく休暇をとってヴァサロへ行ってもいいかな」

「もちろんだ。CM撮りが始まったら、わたしも行くつもりだ」

ピーターが安堵に唇をほころばせた。「きみもかい？　忙しすぎて無理かと思ったよ」

「ウインドダンサーを貸すからには見ておきたいし、CM業界のことを知っておくのも悪くない。新しい大型客船を運航するときにはテレビでCMを流そうかと思ってな」

「ポーリー・ハートランドはこの業界では一流らしい。彼に頼むといいよ」ピーターはあくびを嚙みころした。「チェルシー・ベネディクトとウインドダンサーが並ぶと、壮観だったな」

ジョナサンはうなずいた。「たがいを引き立て合っていた。彼女を選んだのは正しかったようだ」

ピーターがドアを閉めながら言った。「おやすみ、ジョナサン。またあしたな」

「ああ、おやすみ。ゆっくり休むんだぞ。毎朝、夜明けとともに起き出す必要はない」

ピーターはふたたびあくびを漏らし、手で口をふさいだ。「まあね」

ドアが閉まると、ジョナサンは居間へ直行して黒いネクタイをはずした。それをデスクの上に放り投げ、タキシードのジャケットを脱いで椅子の背にかける。

まるでクリスマスイヴの夜に、ツリーのまわりに置かれたプレゼントをのぞきに一階へ下りたくてうずうずしている子どものような気分だった。

しかし、彼はもう子どもではないし、待つのもうんざりだった。すでにじゅうぶんすぎるほど待ってきたし、人生は短かすぎる。

ドアの鍵穴の中でキーの回る音がした。振り返ると、ドアが開くところだった。

「あら、まだ服を着てるの?」チェルシーが勢いよくドアを閉めて、ジョナサンのほうに駆け寄ると、白いドレスについた薄いシフォンが翼のようにふわりと舞い上がった。「あたしだったら、とっくに脱いでるわ」彼女はジョナサンに抱きついて、その首に腕をからませ、顔や首筋にすばやく熱いキスの雨を降らせた。「どうして男の人って――」

「黙って」ジョナサンは長くゆったりとした口づけで相手の言葉を封じこめた。「時間がなかったんだ」彼はチェルシーを抱き上げて、寝室へ運んだ。腕の中の彼女の軽いこと……。存在感の大きさにくらべて、その体の華奢《きゃしゃ》さにはいつも驚かされる。あふれんばかりの生気と活気。目をみはるほどのたくましさと思いやり深さ。「八カ月も待って、ようやく会えたんだ。きみの減らず口で水を差されたくない」

「ごめんなさい」チェルシーは素直に謝ると、体をすり寄せた。「でも、あなたがあたしと同じくらいやりたいと思ってるのなら――」

「やるじゃなくて、愛を交わす、だろう」ジョナサンはそうたしなめて、彼女をベッドに横たえ、自分のシャツのボタンをはずした。ふたりで過ごしたのはわずか数回だが、会うたびに彼女の言葉づかいが乱暴になっていく。それがふたりの育ちの差を意識させる狙いであることを、ジョナサンは承知していた。「おたがいの気持ちはわかっているだろう。セックスなどという言葉でごまかすのはやめて、正しい言い方をしてみたらどうだ」

「そんなことしてなんになるの？」チェルシーは陽気に返して、靴を脱ぎ捨てると、ベッドに座って背中を向けた。「ファスナーをはずしてちょうだい」

「いいから言ってくれ」ジョナサンはファスナーを下ろし、肩の下までのびた輝く髪を片側に寄せ、うなじに鼻をこすりつけた。「頼む」

チェルシーは神経質な笑い声をあげて、うしろを振り返った。「紳士に頼むと言われたんじゃ、断れないわね。愛を交わす。このほうがお上品？」

「ああ。そのほうがはるかに真実に近い」ジョナサンはドレスをウエストまで脱がせた。記憶どおり、裸の胸はつんと上を向いて完璧な曲線を描き、乳首は硬く尖っている。ああ、この日をどれだけ待ち望んできたことか……。「チェルシー、愛している……」

唇を合わせたとたん、意味論は頭から消し飛んだ。


「アレックスに感謝したくなってきたな」ジョナサンはチェルシーの顔からつややかな髪の毛を払ってやった。「危険な兆候だ」

「あたしたちのこと、どうやって探り出したんだと思う？　こんなに気をつけてるのに」

「さあね。どこかにつてがあるんだろう」

「いやだわ。彼に探り出せるんなら、野心的なレポーターにも探り出せるということよ」

「そうは思わない。アレックスは……並みの男じゃない」

「誰にも話さないかしら」

「ああ、たぶん」

「心配じゃないの？」

「正直に言おう、チェルシー。そんなの、知ったことか」

チェルシーが忍び笑いを漏らした。「チャールストン生まれの男の台詞ね」

「わたしもチャールストン生まれだ」

「でも、レット・バトラーよりあなたのほうがずっといい男よ」そこで笑みが消えた。「あなたはよくても、あたしは知られたくないわ」

「わかっている。だから、こんなまわりくどいまねをしているんじゃないか。この部屋の鍵はどこで手に入れた？」

「アレックスよ。パーティーの前に彼が部屋に寄ったんだけど、あとでかばんをあけたら、鍵が入ってたの」

「恩返しのつもりかな」

「キューピッドには似ても似つかないけど」

「チェルシー、今夜はアレックスの話はやめよう」ジョナサンは彼女をしげしげとながめた。

「キングストンで会ったときよりも痩せたな」大きなてのひらをチェルシーの胸に当てて、そっと包みこんだ。「今夜、パーティー会場で見たときに思ったんだ」

「ほんの一、二キロよ。心配性ね」チェルシーはさらに彼のほうに寄り添って、ジョナサンの脚に自分の脚をからませた。「そんな怖い顔しないでよ。自分のことは自分で面倒みられるわ」

「ああ、そうだろうとも」ジョナサンがにこりともせずに言った。「きみの頭の真横のマストに大きな銛《もり》が刺さった《タイム》の表紙を見たよ。もう少しで死ぬところだったんだぞ」

「あのときは頭に血がのぼっちゃったの」チェルシーはおどおどと弁解した。

ジョナサンがふいに笑った。「今度、銛を打ちこまれる機会があったら、わたしにやらせてくれ」

「たしかに、あなたはその仕事にぴったりの武器を持ってるわね」チェルシーは手を下ろして、彼自身に指を巻きつけた。「鯨みたいにりっぱな武器を」

「おだてても何も出な——」チェルシーの指に力がこもると、ジョナサンはあえぎ声を漏らし、あわてて言い直した。「いや、もう一度、銛を打ちこまれる気はないか?」

チェルシーは笑い声をあげ、頬杖をついて彼を見下ろした。「単純な人ね」

「情熱的と言ってくれ」ジョナサンは彼女の頭を抱き寄せて、長い口づけをした。「恋する男は誰しも情熱的だ」腕の中のチェルシーの体がこわばるのを感じて、もう一度キスを交わした。「わたしがきみを愛していることを忘れないでくれ、チェルシー」

チェルシーは体を離して上半身を起こした。「喉が渇いたわ」と言って脚を床に下ろし、立ち上がる。「ミネラルウォーターを取ってくる。あなたも何か飲む?」

「いや、いい」ジョナサンは彼女が裸のまま寝室を横切り、居間につながるドアへと歩いていくのを見送った。チェルシーの立ち居振る舞いをながめるのは楽しかった。敵に向かって進軍するように肩をそびやかし、小さな歩幅で跳ねるように進む姿は生気にあふれている。ホワイトハウスのダイニングルームへ入っていく彼女を見たとき、最初に惹かれたのはその歩き方だった。気づくと、ダマスク織りのクロスをかけた長テーブルでチェルシーの隣に座り、晩餐が終わる前に、美しく希有《けう》な女性が自分の人生に飛びこんできたことを知ったのだった。「ちょっと待った」ジョナサンはさっき床に投げ捨てた、ひだつきのシャツを拾った。「丸裸でうろつくにはクーラーがききすぎている」シャツを放り投げて、「これを着るといい」

チェルシーはシャツを受け取ると、腕を通して袖口をまくり上げながら、目をしばたたかせて媚《こ》びの表情をつくった。「南部の殿方の気づかいにはまっこと感心するだよ」彼女は背中を向けて居間に入っていき、声だけが寝室に届いた。「あたいの小さな胸をときめかせ、あたいの心を――」

「愛しのチェルシー、きみはすばらしい女優だが、南部娘の役となるとまるで大根だな」ジョナサンはベッドを出て衣装だんすに向かい、ハンガーから黒のベルベットのバスローブをはずした。それを着ると、チェルシーのあとを追って居間に入った。

チェルシーは奥のミニバーの中をかきまわしていた。「ようやくそのことに気づいてくれて、うれしいわ」エビアンの小瓶を取り出して、ふたをはずす。「あたしはハリウッドとビヴァリーヒルズしか似合わない女なの」

「きみなら望めばなんにでもなれる」ジョナサンは部屋の中央で足を止め、彼女がミネラルウォーターをゴブレットにつぐのをながめた。「なにしろ無限の才能の持ち主だからな、わたしの愛するチェルシーは」

ゴブレットを握るチェルシーの手に力がこもった。「そんな言い方はやめて。あたしたちはそういう関係じゃないわ」

ジョナサンはそれには答えず、ただじっと彼女を見つめていた。

「だって、そうでしょ」チェルシーはたたみかけるように続けた。「これは恋愛じゃないわ」ゴブレットを口もとに運んで、「愛してるなんて言うのはやめてちょうだい。あなたとはセックスだけの関係よ。健全で楽しいセックスのね」

返事はなかった。

「男ってどうして寝たあと、かならず感傷めいたたわごとをほざくのかしら。言っとくけど、オーガズムと愛は関係ないのよ。セックスなんて、あたしにはなんの意味もないの。誰とでもいつでもいけるから」指を鳴らして、「こんなふうに簡単にね。バリシニコフが高く跳んだだけで、ホセ・カンセコがホームランを打っただけで、オーガズムに達せるの」

ジョナサンの唇がひきつった。「それはさぞ満ち足りた人生だろうな」

チェルシーは一瞬、ひるんだが、すぐに笑い出した。「あなたっていやな人ね」

「すまない、チェルシー。わたしを幻滅させようとして言ったのはわかっているんだが」ジョナサンは彼女のほうに足を踏み出した。「それより、いつになったら結婚してくれるんだ?」

「いいかげんにしてよ」チェルシーはミネラルウォーターをもうひと口飲んだ。「プロポーズなら七カ月前に断ったし、あなたも受け入れてくれたじゃない」

「受け入れてはいない。話題を変えただけだ」

「じゃあ、今ここで受け入れてちょうだい。世間にばれないかぎり、ときどき会ってセックスするくらいは――」チェルシーは彼の視線に気づいて口を閉じ、言葉を変えた。「愛を交わすくらいはかまわないわ。でも、それだけ。あたしにはあたしの人生があって、あなたにはあなたの人生がある。そのふたつが交わることはないの」

「さっきはうまく交わったじゃないか」ジョナサンが満面に笑みを浮かべた。「ステップを踏んだり、ホームランを打ったりする必要もなかった」

「何度言ったらわかるの?」チェルシーはゴブレットを飾り棚の上にそっと置いた。「これだけは話し合ってもむだよ」

「話し合ってむだなことなど、ひとつもない」ジョナサンが腕をのばして、チェルシーの着ているシャツのボタンをとめようとした。「あけっ放しじゃ、体が冷え――」

「自分のことくらい、自分でできるわ」チェルシーが体を引いた。「あたしはあなたの会社の従業員でもなければ、家族でもない。あたしのために何かする必要はないのよ」

「必要だからやっているんじゃない」優しい口調だった。「好きでやっているんだ」

「やめて」チェルシーは目をきつく閉じた。「あたしにいったいどうしろっていうの?」

「いっしょに暮らそう。わたしと結婚してほしい。そしてマリッサのようにすばらしい、愛すべき子どもを産んでくれ」

「無理よ」目をあけると、そこには涙が光っていた。「二度とそんなこと、口にしないで」

ジョナサンが首を振った。「そうはいかない。きょうこそ、きちんと話し合おう。きみの気持ちを聞かせてくれ」

「いやよ」チェルシーは二歩前に進み出て、彼の腕の中に飛びこみ、その胸に顔を寄せた。「会いたかった。会いたくて会いたくてたまらなかったわ、ジョナサン」

「それでいいんだよ」ジョナサンの手が彼女の頭を優しく撫でた。「さあ、その続きを聞かせてくれ」

「最初にあなたを見かけたとき、なんて言われたか、わかる?」その声はくぐもっていた。「ヴェネズエラに駐在しているジェラルド・ティビッツ大使と話してたら、彼があなたのほうにあごをしゃくってこう言ったの。〝彼をご存じですか? ジョナサン・アンドリアス、アメリカの次期大統領ですよ〟ってね」

ジョナサンが声をたてて笑った。「噂《うわさ》がかならずしも現実になるとはかぎらない」

「でも、あなたは現実にしたいと思ってる」チェルシーが語気を強めた。「それも当然ね。あなたならすばらしい大統領になれるわ」

「きみだって、すばらしいファースト・レディーになれる」

チェルシーは首を振った。「あたしは映画俳優よ」

「ロナルド・レーガンもそうだった」

「彼といっしょにしないで。あたしは一年二カ月、服役してたのよ。フランスからアフリカのティンブクトゥまでのありとあらゆるタブロイド紙でたたかれたわ」

「だが、きみはそれを乗り越えて、大女優になった。ひとりの人間としてもりっぱだ」ジョナサンはチェルシーに軽いキスをした。「ベッドの相手としても最高なのは言うまでもない」

「ちゃかさないで」チェルシーの声は震えていた。「自分のしたことを恥じてはいないわ」彼女はそう言ってから、首を振った。「いいえ、それはうそね。マリッサに手を出すような恥知らずだと見抜けずに結婚したことを恥じてるわ」

「当時のきみは子どもだったんだ」

「出産したとき、あたしは子どもでいる権利を放棄したの」チェルシーはかぶりを振った。「過ちなら、ほかにいくつも重ねてきたけど、恥ずかしいとは思ってない……それを乗り越えてこそ、今のあたしがあるんだから」

ジョナサンは無言で彼女の髪を撫で、続きを待った。

「でも、ひとの人生をだいなしにするような過ちだけはくり返せない。あたしと結婚したら、有権者にそっぽを向かれるわよ」

「なぜ断言できる？　世の中は日々刻々と変わっている。世間の人々も昔ほど偏狭頑迷じゃない」

「ゲイリー・ハート上院議員にそう言ってあげたらどう？　一部のタブロイド紙には、あたしが結婚中も浮気してて、離婚後も相手かまわず関係を持ってると書かれたわ」

「事実なのか?」

「違うわよ」チェルシーは身を震わせた。「あのろくでなしと離婚したあとは、何年間も誰かに触れられるのが耐えられなかった。当時は、このままずっと――」そこで言葉を切った。

「こんな話、どうでもいいわね」

「そんなことはない。きみのことなら、なんでも知っておきたい」ジョナサンは彼女の体から腕を離し、両手でその頬を包みこんだ。「ほんとうのことが聞きたいか? たしかに、わたしは大統領になりたい。うまくいけば、数カ月後に大統領選への出馬を表明する予定だ」

チェルシーは体をこわばらせて、無理やり笑みをつくった。「ほら、あたしの言うとおりにするのがいちばんじゃないの」

ジョナサンが首を振った。「わたしはこれまでも采配をふるう立場にあったし、大統領になることを人生の究極の目標として掲げているわけじゃない。やってみたい仕事のひとつにすぎないんだ。一生、きみと暮らせるチャンスを棒に振ってまで、ホワイトハウスで四年間過ごしても意味がない」

「八年よ」チェルシーがすばやく口をはさんだ。「国民だってばかじゃないから、二期務めることになるわ」

「八年だろうが同じだ」

「そんなはずないでしょ」チェルシーは彼に背を向けて、寝室のほうに歩き出した。「でも、特別に優しくしてくれるって言うのなら、マリリン・モンローがケネディに会いに行ったと言われてるように、お忍びでホワイトハウスをたずねて、楽しませてあげてもいいわよ」

「大統領の愛人になるには、きみは派手すぎる」

「だったら、愛人にふさわしい女になってみせるわ。あたしが本気になれば、できないことは何もない」チェルシーは寝室のドアの前で足を止めた。「銛を上手に打ちこまれたい気分になってきたわ」にっこりして、「あなたにその気があればの話だけど」

「きみが相手なら、いつでもその気になれる」ジョナサンはためらってから続けた。「だが、話は終わったわけじゃないからな」

「はいはい」チェルシーは鼻の頭にしわを寄せて彼を見た。「あなたはどうするのが自分にとっていちばんいいのか、わかってないのよ」

「そんなことはない」彼女の心の壁を取り崩すのはむずかしそうだった。ひとまず争うのはやめて、焦らず粘り強い戦法でいくべきだ。アレックスがふたりをこういう立場に置いてくれたおかげで、説得する時間も機会もたっぷりある。ジョナサンはチェルシーに近づいた。「牛乳、野菜、オートブラン。これがわたしの健康の秘訣だ」彼女の腰に腕を回して、ベッドにもどりはじめた。「運動もいい。長い散歩、水泳、テニス――」手が下がっていき、シャツの生地の上から彼女の尻を撫でる。「だが、いちばんきくのはやっぱり銛打ちだ」


その夜の三時に、アレックスがヴォージュ広場前にある屋敷の玄関の鍵をあけていると、電話が鳴り出した。

彼はあわててドアをあけ、客間へ駆けこんで受話器を取った。

「やあ、アレックス、なかなかやるじゃないか」レッドフォードの笑い声が聞こえた。「よくぞ、おれの挑戦を受けて立ったな。男ってのは、怒りと悲しみをばねにして、どえらいことをやり遂げる。おれをおびき寄せるために、ウインドダンサーを借りてくるとはな。よく考えたもんだぜ、アレックス」

「盗めるものなら盗んでみろ」

「ああ、そうさせてもらう」しばらく間があった。「今夜、ヴェルサイユで盗むと思ったか？　おまえのことだから、あのきらびやかな部屋の中をうろついては鉢植えの陰までのぞきこみ、おれが現れるのを待ってたんだろ。がっかりさせちゃ悪いから、出向いてやろうかとも思ったんだが」

「なぜ来なかった？」

「おれの仲間がパーティー会場で騒ぎを起こすのをいやがるもんだから、おとなしく仰せに従ったのさ。そいつはもともとウインドダンサーを盗むことに反対でな。双方まるく収めるために、ある条件を呑むはめになった」

「また盗みか？」

「いや。今回のチームのもうひとつの得意技さ」レッドフォードはからかうような口調で続けた。「そのせいで、おれは個人的に犠牲をこうむることになった。おれの史跡好きは知ってるだろ。おまえを喜ばせるために涙を呑むんだから、感謝しろ」

「それより、直接会いに来たらどうだ」

「会えるさ。すぐにな。おれがいつまでもおまえと離れていられるはずないだろ」彼の声から揶揄《やゆ》の色が消えた。「もしかしたら、すべてはおまえのためで、ウインドダンサーのためじゃないのかもしれない。そして、おまえがそこまでするのは復讐のためじゃなく、おれとの距離を縮めるためだ。そんなふうに考えたことはないか？」

「ない」

「ないか。そうだろうな。たとえ事実でも、おまえが認めるはずがない」レッドフォードはひと呼吸置いて続けた。「おれは昔からパーヴィルにひそかに嫉妬してた。だから、部下に命じて、やつを慰み者にしたんだ」

アレックスは猛烈な怒りが体の中で燃え上がるのをおぼえた。「ひとでなしめ」

「おやおや、冷たいな。おれはいつだっておまえに親切にしてやってるってのに。実際、今夜の仕事はおまえに捧げたものだ。これほどあざやかな仕事ができるやつはそう多くないぞ」

「そんな仕事、捧げてもらわなくて結構だ」アレックスはひややかな口調で噛んで含めるように言った。「かわりに、おまえの命を捧げてくれ」

「そいつは残念だな」レッドフォードは束の間、無言だった。「遠く離れたヴォージュ広場でも、爆発音がはっきり聞こえるだろう。ところで、いい屋敷を借りてるな。ぜひともたずねていって、中を案内してもらいたいところだ。おまえはいい趣味をしてるよ」

「いつでも歓迎するぞ」

くぐもった笑い声が聞こえた。「おぼえておくよ」一拍置いてから、レッドフォードが言った。「最初のうち、女を連れこんでたろ。気に入らないな」

アレックスの背すじに寒けが走った。息をするのも忘れた。

「この前、話したときには、女がいるなんて、おくびにも出さなかったくせによ。知ってたら、いびってやったんだが」レッドフォードは穏やかな口調で続けた。「おれとの果たし合いに全精力を傾けてくれなきゃ困る。アンジェラの一件で学んだんじゃなかったのか」

「アンジェラがどうした」

「知らないのか？　ＫＧＢのやつ、手回しが遅すぎるってんだ。一瞬でかたづいたから安心しろ」

「なんだと」

「見逃してやろうかとも思ったんだぞ。考えてみりゃあ、やらなきゃならない理由なんてないからな。だが、おまえに再会したら、あの女といちゃつかれるのがたまらなくなって、ついわがままを通しちまった。もうこの世にいないと思うと、気分がすっきりしたよ」そこで急に早口に変わった。「おっと、もう切らないと。ずっとしゃべっていたいのはやまやまだが、まだ仕事が残ってる。また連絡するぜ」

電話の向こう側で受話器が置かれるのがわかった。

アレックスは正面の壁の鏡を見るともなしにながめていた。あいつは狂っている。いや、狂っているのならまだいい。道徳観念がかけらもない男なのだ。ケイトリンのこともアンジェラ同様、害のない存在だと切り捨ててくれるよう願ったことを思い出すと、恐怖で胃がねじれた。

ケイトリン！

アレックスは受話器を取り上げて、インターコンチネンタル・ホテルのケイトリンの部屋に電話した。五回めのベルで相手が出た。

「もしもし」ケイトリンの眠そうな声が応えた。

安堵の渦に呑みこまれて、アレックスはめまいさえおぼえた。「ケイトリン、だいじょうぶか？」

「あなたに電話で起こされるまではだいじょうぶだったわ。今、何時だと――」

「ドアに鍵をかけて、けっして外へ出るな。これからジョナサンに電話して、わたしが着くまで、そばについていてくれるよう頼む。数分で着くはずだ。ジョナサン以外の人間が来ても、ドアをあけるな」

「アレックス、何が――」ケイトリンはそうききかけて、言葉を変えた。「もしかしてレッドフォード？」

「きみの名前が出たわけじゃない。わたしといっしょにいたのが誰かまでは知られていないかもしれないが、確実とは言えない」

「そんな……」ケイトリンの声がかすれた。「ウインドダンサーは？」

「それは心配いらない。いいか、鍵をかけるのを忘れるな」アレックスは電話を切って、ジョナサンの部屋にかけた。相手が出ると、前置きもなしに言った。「すぐにケイトリンの部屋へ行って、わたしが着くまで、そばについていてやってほしいんです。彼女の部屋に着いたら、ピーターに電話して、ウインドダンサーが無事かどうか確認してください」

「いったいなんの騒ぎだ？　アレックスか？」

「とにかくお願いします」彼はいったん電話のフックを押し、今度は交換台にかけて警察につなぐよう頼んだ。警察につながると、ひと息にまくしたてた。「ブラック・メディナが今夜、動く。爆弾だ。狙いは史跡」そう言って受話器を置いた。

今さら通報してもむだなのはわかっている。パリのような古都では、史跡も珍しいどころか、数えきれないほどある。

アレックスは急いで立ち上がり、玄関に向かった。

そのとき、爆発の衝撃で屋敷が揺れた。


聖なる教会では、一千年以上前から、多くの信者が天に祈りを捧げてきた。もともとはバシリカ聖堂で、のちにロマネスク様式の教会に変わり、十五世紀には修道院として使用された。第二次世界大戦中には第三帝国からの逃亡者の避難所となり、そのあまりの壮麗さに、ヒットラーがそれを解体してベルリンへ運び、祖国の誉れとすることまで考えた。その聖堂は、戦争にも、疫病にも、時の経過にも屈することなく、そこに存在しつづけた。

しかし、ブライアン・レッドフォードには抗《あらが》えなかった。

サンタントワーヌ大聖堂はインターコンチネンタル・ホテルから二ブロックしか離れていないため、アレックスは大聖堂のあるブロックでタクシーを降ろされた。しかたなく歩きはじめ、人混みを懸命にかき分けると、爆破の跡が目に入った。その瞬間、喉が締めつけられた。有名な塔は消え失せ、内部は暗黒の火炎地獄と化している。足もとに散らばって光っているのは、ルネッサンス時代の偉大な芸術家たちの手になるステンドグラスだ。ほんの数週間前、ケイトリンが光の差しこんだステンドグラスを見上げて、魅入られたような顔をしていたのが甦ってくる。

「下がって、下がって」青白い顔とひどくうるんだ目をした若い警官が、大聖堂の周囲に張りめぐらせたロープに押し寄せる野次馬を制した。「手を出さないで。消防士を通してください」

すでに三台の消防車が到着しており、また一台、サイレンを鳴らしながら橋を渡ってきた。「今さら、水かけたってむだだよ。もうおしまいだ」アレックスのかたわらの老女が燃える大聖堂を見ながらつぶやいた。その瞳は若い警官と同様、涙で光っている。「あたしが初めて聖体拝領したのはここだった。ドゴール大統領のお葬式のときも、ちょうどここに立ってたんだよ」老女が口をつぐむと、涙がゆっくりと頬をつたった。

ほかの見物人たちも押し黙ったまま、大聖堂が無情な炎に包みこまれるのを、張りつめた面持ちと涙ぐんだ目で見つめていた。

レッドフォードの目的が世界に衝撃と怒りを与えることだとすれば、正しい標的を選んだといえる。フランス人ではないアレックスでさえ、この伝統と栄光の砦の焼失には胸がうずいた。

「いかれてるよ《カナーユ》」老女がつぶやき、袖で目もとをぬぐった。「神を信じぬふとどき者のしわざだ」

アレックスはそれには答えず、サンタントワーヌ大聖堂の壁が崩れ落ちるのを黙然とながめる人波から抜け出した。

10

まがまがしい炎が夜空を照らし出していた。

ケイトリンは居間の窓辺にたたずんで、激しく燃え上がる炎をながめ、現場へ急行する消防車のサイレンのうなりを聞いていた。

「今回は派手にやってくれたわね」

ケイトリンは振り返った。玄関ホールへつながるドアのわきに、チェルシーが立っている。パーティー用の白いドレスのままで、髪は乱れ、化粧がはがれていた。

「爆発の衝撃を感じたとき、フロントに電話したんですが、つながりませんでした。何があったんです？」

「わからないわ。ジョナサンが今、大使館に電話して、事情をきいてるところよ。電話が終わったら、すぐこっちへ来るわ。ひと足先にそれを知らせに来たの」チェルシーが心配そうに眉をしかめた。「どうしたの？　具合でも悪いの？」

「そんなことありません」

「じゃあ、いったいどうしてアレックスは――」

「ジョナサンが電話を終えて、こちらにいらしたら、お話しします」これ以上、うそはつけないし、アレックスの裏切りを二度告白するのも気が進まなかった。

「ひどい顔してるわね。そんなに心配しなくてもだいじょうぶよ」チェルシーは居間に入って、窓辺のケイトリンのかたわらに立った。無言で暗闇をのぞきこむと、その顔に赤い炎が映った。「ジョナサンと何をしてたか、きかないのね」

「わたしが口を出すようなことじゃありませんから。アレックスの電話を受けたあと、あなたの寝室に行ったんですが、お留守でした」ケイトリンは彼女のほうを見ずに続けた。「何もおっしゃる必要はありません」

「今さら隠そうと思っても、もう遅いわね。香水が発売されるまで、あたしたちは仲のいい大家族みたいに暮らすんだから、どうせばれるでしょうし……。実は、一年前から彼とつきあってるの」チェルシーがためらいがちに告白した。「できれば、黙っててもらえるとありがたいわ。ジョナサンは政界進出を目指してるから、ふたりの関係がばれるとまずいのよ」

「さっきも言ったように、口を出すつもりはありません」

「ありがとう」チェルシーはひと呼吸置いてから言った。「彼はすばらしい人よ」

「ええ、ほんとうにいい方ですね」

「誰もがそう言うわ。ジョナサンはつねに周囲の人に気を配ってるから、みんなもそれを感じるのね。いっしょにいると、いつも思うんだけど……」チェルシーはいったん言葉を切り、優しい口調で続けた。「彼はひとを守り、支える、美しい山のような人だわ」

「彼がいるから、イメージモデルを引き受けてくださったんですか？」

チェルシーがゆっくりとうなずいた。「アレックスが彼の名前を出した瞬間に、引き受けることに決めたわ。周囲に疑われずに会える、絶好のチャンスだもの。さすがアレックスね」

「彼はおふたりのことを知ってるんですか？」

「当然でしょ。まんまと利用されちゃったわ」

そう、全員がまんまと利用されたのだ。「どうやって調べたんでしょう」

チェルシーが肩をすくめた。「見当もつかないわ。ジョナサンはどこかにつてがあるんだろうって言ってたけど」

それに、頻繁に連絡を取り合っている複数の調査機関もある。「彼はおふたりの求めているものを突き止めて、それを与えたんですね」

「そういう見方もできるわね」

「それがアレックスのいつもの手口なんです」ケイトリンの声には棘があった。

「彼はいつも――」と言いかけたところで、チェルシーが指を鳴らした。「忘れてたわ。爆発に気を取られて、そのへんに置いたままだった……」彼女はドアのわきのテーブルへ足早に歩み寄って包みを取り、ケイトリンに差し出した。「ドアの前に置いてあったの。あなたの名前が書かれたカードが入ってたわ」

箱をあけると、上等なカシミアの青いマフラーに赤いリボンがかけられ、カードがはさまれていた。

ケイトリンはそれをじっと見つめ、アレックスの電話を受けて以来初めて、本物の恐怖心がわき上がった。レッドフォードの置きみやげのマフラーの話は聞いているが、それとは違う。こちらのほうが繊細だ。

それは婦人物のマフラーだった。


「サンタントワーヌ大聖堂だ」数分後、ジョナサンがふたりの部屋に入るなり言った。

ケイトリンはぞっとしたように目を見開いた。「まさか」声がかすれた。

「ほんとうだ」ジョナサンがいかめしい顔でドアを閉めた。「大量の爆弾が仕掛けられて、聖堂は全壊した。瓦礫《がれき》以外、なにひとつ残さないつもりだったんだろう。ブラック・メディナの犯行だ。爆発の数分前に、警察に匿名電話があったそうだ」

ケイトリンの手がベルベットのカーテンを握りしめた。「そういうけだものは、さっさと逮捕して、あそこをちょん切ってやればいいのよ」

チェルシーが驚きの目を向けた。「あなたがそんなこと言うの、初めて聞いたわ」

「だって、サンタントワーヌ大聖堂ですよ」ケイトリンは紅蓮《ぐれん》色の空に視線をもどした。

「そのへんの建物とはわけが違います。ノートルダム寺院を爆破するのと同じくらい、罪が重いんです。あなたたちアメリカ人にはわからないでしょうね。ヨーロッパでは、歴史と文化がすべてなんです。わたしたちは歴史とともに暮らしてる。人生の 礎《いしずえ》 と言ってもいい。

あなたたちだって、リンカーン記念館が爆破されたらどう思います?」

チェルシーがケイトリンの肩にそっと手を置いた。「大使館の情報が間違ってるのかもしれないわよ」

「この前、行ったばかりなのに……。アレックスにあの有名なステンドグラスを見せてあげたくて——」言葉はとぎれ、彼女の視線はかたわらのテーブルの上のスカーフに注がれた。

こんな極悪非道なまねをしたのはレッドフォードだ。「狂ってるわ」

自分の人生そのものが穢《けが》されたような気がした。なぜあれほど美しい建物を爆破できるのだろう? どうして会ったこともない女を殺したいと思うのだろう?

「アレックスから電話があって、きみの身を案じていたよ、ケイトリン」ジョナサンの声は優しかったが、その顔には決然とした厳しい表情が浮かんでいた。「何かわたしたちに話したいことがあるんじゃないかね」


十五分後、アレックスがノックすると、ケイトリンがドアをあけた。「何もかも打ち明けたわよ」

アレックスは一瞬、ひるんでから、部屋の中に入った。「よかった。手間がはぶけた」ドアを閉め、鍵をかけてから、三人のほうを向く。「ウインドダンサーが無事かどうか、確認してくれましたか、ジョナサン」

「ああ、さっきピーターから電話があった。彼が貴重品保管室へ行って確認してくれたんだ。

爆発の衝撃で警報が鳴ったと警備員から連絡があったが、中に入ってみると、ウインドダンサーは無事だったそうだ」

アレックスの体が硬直した。「もう一度、ピーターに連絡してください。あの警報装置は、振動では鳴らないはずです。あそこに預けると聞いたとき、装置の仕組みを調べておいたんです」

「ピーターはこの目で見たと言っていたぞ」

「お願いします。再確認してもらってください」

ジョナサンは無言でアレックスを見つめていたが、やがて電話機に近づいて、ピーターの部屋の番号を押した。「ピーターか？　すまないが、ウインドダンサーを見てきてくれ。ああ、すでに確認ずみなのはわかっている。もう一度、保管室へ行ってから連絡してほしい」電話を切ると、ジョナサンはアレックスのほうを向いた。「こんなことをしても時間のむだだ。ウインドダンサーを盗むのが目的じゃなかったんだろう」彼はひと呼吸置いてから告げた。「盗《と》るなら今夜しかない。あすの朝以降は無理だ。ピーターに頼んで、アメリカへ持ち帰ってもらうからな」

「そう言われるのは覚悟していました」

「それと、きみの友人のレッドフォードのことを警察に通報させてもらおう」

「やめてください！」

「彼はいまわしい大量殺人者だ。きみに彼の名前を伏せておく権利はない」

「名前がわかったからといって、警察がやつを捕まえられると思うんですか？　わたしは四カ月も前からあいつの居所を探しているのに、いまだに近づくこともできないでいるんですよ」

「警察には、きみの使えない手立てがある」

「わたしには、警察の使えない手立てがあります。これがふたりのあいだだけのゲームであるかぎり、わたしにはやつを仕留めるチャンスがあります」

「ということは、そのレッドフォードって男にはケイトリンを仕留めるチャンスがあるのね」チェルシーが言った。「彼女が死ぬほどおびえてるのがわからないの？」

わかりたくなかった。アレックスは部屋に足を踏み入れた瞬間から、ケイトリンと目を合わせることを避けていた。「警察に通報しても、やつは止められない。わかるでしょう？　何しろ、CIAにいた人間ですよ。ヨーロッパじゅうに、つてや情報源を持っている。警察にケイトリンの命を守ることはできません」

「じゃあ、あなたなら守れるの？」チェルシーが辛辣《しんらつ》なもの言いをした。「この階には誰も入りこめないはずなのに、彼はしっかりプレゼントを置いてったわよ」

アレックスは凍りついた。「プレゼントっていったい――」テーブルの上のマフラーに目が留まった。「ちくしょう」

「カードにわたしの名前が書いてあったわ」とケイトリン。「わたしのことを知ってるのよ」

ケイトリンはおびえていた。当然だ。アレックスは、彼女に触れたい、手をのばして慰めてやりたいと思ったが、受け入れてもらえるはずもない。「きみを危険にさらすつもりはなかったんだ。こんなはずじゃなかった」

「あてがはずれたというわけね」ケイトリンが抑揚のない口調で言った。「それはお気の毒さま。せっかくの綿密な計画も――」

激しいノックの音が彼女の言葉をさえぎった。「ジョナサン！　頼む、あけてくれ！」

「ピーターだ」ジョナサンが居間を出て、鍵をはずし、すばやくドアをあけた。

ピーターが大股で部屋に入ってきた。赤ん坊のようにやわらかい髪が乱れ、顔は青ざめている。「やられたよ、ジョナサン。この目で確かめたんだが……すまない。保管室の前にへばりついてるべきだった……わかってたのに」

「ウインドダンサーのことか？」ジョナサンが身を固くして、信じられないというようにピーターを見つめた。「ウインドダンサーを盗まれたのか？」

ピーターが荒っぽくドアを閉めた。「ちゃんと金庫の中をのぞいたんだが、暗くて、見分けがつかなかった……」

「どういうことだ？」

「複製にすり替わってた。警報が鳴ったとき、てっきり爆発の振動のせいだと思った。大聖堂の周囲三ブロックの警報機が、車から何からひとつ残らず鳴ったんだ。ホテル全体が揺れたし――」ピーターはそこで言葉を切って、息を吸いこんだ。「警備員のひとりがフロントへ駆けこんでぼくに電話して、ウインドダンサーが無事かどうか確認してくれと言った。もうひとりの警備員は保管室に残ってた。そのときにすり替えたんだろう」

「その警備員はどうした?」

「ぼくが確認をすませたあと、姿を消したよ。犯人がなんらかの方法で抱きこんでたんだろう」

「どんな複製なんだ?」ジョナサンは腑《ふ》に落ちないようすだった。「きみの目をごまかせるほど、よく似た複製などありえない」

「いいえ、あります」

ケイトリンの言葉に、全員の視線が向けられた。

「本物と並べないかぎり、区別のつきにくいものがひとつだけあります」ケイトリンは震える指で下唇をこすった。「ヴェネチアの芸術家、マリオ・デセデーロの作品です。ウインドダンサーの論文を書いているとき、一度、見たことがあります。薄明かりの中でふたつの見分けがつく人はほとんどいないと思います」

「複製があるなんて、初めて聞いたわ」とチェルシー。

「ジャン・マルク・アンドリアスが十八世紀に作らせたんです。現在は、イギリスのヨークシャーのキレーンダウンズ在住の実業家、アルフレッド・コノートが所有してます」

「そうだ、そうだった」ピーターがみじめな声を出した。「きみの論文に書いてあったよ。なんで思い出せなかっ——」

「でも、どうしてそれがここにあるの?」チェルシーがピーターの言葉をさえぎった。

「本物より複製を盗むほうがはるかに簡単です」アレックスが言った。「誰かにミスター・コノートの安否を確認させたほうがいいですね」

「そんな……」とチェルシー。

ジョナサンが呆然とかぶりを振った。「ウインドダンサーが消えただと？　信じられん」ふと顔を上げて、アレックスをにらみつけた。「この野郎、あれは先祖代々伝わる家宝だったんだぞ。貸したのが間違い……」彼はあとの言葉を呑みこみ、落ち着きを取りもどそうとするように深呼吸をした。「なくなったとは信じられん」

「取り返します」アレックスが言った。

「どうやって？　やつの居所を突き止めることさえ、できないというのに？」

「ウインドダンサーが盗まれたのはわたしの責任です。やつを見つけ出して、取り返してみせます」

ケイトリンがジョナサンのほうに進み出た。「申しわけありませんでした」その目は涙で光っていた。「ほんとうに、なんて言えばいいのか……。ふたりでかならず取りもどしますので、許してください」

「ふたりで？」アレックスが首を振った。「きみは手を出すな。狙われているのを忘れたのか？」

「じゃあ、どこに隠れていろというの？」ケイトリンがアレックスのほうに向き直ると、うるんだ目に怒りの色が宿った。「あの怪物をヴァサロへおびき寄せるようなまねはできないわ。あなたにこんなことをさせたのはわたしなの。その気になれば、ウインドダンサーをパリへ運ぶのを中止してもらうことだってできた。ジョナサンに電話一本かければすんだことなのに」ケイトリンは震える息を吸いこんだ。「でも、そうはしなかった。どうしてもウインドダンサーを会場に飾りたかったから、危険を承知で黙ってたのよ」

「誰もあなたを責めたりしないわ」とチェルシー。「あなたがあの香水に賭《か》けてるのを知ってるもの」

「いいえ、責めてください。わたしもアレックスと同罪です。いいえ、彼より罪が深いかもしれない。長年の夢がかなったと思ったんです。ウインドダンサーが貸してもらえるなんて……。ヴァサロを救いたいあまり、香水を成功させたいあまり、わたしは……」涙声になり、あとを続けることができなかった。ケイトリンは涙を呑みこみ、ふたたび口を開いた。「ジョナサンを裏切るようなまねはさせないと言ったはずよ、アレックス」

アレックスはジョナサンのほうを向いた。「これでゲームは様変わりしました。ウインドダンサーを手に入れたからには、なんとしてでも手放すまいとするでしょう。あいつはウインドダンサーに取りつかれているんです」

「しっかり聞いておいたほうがいいですよ」ケイトリンが辛辣な笑みを浮かべた。「アレックスは強迫観念について一家言持ってますから」

「彼女の言うとおりです。やつはわたしに取りつかれている。今や、やつが執念を燃やしているのはわたしだけだ。ウインドダンサーを取りもどせるとしたら、このわたししかいない。

警察に通報したければご自由にどうぞ。ただし、唯一の手蔓《てづる》を失うことになります」

「なんの手がかりもないと言ったのはきみのほうだぞ」とジョナサン。

「ある男にレッドフォードの周囲を探らせています。何か役立ちそうな情報を仕入れているかもしれない」そう聞いても、ジョナサンは釈然としない顔をしており、それを責めることはできなかった。「たとえ、レッドフォードの居所を突き止められなくても、彼の仲間の線から探れるかもしれません。今夜、パーティー会場でウインドダンサーを盗まなかったのは、仲間が反対したからだとレッドフォードは言っていました。必然的に、その仲間はパーティーに出席していたことになります」

「きみは藁《わら》をもつかもうとしているだけだ」

否定はできなかった。「少なくとも、つかめる藁くらいはあるということです。二十四時間待っていただければ、とっかかりをつかんでみせます」

ジョナサンはためらってから、肩をすくめた。「では、二十四時間だ。それ以上は待てん」

アレックスはケイトリンのほうを向いた。「招待状を出したのはきみだろう。招待客リストをくれ」

ケイトリンがデスクへ向かい、まん中の抽斗《ひきだし》をあけて、書類を取り出した。アレックスのもとにもどり、それを差し出した。「手伝いましょうか？」

「いや、結構だ」アレックスはケイトリンを正面から見据えた。「だが、きみが安全な場所にいてくれたほうが集中できてありがたい」

ケイトリンが首を振った。「ヴァサロに帰る気はないわ」

「その話はあとでしよう。きみにとってどこがもっとも安全か、わからなくなった」アレックスはきびすを返して、ドアへと歩き出した。「わたしがもどるまで、彼女についていてやってください、ジョナサン。ここと隣の部屋のドアの前に、ひとりずつ見張りを立てます」彼は肩越しにケイトリンを見ながら、ドアをあけた。「頼むから、ここでおとなしくしていてくれ」

「心配いらないわ」ケイトリンが顔を背けた。「わたしだって命は惜しいの。とち狂った男にむざむざ殺される気はないわ」

「きみには指一本触れさせやしない」アレックスは後ろ手にドアを閉めて、エレベーターへ向かった。


朝の六時すぎ、居間の窓から朝日が差しこむころ、アレックスはケイトリンの隣の部屋のドアをあけた。

ああ、くたびれた。

肩を回して凝りをほぐすと、居間の奥にあるデスクに向かい、倒れこむように椅子に座った。まだ休むわけにはいかない。彼はケイトリンが作成した招待客リストをタキシードのポケットから取り出してながめ、思考を麻痺《まひ》させる眠気を振り払おうとした。

あと二十四時間しかない。

彼はリストを短縮する作業にかかった。そこには各界の名士の名前がずらりと並んでいる。一時間後、彼が下線を引いた名前はふたつだけだった。インターポールの本部長、ラウル・ダルプレと、イギリスの億万長者で美術品鑑定家のベンジャミン・カーターだ。ダルプレは一連の美術品盗難事件の捜査において、驚嘆すべき無能ぶりをさらしており、カーターのほうはうしろ暗い世界につてを持ち、盗品を買うことに逡巡《しゅんじゅん》を覚えない、常軌を逸した蒐集家として知られている。アレックスは椅子の背にもたれて、まぶたをこすった。どうひいき目に見ても根拠薄弱で、ジョナサンを納得させるには不十分だ。ふたりを今回の黒幕と仮定して、一から事件を考え直す必要があったが、それには疲れすぎていた。

アレックスは電話機に手をのばして、ニューヨークのサイモン・ゴールドバウムに電話した。

「ちょっと、あなたは夜、眠らないんですか？」

「時間がないんだ。レッドフォードに関する手がかりが必要だ。なんでもいい」

「きのうの午後、報告書が届きましたが、暇がなくて目を通してないんです。あす、事務所に行ったら読みますから、まともな時間にかけ直してもらえませんか？」

「今すぐ事務所へ行け」

「こっちが何時か、知ってます？」

「いいから、早く」

「通常料金の三倍を支払ってもらいますよ」

「言いたいことはそれだけか?」

「わかりました」溜め息が聞こえた。「ただし、割り増し料金を払うだけの価値はないかもしれませんよ」

「パリのインターコンチネンタル・ホテルまで連絡をくれ」

「わかりました」ゴールドバウムが電話を切った。

アレックスは受話器を架台にもどして、椅子に背中をあずけた。ゴールドバウムから手がかりを得て、それに没頭し、さっきのケイトリンの警戒と侮蔑の表情を忘れられればいいと思っていたのだが……。何が違うというのだろう。生まれてこのかた、彼は先ほどと同じ、疑いと警戒のまなざしにさらされてきた。誰もが彼の皮肉癖と猜疑心《さいぎしん》を感じ取り、それを十倍にして返しているかのようだった。最初のうち、ケイトリンも彼に警戒心を抱いていたが、やがてそれは消え、ついには——。

アレックスは椅子をうしろに引いて、立ち上がった。今はそんなことを考えている場合ではない。ケイトリンのことを思うと、むなしさと罪悪感ばかりがつのる。レッドフォードとこのリストに集中しなければ。アレックスは寝室に向かった。シャワーを浴びて、コーヒーを注文し、パズルのピースを並べ替えるのだ。


サンタントワーヌ大聖堂爆破さる　クラコウが犯人逮捕を誓う

アレックスは、ウェイターがコーヒーとともに運んできた朝刊の見出しに釘づけになった。厄介なことになった。慈善家ぶった男が首を突っこんでむやみに騒ぎ立て、逐一、じゃまをするに違いない。

三杯めのコーヒーを飲み終えたとき、電話が鳴った。

「言ったろ。今回はおれのひとり勝ちだって」レッドフォードの声だった。

アレックスは受話器を握りしめた。「今、どこにいる?」

その質問は無視された。「ヴォージュ広場のあの美しい屋敷を引き払ったんだな。残念だぜ。どうせあの女のためなんだろ」

「彼女には手を出すな」

「ああ、手を出すつもりはない。マフラーを贈ったのは単なるおふざけだ。だが、おまえが一目散に女のもとへ駆けつけたのが気に入らない。ミズ・ヴァサロの処遇については、じっくり検討する必要がある。ききたいんだが、あの女はおまえの――」

アレックスはケイトリンから注意をそらそうと、不意打ちをかけた。「なぜダルプレはサンタントワーヌ大聖堂を爆破しろと言ったんだ?」

「ダルプレ?」しばらく沈黙が続いた。「こんなに複雑なパズルをもう解いたのか? おまえの頭脳には惚《ほ》れ惚れするぜ、アレックス」

アレックスは唖然《あぜん》とした。単なる当て推量が的中したとは信じられない。「なぜかときいたんだ」

「おれは気が進まなかったんだが、ダルプレは歴史あるものに敬意を払うということを知らないし、ウインドダンサーを手に入れるためにはしかたなかった」

「じゃあ、なぜダルプレはおまえに命じて、歴史ある貴重な名画を盗ませた?」

「わかってないな。おれは命令されて盗んだわけじゃない。今回の計画にはそれが欠かせないと、おれがあいつを説得したんだ」レッドフォードの笑い声が聞こえた。「やつはナポレオンになりたがってる。いざというときには新政権の確実な財源となるとご注進してやったんだよ」

「おいおい、やつはそんなたわごとを鵜呑みにしたのか?」

「麗しの君は麗しの君なりに、おれのささやかなお宝の使い道について考えがあるんだろう」

「似合いのふたりだな」

「いや、あいつはおれに満足してるだろうが、おれにはあいつじゃもの足りないぜ」レッドフォードはひと呼吸置いてから続けた。「大聖堂を爆破したから、怒ってるんだろ」

「怒るだと? おまえはいかれてるよ」

「違う。単に公私混同しないだけさ」そこで間があいた。「だが、おまえの命を奪うことには二の足を踏んでる。おまえへの気持ちがかたづいてないからだ。どんなことも白黒つけないと気がすまない」

「ダルプレはこれから——」

「あいつの話はしたくない」

「じゃあ、なんの話がしたいんだ?」

「何も」また、間があいた。「ただ、おまえの声を聞いていたい」彼自身の声はささやくように低かった。「そして、おまえから奪えないものはないことを教えてやりたい」

電話が切れた。

アレックスは体を切り裂くような怒りを振り払い、今の電話で判明した情報を整理した。それほど多くはない。わかった事実はふたつだけだ。自分は今も監視下にあること。レッドフォードの言葉を信じるなら、共謀者は予想どおりダルプレであること。レッドフォードを信用するのは危険だが、ダルプレだと考えると、すじが通る。ダルプレは政変を起こしうる人材と影響力を有しているし、彼がヨーロッパ統合派であることは周知の事実だ。

十五分後、電話が鳴った。

「確実とは言えませんが」アレックスが受話器を取ったとたん、ゴールドバウムが言った。「イスタンブールじゃないでしょうか」

「その根拠は?」

「一年二カ月ほど前、レッドフォードはヴィザの申請をして、トルコを訪れてます。いわゆる観光旅行で、ダーダネルス海峡沿岸の町をまわったあと、イスタンブールに二週間滞在してます」ゴールドバウムがためらってから言った。「そこで家を買ったようです」

「たしかか?」

「ええ、誰にも知られたくなかったんでしょう。うちの職員が数週間かけて、山積みの書類とダミー会社をふるいにかけたところ、持ち主は間違いなくレッドフォードでした」

「今もやつが所有してるのか？」

「五日前はそうでした」

「住所を教えてくれ」

「ソーズ通り二一四番地です。さてと、これで帰って寝てもいいですか？」

「まだだ。ベンジャミン・カーターというイギリスの実業家とラウル・ダルプレの身辺を徹底的に洗ってくれ」

「あのラウル・ダルプレですか？」

「ああ、インターポールの本部長だ」

ゴールドバウムが口笛を吹いた。「そいつはやばい仕事になりますよ。彼は卑怯な手段をいとわないという評判ですし、うちの事務所も営業停止処分を出されかねません」

「周辺を探ると同時に、二十四時間態勢での監視を頼む」ゴールドバウムが抗議の声をあげかけると、アレックスはそれをさえぎった。「わかっている。費用がかさむと言うんだろう。いくらかかってもかまわない」

「デスレッペスは今ブリュッセルだし……自分でやるしかなさそうですね。ほかには？」

アレックスは新聞の見出しに目をやった。「ラルス・クラコウを見張ってくれ。彼の捜査線上で浮かんだ情報はすべてつかんでおきたい」

「これは驚いた。てっきりクラコウより先に犯人を見つけろと言われると思ったのに」辛辣な口ぶりだった。「言っておきますが、奇跡は起こせませんよ」

「ぜひとも起こしてくれ。今なら大歓迎だ」

ゴールドバウムは電話の向こう側でしばらく黙っていたが、やがてそっけなく言った。

「寝てください。奇跡なんかに頼るようじゃ、あなた、わたしよりずっと疲れてますよ。頼まれた仕事はちゃんとやりますから」

アレックスが返事をする前に、例によって電話は唐突に切れた。

イスタンブール。つじつまは合う。貴重な美術品を隠すのに、ヨーロッパと密接に結びついたアジアの一国の一軒家ほど、好都合な場所はない。今、レッドフォードはイスタンブールの家に向かっているのかもしれない。そう思うと、アレックスの血が沸き立った。あの恥知らずめ、今度こそ捕まえてやる。

ゴールドバウムがトルコの名を出した瞬間から、アレックスは心の片隅に引っかかりを感じ、必死で記憶をたぐり寄せていた。何がこんなに気になるのだろう？　まあ、いい。今にわかる。それまでは前に進むだけだ。

アレックスは受話器を取り上げてエール・フランスに電話し、ジュネーヴ行きの便を予約すると、続けてジョナサン・アンドリアスの部屋にかけた。

午後二時にはアレックスは出発の準備をすませ、ケイトリンに事情を話そうと隣室へ向かった。

「わたしもいっしょに行くわ」ケイトリンがきっぱりと答えた。

「異論はない」とアレックス。「ずっと考えていたんだが、同一行動をとるほうが安全だろう」

「だったら、したくするわ」ケイトリンは彼に背中を向けて、寝室のほうへ歩き出した。

「二十分もあれば、出られるから」

「きょうはだめだ。きみには二日遅れで来てもらう」

ケイトリンが足を止めて、振り返った。「どうして？」

「隠れ家を探すためだ」疑わしげなまなざしを向けられて、アレックスはかぶりを振った。

「頼む。わたしは尾行されているんだ。そいつをまくのにどれくらいかかるかわからない。きみのために安全な場所を用意する必要がある」

「パリにいれば安全なの？」

「そうじゃないが、ここなら少なくとも周囲に見張りを立てて、きみの身に何も起こらないよう、ジョナサンが目を光らせていてくれる。あさってのニース行きの航空券を用意した。CMの撮影スタッフとチェルシーときみのぶんだ。空港に着くと、ゴールドバウムがよこした、きみによく似た女性が婦人用トイレで待っている。そこで服を交換したら、彼女はほかの連中とともにきみの航空券でニースに飛び、現地で都合よく姿を消す。ジョナサンはきみをイスタンブール行きの便に乗せてからニースへ向かい、イスタンブール空港ではわたしが出迎える。ニースに行っていないのがばれるころには、きみは安全な場所に身をひそめたあとだ」

しばらく沈黙が続いた。「かつぐつもりじゃないでしょうね」

アレックスはたじろいだ。「違う。今、言ったことがすべてだ」

「じゃあ、二日後に」

安堵の波がアレックスの胸を満たした。「むちゃを言わないでくれて助かるよ」

「わたしがおびえてないとでも思ってるの？」ケイトリンが食ってかかった。「つい、あの青いマフラーばかり見てしまう……死ぬのはいやだし、何が起こってるのか、さっぱりわからない。わたしの理解の範囲を越えてるわ」

「なんなら、ほかの場所に安全な隠れ家を探そうか？」

「結構よ」ケイトリンは首を振った。「ウインドダンサーを取り返すと約束したんだから、裏切るわけにはいかないわ」

予想どおりの答えだった。世間では意味すら忘れられてしまった信義を固く重んずる女性なのだ。アレックスがレッドフォードを捕まえずにいられないのと同様、彼女は罪悪感にとらわれ、約束を果たさずにはいられない。すべては自分の蒔《ま》いた種なのだ。

「ジョナサンがアルフレッド・コノートの死亡を確認したわ。キレーンダウンズは一面、焼け野原で、彼は焼死してた。収蔵品もひとつ残らず焼けたそうよ」ケイトリンが少しも楽しくなさそうな微笑を浮かべた。「でも、わたしたちは殺されるほどばかじゃない。そうでしよう?」

「ああ」

「チェルシーはイメージモデルを続けてくれるそうよ。いい人ね。断って当然なのに」

「いい人でいてもらうために、三百万ドル払ったんだ」ケイトリンが抗議しかけたので、アレックスは手を上げてそれを制した。「すまない。きみの言うとおりだ。わざわざこんなことにつきあう必要はないんだから。ウインドダンサーが盗まれたからには、ニースでの撮影は中止だ。チェルシーとジョナサンとスタッフにはヴァサロへ直行してCMを撮ってもらう。事前にピーターを送りこんで、不審な動きがないか探ってもらうことになっている」

「母さん……」ケイトリンの視線がすばやくアレックスの顔に向けられた。「母さんに危険が及ぶ可能性があるの?」

「単なる用心のためだ」アレックスは急いで言った。「カトリンに電話して、自分は仕事のためにパリに残るが、ピーターという男がカトリーヌの日記を見せてもらいにヴァサロへ行くと伝えてくれ。ヴァサロで何か起こるとはかぎらないし、いたずらに動揺させたくない」

ケイトリンは体から力を抜いて、うなずいた。「同感よ。わたしがいなければ、ヴァサロの人間に手出ししてもしかたないんだから」

「ジュネーヴの空港でアレックスを見失っちまいました」レッドフォードが電話に出ると、フェラーツォがまくしたてた。「いったいどうやって逃げやがったのか……。今までそこにいたのに、次の瞬間、消えてたんです」

「どうやって逃げたか、教えてやろうか」レッドフォードは棘のある口調で言った。「彼は五年前から、KGBとCIAに尾行されてる。それだけ長いあいだ尾けられてりゃあ、好きなときに尾行をまけるようになる。しっかり見張っとけと言っただろ」

「おれだって――」フェラーツォはそこで言葉を切り、やがて口を開いた。「サンバジールの自宅に行ってみたんですが、鍵はかかってるし、やつのいる気配はありません。このままスイスで見張りを続けたほうがいいですかね」

レッドフォードは考えをめぐらせた。「いや、ジュネーヴはおまえをおびき寄せるための煙幕だろう」

「じゃあ、パリへもどりますか？　女と連絡をとるかもしれませんぜ」

「パリでホテルを見張らせる人材なら足りてるし、ジョナサン・アンドリアスが警備を強化した今、アレックスから女に連絡が入ったかどうか知るすべはない。ヴァサロへ行って、女がもどった場合に備えろ」

レッドフォードは渋面で電話を切った。アレックスがいったんジュネーヴに降り立ってから、本来の目的地に向かったのは間違いない。衝動的かつ突飛な行動を取る男ではないから、パリを離れるに足る情報を入手したのだろう。レッドフォードは彼との会話を注意深く思い返した。重要なことは何ひとつ漏らしていない。となると、そのあとで、いつもの情報源から情報を仕入れたのだ。あいつに知られるようなことがあっただろうか？

ソーズ通りの家。

書類の山をかき分けて、あの家の存在を探り出したのだ。レッドフォードはうろたえてしかるべきこの瞬間に、父親のような誇らしさを感じていた。

誇らしさと喜びを……。アレックスは何を優先すべきか、悟ったようだ。一騎打ち対決で駒を進める方法を見つけたとたん、ヴァサロの女を見捨てたのだから。

「フェラーツォよりおれのほうがうまくやれるって言ったろ」

ハンスのほうを振り返ると、レッドフォードは激しいいらだちに駆られた。それがハンスに飽きたせいなのか、アレックスとくらべてしまうせいなのかはわからなかった。「そうだったか？　まあ、おまえはなんでも自分のほうがうまくやれると思うやつだからな」

「おれに行かせてくれ。そいつを見つけてやる」

「その必要はない。わが友人のアレックスはイスタンブールへ行ったに違いない。電話一本かけて、見張らせればすむことだ。おまえにはここにいてもらわなきゃ困る」

ハンスが顔をしかめた。「いつまでパリにいる気だ？　あの置きものが手に入りゃあ、こんなとこに用はねえだろ」

「まだ仕事が残ってる」

「仕事なら、かたづけたじゃねえか。大聖堂の件じゃ、すばらしい手並みだったとほめてくれたろ」

「ああ、よくやった。だが、サンタントワーヌの爆破は第一歩にすぎない」レッドフォードの唇がほころんだ。「今回の計画にはもうひとつの局面があってな」

「おれもそれに一枚嚙んでんのか?」

「ああ、そうだ」レッドフォードは温かい笑みをつくった。「しっかり働いてくれよ」ふたたび受話器に手をのばして、「イスタンブールに電話するから、静かにしててくれ」

「ジプシーにやつを見張らせるつもりだな」

「そうだ」

「なんで一度もジプシーに会わせてくれねえんだ?」

「あいつは人前に出たがらないたちでね。注目の的になるのを好まない」

「気に入らねえな」

「おまえは気に入らないだろうが、そもそもジプシーになんで会いたがるんだか」レッドフォードは番号を押した。「ともかく、使える男だ。あいつならうまくやってくれるだろう」


ソーズ通りの家は、家などではなかった。宮殿だった。

それは木造の三階建ての宮殿で、一階と二階にはきらびやかな鉛枠の窓があり、かつてのハーレムとおぼしき三階には、精緻《せいち》な彫刻をほどこした木の鎧戸《よろいど》がついていた。両わきには翼棟が建ち、金色の丸屋根が強い日差しを受けて、まばゆいばかりに輝いている。入り口となる二枚の扉は、真鍮《しんちゅう》枠で、四メートルあまりの高さだった。もとは深紅色だったようだが、濃いシナモン色に褪《あ》せている。宮殿の前には小さな庭があり、白とターコイズ・ブルーの優美なモザイク模様の噴水が配してあった。宮殿と庭を取り囲む、黒い鉄柵は、名工が時間と腕によりをかけて作ったものだ。威厳を持って堂々と歩くフラミンゴ、羽を広げた孔雀《くじゃく》、空高く舞い上がる鷹が浮かび上がっている。

アレックスがイスタンブールに到着したのは昨夜遅くで、けさのうちに、この家の歴史と場所を探り出すことができた。午前中の残りの時間は、ソーズ通りと交差する、曲がりくねった悪臭漂う路地に立って、豚のように汗をかきながら、誰かがこの立派な扉をあけるのを待っていた。

当てははずれた。

レッドフォードの姿はなく、同腹らしき手合いも見当たらなかった。どう考えても空き家で、使用人が庭に出てくることもなかった。ここが盗品の隠し場所なら、見張りが取り巻いているだろう。

しかし、買ったからには目的があるはずだ。この家を購入し、維持しているという事実が、レッドフォードの計画の中でここがなんらかの役割を果たすことを指し示している。しかし、論理的思考だけではなく、直感がイスタンブールに残るべきだと告げていた。レッドフォードがトルコを旅行したと聞いて以来、手にしたパズルのピースのおさまる場所が見つからないときに似た、いらだちが消えなかった。

ここで何か起こることは間違いない。

しかし、レッドフォードが現れるのを待ちながら、いつまでもここをうろついているわけにはいかない。先手を打つための情報、いや、せめて糸口を手に入れたいところだが、過去に何度か訪れているとはいえ、欲しい情報を簡単に探り出せるほど、この地に通暁しているわけではない。情報の提供者が必要だ。

　アレックスは路地をあとにすると、タクシーを飛ばしてヒルトン・ホテルにもどった。部屋に入るなり、クアンティコのロッド・マクミランに電話した。「今、イスタンブールにいます。手を貸してほしいんですが」

「いやはや、厚顔無恥なやつだ。わしが手を貸すとでも思っとるのか？」

「この街の暗部と、夜になるとそこから這《は》い出す蛇にくわしいトルコ人を紹介してください。無理なら、自分で探すことになります」

「幸運を祈っとる」

「イスタンブールで蛇を捕まえるのは危険です。このへんの路地でわたしが喉を掻き切られてもいいんですか？」

　電話の向こう側で沈黙が続いた。「いつかかならず厄介払いしてやるから、待っておれ。それも、きわめて残忍なやり方でな」

　アレックスはあざけるような口調で相手の言葉を繰り返した。「幸運を祈ってます」

　マクミランが同室の誰かに指示する声が聞こえた。「ちょっと待ってろ。今、バーニーが当たってるところだ」

　バーニーが機密扱いのデータベースにていねいに項目を打ちこみ、コンピュータの琥珀《こはく》色の光がその禿げ頭に照り映えているようすが目に浮かんだ。

数分後、マクミランが電話口にもどった。「ケマル・ネミッド。われわれとも、KGBのおまえのお仲間とも仕事をしたことのある男だ」

「接触方法は？」

「彼は電話を持っとらん。バーニーに連絡させよう。手元の資料によると、初回はおおやけの場で接触することを好み、たいていの場合、ボスポラス海峡のそばのコルフェズというオープンカフェが指定されとる」

「いつ会えますか？」

「あすでどうだ？」

「きょうにしてください。これからホテルを出ます。一日じゅうそのカフェで待っていますから」そう言って、電話を切った。

アレックスはグラスに入ったコーヒーを飲みながら、オープンカフェの日傘のついたテーブル席と、数メートル先の混雑した道路を行き交う車の流れとに、せわしなく視線を走らせていた。すでに日が暮れかけている。マクミランが手駒のひとりと連絡を取ってから六時間以上たつのに、当のケマル・ネミッドはまだ姿を現さない。ひと晩じゅう気を揉《も》ませておいて、そのあいだにケマルなる男をつくり上げようとでもいうのか。

甲高いクラクションの音が静寂を破った。アレックスがすばやく目を向けると、十三、四の少年が青い自転車で狭い道路をぐらつきながら走っていた。そのあとをかたつむりのようにのろのろと車が続いている。

少年は背後に連なる車のほうを振り返ると、ひとなつっこい笑みを浮かべた。「お願いだから、もうちょっと辛抱してください！　タイヤの空気が抜けたんです！」

返ってきたのは怒号と罵声だった。少年は笑みを消して前に向き直り、一心不乱にペダルをこぎはじめた。タイヤの空気が抜けるにつれて、後続車の罵倒は過激さを増し、少年の表情は真剣味を増した。

アレックスは奇妙な行列をながめて、唇をほころばせた。

少年はカフェの前まで来ると、歩道に乗り上げて自転車を降り、車に向かって最敬礼した。どうぞお進みくださいとばかりに、もったいぶった態度で先をうながす。礼を尽くしてもそれを返してくれる者はおらず、車は加速して彼の横をあわただしく走り去った。

肝のすわったがきだ。アレックスがながめていると、少年は自転車のかたわらにひざまずいてタイヤをあらためた。短気な運転手たちと渡り合える人間は少ないし、ましてや、あんなふうに対処できる者はいない。アレックスは彼をまじまじと見つめて、思ったほど幼くないことに気づいた。もつれた黒い巻き毛と輝く黒い瞳はまさに青年のものだし、破れて色褪せたブルージーンズはイスタンブールの大学生のあいだではやりの格好だが、体つきは小柄で、二十代には思えない。身長は百七十五センチ足らずだろう。しかし、自転車で鍛えたのか、太腿の筋肉は盛り上がり、明るい赤のスウェットシャツに包まれた肩はがっしりしていた。

彼は悲しげに黒い頭を振ると、アレックスのほうを向いた。「フレームが曲がったみたいです。急いでたから、グランバザールのそばの石段をこれで駆け下りたんですよ」

「気の毒に」

渋面が返ってきた。

アレックスは目を見開いた。「気に入ってたのに。弁償してくださいよ」

「弁償？」

「当然です。早く会いたいと言ってきたのは、おたくでしょう。大学の最後のひとコマが終わるのを待って飛び出したもんだから、あやうくけがを——」

「ケマル・ネミッドか？」

彼はうなずいて立ち上がった。「何がなんでも新しい自転車を買ってもらいますからね」

ケマルはカフェの入り口のカウンターまで自転車を運ぶと、アレックスのテーブルにやってきた。「先に言っておきますけど、マクミランは今回の費用を持たないそうですし、ぼくはすっごく高いですよ」ケマルはにやりとした。「でも、それだけの価値はあります。何をさせても、ほんと抜群の男なんです」

アレックスは笑いを嚙みころした。肝が太いのと同じくらい、うぬぼれが強いようだ。

「もっと年かさの男が来ると思っていたよ」

「ぼくはもうすぐ二十三歳です。若いのはいいことですよ」きらめく黒い瞳を指して、「若いほうがなんだってよく見えるし、よく気がつく。ぼくを雇えて、あなたは幸せです」ケマルはアレックスの向かいの椅子に腰を下ろすと、指を曲げてウェイターを呼んだ。「ところで、用件を聞かせてもらいましょうか、ミスター・カラゾフ」

「なぜわたしだとわかった？」

「すぐれた観察眼、鋭い直感、深い洞察力」ケマルの目にいたずらっぽい光が宿った。「なんてね。バーニーがあなたの写真をファックスで送ってくれたんです」

「ファクシミリを持っているのか？」

「最新技術だってお手のものですよ。前回の仕事でマクミランからせしめたんです」

「電話の通じないファクシミリを？」

ケマルが少し傷ついた顔をした。「だって、通常の通話機能を使うと、料金を払わなきゃいけないでしょう。それはいやだから、電話会社に掛け合って、ファックスしか使わないという条件で契約したんです。そうすれば、料金は客に請求できる」彼はかたわらに立つウェイターを見上げて、ラキというトルコの酒を注文し、アレックスのほうに向き直った。「マクミランから巻き上げるなんてけしからんと思ってます？」

「いや、あいつからふんだくるのは大賛成だ」

「よかった。どうもあの人は虫が好かなくて」ケマルは椅子の背にもたれかかった。「誰か探してるそうですね」

「ブライアン・レッドフォードという男だ」

ケマルが顔をしかめた。「これはまたいやな相手だな」

アレックスは身を固くした。「やつを知っているのか?」

「何度か見かけたことがあります。今はイスタンブールにはいませんよ」

「なぜそれを?」

輝く白い歯がちらりとのぞいて、整った顔に微笑が浮かんだ。「そういうことを知っておくのがぼくの仕事です。だからこそ、ばか高い料金を請求できるんです。二、三週間前はイスタンブールにいましたが、もういませんよ」

「やつはいつからこっちに来るようになったんだ?」

ケマルが肩をすくめた。「一年以上前から、しょっちゅう来てますね」

「そのあいだはソーズ通りの家を使っているのか?」

ケマルは首を振った。「その家の話は聞いたことないですね。旧市街のどこかに泊まってるようですよ」

「どこだ?」

「知りません」

また行き止まりだ。しかし、レッドフォードがイスタンブールを拠点にしているのなら、一種のネットワークを構築しているはずだ。「やつに物資を提供している人間を知らないか?」

ケマルの唇に愉快そうな笑みが浮かんだ。「いいところに目をつけましたね。物資の提供者なら滞在先を知ってるはずです」

「おほめの言葉をありがとう。で、そいつの名前は――」

「いや、それは知りませんけど、鋭い思考はたたえるべきだ。そう思いません?」

アレックスは無表情で彼をながめた。「わたしが欲しいのは情報だ。賛辞じゃない」

ケマルが素直にうなずいた。「わかりました。レッドフォードはどんな物資を仕入れたんです?」

「武器に爆薬、偽造書類だ。それくらい幅広い物資を調達できる人物がいるか?」

「偽造書類もですか?」

アレックスはうなずいた。

「ほかのものは簡単ですけど、書類の偽造となると――」ケマルは口をつぐみ、眉間にしわを寄せて、おもむろに答えた。「ジプシーですね。そんなことができるのはジプシーしかいません」

「何者だ?」

「名前が知りたいんですか?」ケマルは首を振った。「わかりません。レッドフォードのような手合いと仕事をする人間は、最低限必要なことしか明かさないものですよ。この町の何人かを代理人として使ってると聞きましたけど」

「ジプシーに引き合わせることはできるか?」

「努力します。ただし、約束はできません」

「大枚はたかせて、約束もできないのか?」

「だって、ぼくが努力すると言ったら、ほんとにしますから」ケマルがにっこりした。「その証拠に、よければあすの晩、ジプシーの代理人のひとりに会わせてあげますよ」

「それはいい。今夜なら、もっといいが」

「せっかちなんですね」ウェイターがケマルの前にグラスとナプキンを置き、去っていった。

「人生はじっくり楽しまないと」ケマルは乳白色の液体の入ったグラスを口もとに運んだ。

「ラキのようにね。飲んだことあります？」

「初めてイスタンブールに来たときに飲んだよ。頭が破裂しそうになった」

「こういう破裂なら歓迎です」ケマルはラキをひと口飲んで、満足そうに息を吐いた。「人間は楽しむためだけに生きないと」

「今夜のうちに会わせてもらえないか？」

ケマルは首を振った。「無理です。あすなら、かならず会えますよ」もうひと口、ラキを飲んで続けた。「だけど、今夜、退屈する心配はありませんよ。やらなきゃいけないことがありますからね」

「なんだ？」

ケマルはまじめくさった顔でうなずくと、あたりを見まわしてから声をひそめた。「グランバザールのそばの店に行くんです」

「別の代理人に会いにか？」

「いいえ」ケマルは満面に笑みを浮かべた。「ぼくの新しい自転車を買いに行くんです」

ザ・ミステリ・コレクション

風のペガサス（上）

著者／アイリス・ジョハンセン　訳者／大倉貴子
印刷／堀内印刷　製本／明 泉 堂

発行　株式会社　二見書房
〒112-8655 東京都文京区音羽1—21—11
東京(03)3942—2311番　振替／00170-4-2639番

落丁・乱丁本はお取替えいたします。
定価は、カバーに表示してあります。

Printed in Japan

ISBN4-576-01060-3